Kritzelwerk

AF199555

Brigitte Karcher

Kritzelwerk

Erzählung

Bibliografische Information der Deutschen Nationalbibliothek:
Die Deutsche Nationalbibliothek verzeichnet diese Publikation in der
Deutschen Nationalbibliografie; detaillierte bibliografische Daten sind im
Internet über dnb.dnb.de abrufbar.

© 2020 Brigitte Karcher
Umschlag-Gestaltung, Layout und Satz: Martin Karcher, Berlin
Herstellung und Verlag: BoD – Books on Demand, Norderstedt
ISBN: 978-3-7504-4242-9

1

Ich sah sie ein einziges Mal, danach nie wieder. Sie wandte mir den Rücken zu, ihr Gesicht sah ich nicht.

Sie stand in einem Garten am Ende unserer Straße, in die wir vor sechs Wochen gezogen waren. Ich ging einkaufen, zum ersten Mal auf diesem Weg, der mir als eine Abkürzung zum nächstliegenden Supermarkt von meiner Nachbarin empfohlen worden war. Ich kam an einem großen Grundstück vorbei, das offensichtlich vor längerer Zeit einen gewaltigen Kahlschlag erlitten hatte. Sämtlichen Bäumen fehlte die Krone. Ihre bemoosten Stämme ragten aus dem, von Brennnesselnestern, Löwenzahnfeldern und hohen Goldrutenstängeln vereinnahmten Grund. Ungezügelt wuchernder Knöterich warf ein Netz über Zaun und weite Teile eines älteren Hauses. Dieses, spitzgiebelig und nicht sehr groß, ertrug ergeben den Zugriff des grünen Schlingers, der sich mit langläufigen Adern das Gebäude regelrecht einverleibte. Ich fantasierte, es könne demnächst, wenn es sich nicht wehre, in seiner gewalttätigen Umarmung ersticken.

Mitten in dieser Wildnis stand eine Frau. Obwohl von mir abgewandt, erkannte ich, dass sie schrieb. Sie war sehr groß. Breitbeinig stehend und vornübergebeugt, hielt sie ihr Gleichgewicht. Das war nötig, da ihr Oberkörper im Takt des Schreibens in alle Richtungen wippte. Manchmal blickte sie auf das Haus, als erhielte sie von ihm entscheidende Ideen.

Was schrieb sie nur? Das Haus sah in seinem bieder-beschei-
denen Siedlungsstil der Nachkriegsjahre nicht danach aus, als
hätte es viel zu erzählen, obwohl der äußere Anschein kein
ausreichender Grund war dies auszuschließen. Eher verwies
der Garten in seinem verwahrlosten Zustand auf ungewöhnliche Ereignisse. Die brutal abgeschlagenen Baumstämme in
Mannshöhe sahen aus wie geköpfte Zeugen, die nicht fallen
wollten, um stumm an eines jener Familiendramen zu erinnern, von denen man ungläubig in den Zeitungen las und das
Geschehene nicht glauben konnte. War die Frau womöglich
selbst Teil eines solchen Dramas gewesen und versuchte, es
jetzt nach vielen Jahren in Worte zu fassen?

Ich staunte über ihre Kleidung. Ein sackartig geschnittener,
rot-grau karierter Rock bedeckte in solider Länge ihre Knie.
Stockmagere Beine steckten in knöchelhohen Lederstiefeln.
Eine völlig aus der Mode gekommene taillenkurze, senffar-
bene Wolljacke im Glockenstil der Fünfzigerjahre, betonte die
breiten Hüften der Frau. Sie bildeten einen auffallenden Kontrast zu ihren schmalen, abfallenden Schultern. Ein topfartiger
brauner Filzhut ließ ihren zierlichen Kopf kleiner wirken als
er war. Unter der hochgewölbten Hutkrempe schlängelte sich
ein dünner, nachlässig geflochtener Zopf über ihren Nacken
und den Rücken. Dort lag er schlaff wie ein ausgefranztes altes Seil. Ich stand am Zaun und rührte mich nicht. Eine solche
Gestalt hatte ich noch nie gesehen. Wie alt mochte sie sein?
Ihr Haar war grau wie verwittertes Holz, ihre Kleidung aus der
Zeit gefallen, vielleicht auf einer Theaterbühne noch zu sehen,
doch nicht auf unseren Straßen. Wer war sie?

Ich hustete, hoffte, die Frau drehe sich nach mir um. Sie
stand nur etwa acht Meter von mir entfernt. Ich sagte »hallo«,
doch sie hörte mich nicht, oder wollte mich nicht hören. Ungerührt schrieb sie weiter, dabei beugte sie sich immer weiter
vor, ich befürchtete, sie kippe demnächst vornüber ins Gras.
Plötzlich, als habe sie von hinten einen Stoß erhalten, lief sie in

dieser gebeugten Haltung mit langen Schritten auf das Haus zu, öffnete die Tür und verschwand. Ich starrte ihr hinterher, dann auf die Fenster, als müsse sich hinter ihnen irgendetwas ereignen. Ich wartete darauf, dass sie noch einmal käme, oder aus einem der Fenster schaue. Doch da rührte sich gar nichts. Vorhänge, die sich bewegt hätten, waren von der Straße aus nicht zu erkennen. Niemand war hinter den Scheiben zu sehen. Schließlich ging ich weiter. Ich konnte ja nicht ewig und ohne Grund an diesem ausgeleierten Maschenzaun stehen, der das Grundstück nur unzureichend befriedete. Jedes Kind hätte durch klaffende Löcher kriechen, Erwachsene über das an mehreren Stellen durchhängende Drahtgeflecht steigen können.

Ich ging zum nahen Supermarkt und auf dem Rückweg noch einmal an dem Garten vorbei. In einem kleinen Giebelfenster brannte jetzt Licht. An der Gartentür entdeckte ich ein fleckiges Messingschild mit aufgesetzter Schrift. Ich bückte mich und las den Namen »Untermatter«. Ich sprach ihn laut aus. Um ihn mir einzuprägen wiederholte ich ihn mehrmals. Meine Stimme war gleichzeitig Ruf und Echo. Ich überlegte. Untermatter klang nach Südtirol, nach Bergwiese, nach Einöde. Untere Matte, obere Matte, obere Matte Sommeralpe, untere Matte Winterquartier. Ich zog keine weitere Schlussfolgerung für die Herkunft des Namens, die Bilder kamen jedoch auf mich zu und bewegten meine Fantasie. Ich sprach den Namen auf dem Heimweg vor mich hin wie einen Reim und veränderte ihn im Takt meiner Schritte. Untermatter, Obermatter, Über- Vorder- Hintermatter, nein, ich würde ihn nicht vergessen, er gefiel mir.

Beim Abendessen erzählte ich Mark von meiner heutigen Entdeckung. Auch er sprach den Namen laut aus, schüttelte den Kopf, nein, er habe ihn noch nie gehört in unserer Gegend, was nichts besage.

Wir aßen schnell zubereitete Penne Arrabiata und tranken Rotwein. Das Untermatter-Grundstück hatte Mark noch nicht gesichtet, würde es aber in den nächsten Tagen einmal in Augenschein nehmen, versprach er und wechselte das Thema.

Die geplante Ausstellung machte ihm Sorgen. Die Zusagen zur Vernissage waren bisher sehr spärlich eingetroffen. Die Band, die den musikalischen Rahmen gestalten sollte, hatte heute kurzfristig abgesagt. Er bereute fast, einen noch völlig unbekannten Künstler eingeladen zu haben, ihn fördern zu wollen. »Es ist und bleibt ein Risiko, sich auf Neuland zu begeben. Auf der anderen Seite lebt der Markt ebenso von Entdeckungen wie von Bekanntem mit Wertgarantie. Unsere treuen Sammler werden erst einmal enttäuscht sein. Jetzt kommt es darauf an, wie sehr sie meiner Urteilskraft vertrauen und mir folgen werden.« Mark besah seine Fingernägel, aber sie interessierten ihn nicht wirklich. Die Fingernagelschau war für mich neu, ich deutete sie als ein Zeichen innerer Unruhe.

Wir besaßen eine florierende Kunstgalerie in der City. Galerie Ganter war eine der ersten Adressen im Kunstbetrieb der Stadt und weit über deren Grenzen hinaus. Wir pflegten Kontakte zu Kunden in aller Welt. Unsere Vertragskünstler gehörten zu den wichtigsten Vertretern der Zeit. Mark hatte eine Nase für Strömungen im Kunstbetrieb, und er steuerte sie erfolgreich. Er sah meist vor anderen Galeristen den Stern des Einmaligen über einem Künstler stehen, erkannte dessen Bedeutung. Er war Entdecker, Bewahrer und Gewinner gleichermaßen, seine Entscheidungen zählten. Seit unsere Galerie selbst mit Sternen dekoriert war, bestimmte er weitgehend, was in der Kunstwelt Bestand haben würde. Er »machte« den Künstler und sein Werk, wie mancher Verlag seinen Autor. Zweifel hatten ihn bisher selten geplagt, umso mehr wunderte ich mich über seine plötzlich aufkommende Verunsicherung. Was für einen Grund gab es dafür? Ich sollte ihn bald erfahren im zufälligen Blick von der Länge eines Wimpernschlags.

Sooft ich konnte, ging ich zu Untermatters Garten. Wenn keine anderen Fußgänger unterwegs waren, blieb ich stehen, sah zum Giebelfenster hoch und winkte. Doch die Frau, die vor meinen Augen in dem Haus verschwunden war, sah ich nie wieder. Manchmal brannte Licht im Giebelfenster, am hellen Tag. Im Unterstock blieb es dunkel. Vielleicht bewohnte die Frau nur dieses eine Zimmer unter dem Dach? Ich erkundigte mich bei meiner Nachbarin, deren Grundstück an das unsere grenzte, nach der Bewohnerin des verwahrlosten Gartens. Die Nachbarin, eine ältere Frau, war hier im Vorort geboren und kannte sich aus. Sie musste nicht überlegen, lachte, sagte, sie wisse, wen ich meine. Das sei die Viola, eine ganz besondere Nummer, und es grenze an ein Wunder, dass ich sie gesehen hätte, das gelänge nicht jedem hier.

»Viola«, sagte ich, »Viola Untermatter, ein schöner Name. Was ist mit der Frau, lebt sie allein in diesem Haus?«

Meine Nachbarin hatte so einiges gehört.

»Sie lebt hier allein, aber erst seit vier Jahren. Sie soll ihr ganzes Leben in einem Kinderheim verbracht haben, zuerst als Zögling, später als Angestellte. Anscheinend war sie auf dem Arbeitsmarkt schwer zu vermitteln gewesen.«

»Sie lebte in einem Heim?« Ich erschrak, weil ich mir ein solches Leben nicht vorstellen konnte. »Warum war sie nicht vermittelbar, ist sie behindert?«

»Direkt krank ist sie nicht, wohl eher etwas gestört. Sie hatte eine schwere Kindheit. Mit neun oder zehn Jahren wurde sie ihren Eltern weggenommen. Es sollen Misshandlungen in der Familie stattgefunden haben. Der Vater saß mehrere Jahre ein. Sie kam in eine Pflegefamilie, doch die Pflegeeltern gaben sie, soviel man weiß, dem Jugendamt zurück, warum auch immer. In welchem Heim sie schließlich lebte, weiß niemand hier. Sie schien verschollen bis zum Tod ihrer Eltern. Die starben vor vier Jahren. Die alten Untermatters hatten den Verzehr von selbst gesammelten Pilzen nicht überlebt. Man fand sie erst

nach einigen Tagen tot in ihren Betten. Na ja, das war schrecklich. Die Polizei untersuchte den Todesfall, ebenso das ganze
Haus. Es kursierten die wildesten Gerüchte im Ort.

Der Tod kam aus dem Kochtopf, betitelte die Zeitung
einen langen Artikel, in dem sie nicht nur vom tragischen
Ableben der alten Untermatters berichtete, sondern ihre Le-
ser auf die Gefahren beim Sammeln verwies. Eine Auflistung
aller Giftpilze mit Abbildungen und genauer Beschreibung
nahm eine ganze Druckseite ein. Ich bewahre diese Seite auf,
obwohl ich niemals Pilze sammle. Einige Wochen später war
die Viola plötzlich im Haus. Sie war einfach da, niemand hat
sie kommen sehen. Manchmal war sie im Garten, saß auf der
Holzbank vor dem Haus und schrieb andauernd in ein Buch.
Einige Frauen versuchten mit ihr zu reden, über den Zaun
hinweg, doch sie schüttelte wie wild geworden den Kopf und
rannte ins Haus. Ist ja auch kein Wunder, sagten die Leute,
bei diesem Lebenslauf. Man ließ sie in Ruhe. Doch inzwischen ist sie so gut wie unsichtbar geworden, auf jeden Fall
tagsüber.«

»Aber sie muss doch einkaufen gehen, sich versorgen, von
was lebt sie denn?«

»Sie bestellt ihren Wochenbedarf im Supermarkt«, wusste
meine Nachbarin. Sie kannte den Fahrer, der die Lebensmittelkiste anliefert. »Er stellt sie unter das Vordach der Haustür,
steckt die neue Einkaufsliste ein, die er, zusammen mit dem
Geld für die gelieferten Waren in einem Stoffbeutel findet,
den Viola an die Türklinke hängt. Der Fahrer klingelt und
geht. So sei die Abmachung, die Viola bald nach ihrem Einzug mit seinem Chef höchstpersönlich getroffen habe. Der
Chef sage, die Frau Untermatter sei eine sehr freundliche,
aber ruhige Dame, leider kränklich, das erkenne man deutlich, deshalb käme er ihr gerne in dieser Weise entgegen.
Er habe sie nur dieses eine Mal gesehen, in den Supermarkt
käme sie nie.«

Ich war sehr aufgeregt. Sollte ich zu den wenigen Menschen gehören, die den Vorzug hatten, Viola gesehen zu haben, zwar in Rückenansicht, aber immerhin?

Ich richtete das Abendbrot. Mark kam verspätet. Er hatte mit einer Musikergruppe verhandelt, bei einem Umtrunk im Himmelsstürmer, einem angesagten Weinlokal, nicht weit entfernt von unserer Galerie. Er war erleichtert über die spontane Zusage der Gruppe »Unterstand«. Sie würde den Abend mit ihrem stimmungsvollen Sound untermalen.

»Das hätten wir geschafft«, freute er sich, und dass heute endlich reichlich Zusagen zur Vernissage eingetroffen waren, erleichterte ihn ebenso. Bei einem Glas Wein, das er sich trotz der Einkehr im Himmelsstürmer noch gönnte, erzählte ich von Viola Untermatter. Mark hörte belustigt zu.

»Mein Gott, Feli«, sagte er, »solche Leute gibt es mehr, als du vermutest. Schau dich doch um im Großstadtsumpf. Unendlich viele Verrückte gibt es da, Eigenbrötler, Selbstzerstörer, Süchtige, Verzweifelte, Verweigerer oder einfach nur zu Tode Gelangweilte, die dem Leben nichts mehr abgewinnen können. Was mich aber wirklich wundert ist, dass du dich so sehr für eine Frau interessierst, die du nur einmal von hinten gesehen hast, und deren Garten anders aussieht als der unsere. Das ist für mich ein größeres Rätsel als eine Viola Untermatter hinter ihrem Giebelfenster.«

Mark leerte sein Glas und stand auf. »Ich muss schlafen gehen, morgen wird es ernst. Du fährst mit in die Galerie, oder kommst du später nach?«

»Ich fahr mit dir, wie ausgemacht. Ich möchte dabei sein, wenn Feldstein seine Bilder anliefert.«

Wir gingen zu Bett. Mark schlief sofort ein, kaum dass er lag. Der Wein zeigte Wirkung, sein Arbeitstag auch. Ich dachte noch lang an die Frau im Garten, sah, wie sie dagestanden, intensiv mit einer Schreibarbeit beschäftigt, dann fast fluchtartig ins Haus gestürzt und darin verschwunden war.

Am nächsten Tag fand ich keine Zeit für einen Gang zu Violas Garten. Ich half Mark bei der Vorbereitung für die kommende Ausstellung. Dirk Feldstein kam in Begleitung seiner Freundin. Antonia stellte sich selbst vor, bevor Dirk es tun konnte. Sie gab zuerst Mark die Hand, glücklich bewegt, einen derart anerkannten Galeristen zu treffen, wie sie ihn nannte. Mark versicherte, seine Freude sie zu sehen sei ebenso groß. Dann entdeckte sie mich, zögerte kurz, ich sagte »Ganter« und schob ihr meine Hand entgegen. Sie fasste nach ihr und schlug sich mit der anderen Hand auf den Mund. Sie sackte in den Knien etwas ein, versuchte ein Stöhnen. »Oh ja, natürlich, wie konnte ich, Felizitas Ganter, ich las in der Zeitung den Artikel über die letzte Ausstellung, mit einem Foto von Ihnen. Sie deuteten auf eines der Bilder an der Wand.«

»Sie haben die Ausstellung besucht?« Mich interessierte nicht wirklich, ob Antonia dagewesen war und welche Meinung sie dazu hatte, doch ich wollte sie prüfen. Irgendetwas störte mich an ihrem Auftreten, das ich noch nicht durchschaute.

Antonia klagte, es sei ihr nicht möglich gewesen zu kommen, leider, wirklich, und das bedauere sie sehr, denn sie liebe Vernissagen über alles. Aber sie habe eine Virusgrippe auskurieren müssen, sei anschließend völlig aus dem Tritt geraten, also psychisch, auch Dirk habe sehr darunter gelitten, »nicht wahr, Dirk«, sie drehte sich nach ihm um.

Dirk Feldstein trug Riesenformate ins Foyer und deutete gestenreich an, er hole die Begrüßung nach, sobald alle Bilder aus dem Kleinbus in Sicherheit wären. Mark half ihm dabei. Er trug die Bilder vom Foyer in die Ausstellungsräume und stellte sie dicht aneinandergereiht vor die Wände. Zuordnung und Hängung der Werke würde später in einem weiteren Schritt passieren.

»Wer möchte Kaffee?«, fragte ich. Dirk hatte soeben das letzte Großformat herangeschafft. Mark schloss die Glastür, bestand auf einer Pause. Erst mal alles auf sich wirken lassen, sich den Motiven stellen, sich ihnen ganz langsam nähern. Kaffee wäre gut.

Wir saßen in den für respektable Galerien unentbehrlichen schwarzen Ledersesseln, keine schwerklobigen Ungetüme, sondern elegante Schwinger auf Kufen, die sich jederzeit mühelos wie Schlitten auf andere Positionen schieben ließen. Dirk sprach wenig, seine Freundin umso mehr. Aufgekratzt wollte sie wissen, ob uns Dirks Bildauswahl gefalle. Dirk schaute zur Decke, zog Luft durch seine Nase, die Äußerung seiner Freundin schien ihm peinlich zu sein. Mark sagte, wenn er die Arbeiten nicht gut fände, hätte er Dirk nicht für eine Ausstellung gewonnen. Er beobachte sein Schaffen schließlich schon seit geraumer Zeit. Seine Antwort gefiel mir. Sie entlarvte Antonias Unkenntnis darüber, was die Belange ihres Freundes betraf, warf aber auch ein Licht auf ihre Naivität, die sie mit jedem Satz, den sie sagte, verriet. Sie nickte zufrieden. Sie hatte Marks versteckte Kritik an ihrer Frage keineswegs auf sich bezogen. »Ja, wenn das so ist«, sagte sie und lachte überlaut, »dann brauch ich mir um unser Genie hier wohl keine Sorgen zu machen.«

Das wird sich erst noch zeigen, dachte ich und wagte einen Rundblick über das Bilderband vor den Wänden. Was ich sah, übertraf meine Erwartungen nicht. Irgendwie glich ein Bild dem anderen, und alle glichen vielen anderen Bildern von vielen anderen Künstlern, die ich in den letzten Jahren gesehen hatte. Nichts erregte meine Aufmerksamkeit, nichts stach hervor. Breite Farbbahnen von rechts oben nach links unten, oder von links oben nach rechts unten, zur Abwechslung auch horizontal gezogen, kreuzten sich mit schmaleren Bändern, die sich gerne auch mal schneckenförmig ineinander wickelten. Ab und zu verhedderten sich feinere Schnüre zu einem dicken Knäuel. Aus diesem sprossen an verschiedenen Stellen einige, inzwischen im Knäuelchaos zu Spinnfäden ausgedünnte Linien, und flatterten dem Bildrand entgegen, als suchten sie an diesem Halt. Die Farbstimmung war durchgehend gedämpft, alle Graustufen nutzend, ebenso Töne wie Sand, Schlamm und gebrannte Erde. Wenige hellblaue Blitzer frischten den bleiernen Farbklang etwas auf und ließen hoffen, aber auf was? Ich fragte mich, was Mark an diesem Künstler entdeckt zu haben glaubte und konnte plötzlich Antonia in gewisser Weise verstehen. Dieses unbekümmert plaudernde Mädchen empfand Ähnliches wie ich beim Anblick dieser auf vielen Quadratmetern angerichteten Urmasse.

Vielleicht möchte Feldstein an die Herkunft allen Lebens erinnern, daran, dass wir aus der gleichen Masse entstanden sind, sie immer noch in uns tragen und letztlich wieder in jene Suppe eintauchen werden, die uns hervorgebracht hatte? Sätze fielen mir ein wie, aus Staub bist du und zu Staub wirst du wieder werden, oder Worte wie am Anfang war die Erde wüst und leer. Über meinen Rücken strich eine kalte Hand, die niemand gehörte, denn alle Anwesenden hatten ihre Hände um eine Tasse gelegt. Ich trank Kaffee und sah über meinen Becher hinweg, wie Mark und Antonia Blicke wechselten. Für einen kurzen Moment sah es aus, als tauchten sie mit den Augen ineinander ein, einvernehmlich und vollkommen. Als sie voneinander ließen, spürte ich ein Geräusch wie das Reißen eines zerschlissenen Stoffes.

Doch Blicke machen kein Geräusch. Tonlos senden sie ihre Botschaften. Ich sah nach Dirk. Hatte er dieses Intermezzo bemerkt? Danach sah es nicht aus. Er blätterte im Katalog unserer letzten Ausstellung, die sehr erfolgreich für den Künstler und uns verlaufen war. »Hervorragend gestaltet, dieser Katalog, wer macht das, er gefällt mir sehr«, fragte er hochinteressiert.

»Wir beschäftigen einen jungen Grafiker. Paul ist ein begabter Gestalter und ein ebenso versierter Organisator. Er hat alles in der Hand, vom Entwurf bis zur Drucklegung, und Digi-Druck arbeitet schnell und flexibel.« Er müsse sich also keine Sorgen machen und fügte an, »darüber nicht.« Er sah mich überrascht an. »Nein, nein«, sagte er, »Sorgen mache ich mir keine, es interessiert mich einfach.«

Ich war verwirrt, redete noch so einiges daher, nur um zu reden, während ich mich fragte, was ich denn wirklich gesehen, und was es zu bedeuten habe. Marks Bemerkung, er beobachte Dirks Schaffen schon länger, ergab für mich einen neuen Sinn. Tat er dasselbe etwa nicht nur mit Dirks Arbeit, sondern auch mit dessen Freundin Antonia? Er hatte Dirk ab und zu in seinem Atelier besucht, das wusste ich. Ein neues junges Talent habe er entdeckt, unverbraucht und voller Überraschungen, kraftvoll in der Aussage, einnehmend und geheimnisvoll. So hatte er von seiner Eroberung geschwärmt und sehr bald eine Ausstellung mit diesem Künstler in Erwägung gezogen. Ob er dabei vor allem dessen Freundin imponieren wollte, war eine Frage, die ich mir seit wenigen Minuten stellte. Es erklärte, weshalb er einen völlig unbekannten Künstler und die mir unbegreifliche Auswahl seiner Exponate im Visier hatte, die mich hier umgab. Ich beobachtete Mark, der mir von einem Moment zum anderen seltsam fremd wurde. Jedes Wort, das er sagte, sprach ein anderer, jede Bewegung, die er machte, war die Geste eines Fremden. Es war nicht mehr der Mark, mit dem ich heute Morgen gefrühstückt hatte.

Ich stellte meine Tasse auf den kleinen Beistelltisch und stand auf. Ich wollte mich bewegen. Ich ging vor den Bildern auf und ab, sagte kein Wort, spürte aber Antonias Augen, die mir folgten. Ich war sehr gut gekleidet und wusste um meine Wirkung. Manchmal beugte ich mich über eines der Formate, als betrachte ich es genauer, was ich nicht tat. Sie interessierten mich nicht im Geringsten. Ich war mit anderem beschäftigt. Ich wusste, dass ich von jetzt an allein wäre, wenn das, was ich gesehen hatte, kein Trugbild gewesen war. Dabei spürte ich kein Bedauern, sondern fühlte mich allen Anwesenden im Raum überlegen, als hätte ich Macht über sie, als durchschaute ich ihre geheimsten Gedanken, ihre kindischen Vorstellungen, ihre kleinlichen Bedürfnisse. Da hoffte ein unbekannter Pinselschwinger berühmt zu werden, seine ständig kichernde Freundin glaubte, aus der Beziehung zu ihm Profit zu schlagen, und ein bekannter Galerist hatte Urteilskraft und Augenmaß verloren und riskierte eines Mädchens wegen seinen guten Ruf und womöglich nicht nur den.

Ich drehte mich um und sah in die Runde. Mark öffnete eine Sektflasche. Er hatte Gläser auf den Tisch gestellt. Tagsüber hatte er das noch nie getan, unser Angebot für Gäste und Kunden beschränkte sich auf Kaffee und Wasser. Antonia wippte überdreht mit ihrem Schwingsessel, als säße sie in einer Schaukel. Mit geübtem Griff löste sie ihre hochgesteckten Haare und schüttelte sie. In weichen Wellen fielen sie jetzt über ihre Schultern. Sie streifte ihre grasgrünen, hochhackigen Schuhe ab und spreizte die Zehen. Dirk Feldstein rieb sich die Hände. Ein eingespieltes Trio schien sich zu amüsieren.

»Feli, trinkst du ein Glas Sekt?«

»Natürlich, warum fragst du?«

Ich griff nach einem gut gefüllten Glas, blieb stehen und blickte auf sie herab. Ich fasste einen Entschluss. Ich würde meine Entdeckung für mich behalten, kein einziges Wort darüber verlieren, aber mit klinischem Interesse die Entwicklung der Dinge beobachten, die sich zwischen den Dreien bereits abzeichneten.

Dirks Hilfsangebot zur Hängung seiner Bilder lehnte ich überschnell ab, bevor Mark sich dazu äußern konnte.

»Das ist Sache des Galeristen. Wir hängen nach unserer eigenen Vorstellung, der viel Erfahrung zugrunde liegt und haben dafür Fachkräfte an der Seite.«

Mark konnte nur bestätigend nicken, weil ich die Wahrheit sagte. Wir arbeiteten bei jeder Ausstellung nach dem Prinzip, der Künstler schafft das Werk, wir besorgen seine Darbietung. Warum sollten wir dieses Mal anders verfahren?

Antonia schlüpfte wieder in ihre grünen Schuhe, stand auf und zupfte die hautenge, anscheinend kneifende Jeans zurecht. Sie spreizte ihre Finger und fuhr durch ihre üppig wallende Mähne, warf sie mit Schwung nach hinten über die Schulter. Da im Augenblick so gut wie alles Nächstliegende besprochen war, blieb den beiden nichts anderes übrig, als sich gemächlich zu verabschieden. Ich hielt sie nicht zurück. Mark gab Antonia die Hand und nagte an der Unterlippe. Er wollte sich an etwas Wichtiges erinnern, das er keinesfalls vergessen dürfe, doch nun fiele es ihm unbegreiflicherweise nicht ein. »Was war das nochmal, was war es denn, zu dumm, ich weiß, wenn ihr weg seid, kommt es mir wieder in den Sinn, aber jetzt, gut, ich ruf euch an«. Er hielt sein Smartphone in die Höhe.

»Mach das«, riet ihm Dirk und legte den Arm um Antonias einseitig entblößte Schulter, freigelegt dank eines modischen Akzents, den das asymmetrisch geschnittene T-Shirt ermöglichte.

»Man sieht sich«, versprach Antonia.

Die folgenden Tage waren arbeitsreich. Täglich fuhr ich nach dem Frühstück mit Mark in die Galerie. Das Hängeteam Franz und Christof, Freunde, kunstbegeistert und technisch versiert, besorgten das Ausrichten der großen Formate. Mark und ich entschieden, welche Bilder zueinander passten, und welches am besten in einer Einzelstellung wirke. Ermüdend oft stellte er bereits getroffene Arrangements wieder um, trat zurück, schüttelte den Kopf, mischte seine Auswahl neu. Ich sagte dazu wenig und ließ ihn entscheiden. Meiner Meinung nach war es vollkommen egal, welches Bild neben welchem hinge, weil sich alle glichen, daher problemlos zueinander passten, was ich ausgesprochen langweilig fand. Die Freunde traten von einem Bein aufs andere, tranken Kaffee und freuten sich, wenn sie endlich eine der Tafeln montieren durften. In der Mittagszeit gingen wir zu viert in eines der umliegenden Restaurants. Die Helfer waren unsere Gäste.

Paul kam. Er setzte seine Kamera auf das Stativ, fotografierte Bild um Bild. Anfangs hatte er Beleuchtungsprobleme, die kontrastarme Farbigkeit der Arbeiten sei etwas schwierig wiederzugeben, klagte er, aber es ginge schon, dauere jedoch länger, bis er zufrieden sei. Die Kamera liebe diese stumpfen Töne nicht besonders, sagte er zu Mark. Ich meinte, mir ginge es genauso wie der Kamera. Mark wollte wissen wieso. »Na, aus demselben Grund. Ich liebe die stumpfen Töne auch nicht, jedenfalls nicht in dieser Häufung. Ich fühle mich beim Anblick dieser Bilder wie unter Tage.«

»Du liebe Zeit«, ereiferte sich Mark überraschend heftig, »seit wann reduzierst du ein Werk auf seine Farbigkeit? Ich versteh dich nicht. Diese Farbatmosphäre ist absolut im Trend und sehr gefragt. Viele Künstler arbeiten mit dieser Palette.«

»Genau deshalb liebe ich sie nicht. Außerdem glaubte ich, du machst den Trend und greifst ihn nicht auf der Straße auf, wie so viele andere Galeristen. Das ist ja etwas völlig Neues, was ist los mit dir?«

Mark besah seine Fingernägel. Paul wollte vermitteln und versprach brillante Bilder. »Macht euch bitte keine Sorgen, ich setz die Sache schon in Szene.«

Ich wusste, dass ihm dies gelingt, aber mein Unmut war nicht mit guten Fotos zu vertreiben. Doch das konnte er nicht ahnen. An diesem Tag war auch Paul unser Gast, ich hatte im »Cäsarenhof« einen Tisch für Fünf bestellt.

Unsere kurze Meinungsverschiedenheit hinterließ zwischen Mark und mir ein unbehagliches Gefühl. Wir sprachen nicht mehr darüber. Über meine Kritik an den Bildern hatte ich ihm eine Botschaft gesandt. Mit meiner Äußerung, er greife einen Trend von der Straße auf wie viele andere, hatte ich nicht an die Bilder gedacht.

Pauls Katalog war wie immer ein optisches Highlight und wurde rechtzeitig einen Tag vor der Vernissage von Digi-Druck geliefert. Die Bilder hingen in unseren vier Ausstellungsräumen und wirkten durch die großzügige Anordnung gar nicht so schlecht. Mark ging voller Stolz auf und ab und begrüßte am Nachmittag Dirk und Antonia zu einer vorgezogenen Privatschau. Paul kam dazu und besah sich den fertigen Katalog. Die Freunde waren im Haus und stellten schmalhohe Partytische auf, an denen die Vernissage Besucher das Kulturereignis der Galerie Ganter mit Häppchen und Getränken feiern konnten. Doch Mark wollte jetzt schon mal feiern und öffnete wieder eine Flasche Sekt, schob eine zweite nach. Der hohe Kühlschrank in unserem Büro war bereits für den morgigen Abend prall gefüllt. Mark wirkte sehr erleichtert und sparte nicht mit Lob. Er lobte die Freunde, die bescheiden abwinkten, er pries Pauls Arbeit, der wieder einmal einen einfachen Katalog in ein begehrenswertes Sammlerstück verwandelt habe, und er dankte mir für meine Umsicht bei der Organisation. Antonia klatschte begeistert Beifall und stieß Jubelschreie aus. Sie klangen wie ho, oder hoi, gefolgt von hei hei und hätten auf eine Trabrennbahn gepasst.

Anschließend führte Mark den Künstler und seine Freundin durch die Ausstellungsräume, wobei er anfangs in ihrer Mitte ging und seine Arme besitzergreifend um ihre Hüften legte. Antonia ging nicht ohne ihr noch halb gefülltes Sektglas, das sie mit theatralischer Geste in die Höhe hielt. Paul warf mir einen Blick zu. Siehst du das, fragten seine Augen.

Ich verbot mir, mich den Dreien anzuschließen oder ihnen zu folgen, ich hätte es gerne getan. Paul setzte sich zu mir und erzählte von seinem Besuch in Dirks Atelier. Er hatte Marks Anregung aufgegriffen und für den Katalog den Künstler in seinem Atelier fotografiert. Eine, von Paul bewusst klischeehaft inszenierte, fotografisch jedoch bestechend gute Portraitserie, war dabei entstanden, die die ersten Katalogseiten beherrschte. »Ich konnte nicht anders, ich musste ihn auf diese Weise zeigen, es bot sich einfach an«, verriet er mir.

Dirk auf einem ramponierten Sofa sitzend, die Beine weit ausgestreckt, beide Hände wühlten im verstrubbelten Haar, seine Augen untersuchten die Atelierdecke.

Dirk über eine, auf dem Boden liegende Riesenleinwand gebeugt, über die er mit einem Schrubber eine schlickartige Masse schob, die eine dieser breiten Farbbänder hinterließ, in diesem Fall horizontal gezogen mit einem leichten Schwung nach links oben. Aha, dachte ich beim Anblick des Fotos, so geht das also.

Pauls Kamera hatte den Künstler bei einem mediterranen Imbiss erwischt. Melonenschnitze, Schafskäsewürfel, Tomaten und schwarze Oliven füllten eine ovale Platte bis an den Rand. Dirk riss mit den Händen einen dicken Brocken vom Stangenweißbrot und lächelte einem vor ihm stehenden vollen Weinglas zu.

Dirk schaute auch sinnend auf eines seiner fertigen Bilder, eine Hand stützte das Kinn. Seine Stirn hatte Falten geworfen. War er angetan oder eher unzufrieden? Antonia war auf den Fotos nicht zu sehen. Paul sagte, sie wohne nicht bei Dirk, sie habe eine eigene Wohnung und arbeite ab und zu als Fotomodel. Diese Information war für mich neu. Die Frau war also unabhängig, konnte tun und lassen was sie wollte, und mit wem sie es tun wollte. Bis jetzt hatte ich gehofft, Dirk und Antonia wären ernstlich liiert und lebten zusammen in einer gemeinsamen Wohnung.

»Klingt nicht gerade beruhigend«, sagte ich.

Paul klopfte mir kumpelhaft auf die Schulter. »Feli, mach dir keine Sorgen. Du bist ein Diamant, die Kleine ist dagegen ein Strasssteinchen. Mark weiß das auch.«

Ich sah ihn an. »Sie ist jung, das ist nicht überbietbar.«

Der Strassstein funkelte am Abend der Vernissage in leuchtenden Farben. Antonia trug ein regenbogenfarbenes, hautenges Etuikleid mit seitlichem Oberschenkelschlitz, dazu

türkisfarbene High Heels, auf deren Schuhspitzen je ein herz-
förmiger Strassstein glitzerte. Auch in Antonias tiefem Aus-
schnitt funkelte es gewaltig, ebenso an den Ohrläppchen, der
linke Unterarm steckte in einer silbernen, elastischen Manschette, die mich an ein Abflussrohr erinnerte. Auch auf dieser bunte Glassteinchen, sternförmig zugeschliffen. Paul und
ich wechselten Blicke. »Siehst du, was den Strassstein betrifft,
hatte ich recht«, sagte er, als er mir ein Sektglas in die Hand
drückte. »Trink mal was, dann geht das heute leichter.«

»Und ich hatte unrecht«, sagte ich, »sieh dir die Leute an,
sie kaufen ohne genau hinzuschauen, fast alle Bilder sind bereits markiert.«

»Was hast du erwartet, wenn Galerie Ganter sagt, das ist
große Kunst, dann ist es große Kunst, und alle profitieren,
auch ich.« Paul lachte.

Ich sah mich um. Die Gruppe Unterstand spielte einen
leichten Sound, unaufdringlich und gesprächsfreundlich, man
wollte sich unterhalten und war schließlich in keinem Konzert.
Die Band wusste das. Dirk stand schmerzlich lächelnd bei einer älteren Dame, die zwei Bilder gekauft hatte. Offensichtlich
glaubte sie, einen besonderen Anspruch auf die Gesellschaft
des Künstlers zu haben. Sie hakte sich bei ihm ein und schritt
an Dirks Arm durch die gut besuchten Räume. Als die beiden an Paul und mir vorbeiwandelten, schlug sie Dirk soeben
eine gemeinsame Kreuzfahrt vor, selbstverständlich auf ihre
Kosten. Ob er schon einmal in der Südsee gewesen sei? Dirk
konnte sich nicht daran erinnern, wolle sich das Angebot aber
überlegen, hörte ich ihn sagen. Ich machte mir Sorgen, wie er
diesem Arm je wieder entkommen würde.

An den Partytischen wurde es lauter. Die Stimmung stieg,
und die Themen hatten alles andere als Kunst zum Inhalt. Antonia wich nicht mehr von Marks Seite. Er zog sie wie eine
Trophäe von Tisch zu Tisch und stellte sie den Gästen vor.
»Die Freundin des Künstlers.« Sie kam gut an, wurde lautstark

begrüßt. Nach mehreren Gläsern Sekt zog sie ihre Schuhe aus. Die Gäste beklatschten die kleine Performance, die Band erhöhte zum gebotenen Anlass die Lautstärke, und Antonia drehte sich barfuß tanzend wie ein Kreisel. Manche hätten gerne mehr gesehen. Ich schob mich durch das Gedränge, sprach hier einige Sätze, begrüßte dort langjährige Kunden und noch unbekannte Besucher, nahm Glückwünsche entgegen, auch Blumen.

Gegen 23 Uhr bestellte ich die ersten Taxen und begleitete unsicher Gehende zum wartenden Auto. Küsschen hin und her. Die Hallen leerten sich. Die Band packte die Instrumente ein. In einer Ecke hatte sich an einem der Tische ein harter Partykern eingeloggt. Antonia hielt sich mit beiden Händen am Tischrand fest und erläuterte den Sinn ihrer Armmanschette. Nein, der Arm sei nicht gebrochen, keine Sorge, keine Sorge, es handele sich um ein Schmuckelement, mit dem man eine missratene Tätowierung verstecken könne. Sie lachte fast endlos und noch lauter, als einige in der Gruppe, unter ihnen auch Mark, eine Art Schlachtruf skandierten. »Ausziehen, ausziehen.« Antonia gehorchte gern, hielt die Hände in Augenhöhe und versuchte die Manschette über die Finger zu ziehen, was ihr nicht gelang. Man half ihr, selbstverständlich. Hände drei verschiedener Männer rissen an dem Silberschlauch. Einer der Tüchtigen hielt ihn nach gelungenem Befreiungsakt triumphierend nach oben. Antonia schraubte ihren nackten Arm in die Höhe und lachte sich kaputt. »Ja wo ist denn das Tattoo, wo ist es denn, wo ist es denn geblieben?« Der Arm war so weiß und unbebildert wie der andere, und Antonia konnte sich den Verbleib des Tattoo selbst nicht erklären. Die Silberröhre wanderte jetzt von Hand zu Hand, man hielt sie vor das Auge, vielleicht steckte das Tattoo ja im Inneren der Manschette, aber nein, da war es auch nicht, nein sowas, also sowas. Dirk kam. Er hatte seine Verehrerin in ein Taxi gesetzt und versprochen, über die Südseereise final nachzudenken.

»Komm Antonia, es ist genug«, sagte er. »Ein Taxi wartet, ich bring dich nach Hause.«

Antonia wehrte sich nicht, ließ sich von Dirk in die Schuhe helfen und ging wie ein kleines Mädchen an seiner Hand. Sie verabschiedete sich von Mark mit Wangenkuss, umarmte mich und Paul und blinzelte müde in die Nacht, bevor Dirk sie auf dem Rücksitz des Wagens in den Gurt schnallte.

»Wir besprechen den Abend bei Tage, ich melde mich«, rief Dirk, schlug die Wagentür zu und das Taxi fuhr los.

Es vergingen mehrere Wochen, ehe ich wieder an Untermatters Grundstück vorbeigehen konnte. Die Nacharbeiten für die Ausstellung waren fast so umfangreich wie deren Vorbereitung gewesen. Geschäftliches wurde abgewickelt, Dirks Werke zur Abholung verpackt, einige Arbeiten mussten zugestellt werden. Daneben sorgten wir für Abwechslung an unseren Wänden, der Betrieb duldet keine Pause. Das Hängeteam schlug wieder zu. Momentan zeigen wir Ölgemälde eines heimischen verstorbenen Künstlers, eine Retrospektive mit einem bescheidenen Eröffnungsakt. Die Familie des Malers hatte dazu einen Literaten gebeten, der humorvoll das Treiben seines Künstlerfreundes beschrieb. Diese Ausstellung würde zwei Monate lang zu sehen sein und gönnte mir einige freie Stunden, die ich genoss.

Mein erster Gang führte mich zu Violas Garten. Dort hatte sich nichts verändert. Ich war sehr erleichtert und winkte Richtung Giebelfenster. Jetzt erkannte ich, wie sehr ich mich zu diesem unbekannten Wesen hingezogen fühlte, vielleicht auch zu seiner Welt, die in so krassem Gegensatz zu meiner stand. Mir kam es vor, als lebe Viola in der wirklichen Welt, der harten, der ungebürsteten, gnadenlosen aber aufrichtigen Welt, die den Menschen formt wie ein karges raues Klima, das keine Nachlässigkeit verzeiht, wenn er überleben will. In meiner Welt herrschte Egoismus. Lügen gehörten zum Alltag wie

Schmieröl zur Maschine. Ich dachte an unsere Vernissagen, besonders an die mit Feldsteins Bildern, an all die Liebenswürdigkeiten, die wir unseren Kunden im Small Talk angedeihen ließen. Ich dachte an die Behauptung, Dirks Bilder seien das Geld wert, das wir verlangten, oder wären es eines Tages mit etwas Glück. Ein Kritiker hatte uns unerwartet zugesetzt. Was die Galeristen Ganter derzeit präsentierten, sei wenig überzeugend, schrieb er, schon gar nicht überraschend. Und hatte Paul nicht gesagt, wenn Ganter verkündet, es sei große Kunst, dann ist es auch große Kunst?

Woher nahmen wir unsere Sicherheit, mit der wir einem Werk den Qualitätsstempel aufdrückten? Waren wir nicht einfach nur Täuschungsagenten, die Tauben aus dem Hut flattern ließen, vor den Augen eines gläubigen Publikums? Ich dachte an Steuerhinterzieher und andere Alltagslügner, an Dopingsünder und Kunstfälscher, an die Lügen in Politik und Werbung und an das Ellbogencredo vieler Eltern, lass dir nichts gefallen, nur wer sich durchsetzt, hat eine Chance.

Ich schaute über Violas Zaun. An einigen Stellen entdeckte ich Platten von himmelblauem Ehrenpreis und Gänseblümchen. Ein Gefühl wie Sehnsucht nach dieser Frau überraschte mich. Ich wollte ihr näherkommen, vielleicht von ihr lernen. Ich sah in ihr die weise Frau aus einem meiner Kindermärchen, von der es hieß, man sei gesegnet, träfe man sie auch nur einmal im Leben.

Eine Woche später beim Abendessen sagte Mark, er brauche eine Ehepause und ziehe vorübergehend zu Antonia. Ich blieb vollkommen ruhig. Hatte ich eine solche Ankündigung nicht irgendwann erwartet? Sie wunderte mich insofern, als alle meine Beobachtungen, Antonia und Mark betreffend, ergebnislos verlaufen waren. Nie hatte es in der Zeit nach der Vernissage Anzeichen für eine Vertiefung ihrer Beziehung gegeben. Mark war ständig an meiner Seite, machte keine Alleingänge in der Stadt, saß abends mit einem Glas Rotwein auf dem Sofa und schaute sich Krimis an. Manchmal gingen wir aus, gaben für Kunden ein Abendessen. Ich hatte geglaubt, seine Begeisterung für Antonia sei mittlerweile verflogen. Sein Handy, natürlich meldete sich dieses häufig, doch nicht häufiger als sonst, oder etwa doch?

»Was passiert nach deiner Ehepause, wie lange soll sie dauern«, wollte ich wissen.

»Das weiß ich nicht«, sagte er und besah seine Fingernägel.

»Ich kann dir verraten, wie lange sie dauern wird, wenn es dich interessiert«, schlug ich hilfsbereit vor. Mark schaute mich überrascht an, als erwarte er von mir die erste Hochrechnung nach einer Wahl. Gerne wollte er meine Prognose hören.

»Es wird keine Pause geben. Wenn du gehst, dann ist es für immer, jedenfalls was mich betrifft.« Mit gutem Appetit biss ich in mein Käsebrot.

»Warum diese Radikalität«, klagte Mark, »man kann doch die Dinge etwas offener gestalten.«

»Ich nicht, nein, ich kann das nicht, und ich will es auch nicht. Zieh zu Antonia, über die Galerie reden wir später.«

Ich stand auf, bezog in dieser Nacht das Gästezimmer und fand lange keinen Schlaf. Also doch, das Strasssteinchen hatte den Diamanten verdrängt. Paul hatte sich demnach gründlich verschätzt.

Ich dachte an Dirk Feldstein. Er war von der Sache so betroffen wie ich. Was würde er dazu sagen? Dirk hatte Antonia mit anrührender Sorge in das Taxi gesetzt, ihr zuvor in die Schuhe geholfen, das angetrunkene Mädchen gestützt und seine Würde geschützt. Mark hatte im Chor der Männer mitgejohlt. Ausziehen! Natürlich hatten sie die Armmanschette dabei im Auge gehabt, aber im Kopf womöglich anderes. Anzüglich hatte sich das Geschrei auf alle Fälle angehört. Warum hatte Mark an diesem Abend das Mädchen nicht geschont? Dirk hatte es getan. Diese Tatsache hatte mir Dirk nähergebracht. Jetzt tat er mir leid.

Ich dachte an mein Alter. Im nächsten Jahr wollte ich meinen neunundvierzigsten Geburtstag feiern. Unaufhaltsam ging ich auf die Fünfzig zu. Man sah mir die Jahre nicht an, das wusste ich. Trotzdem wertete ich Marks Absicht mich zu verlassen, als eine Absage an mein Alter. Antonia war dreiundzwanzig, das hatte mir Paul gesagt. Ihrer Jugend hatte ich nichts entgegenzusetzen. Mark hatte das eigentlich auch nicht, er war fünfundfünfzig, aber das war anscheinend etwas anderes.

Ich beschloss, mich auf der Stelle von diesen negativen Gedanken und Berechnungen zu distanzieren, sie nicht mehr zuzulassen. Ich war Felizitas Ganter, Galeristin, und auf niemand angewiesen. Die Galerie hatte ich von meinem Vater übernommen, nach seinem Tod mit seinem Erbe weiter ausgebaut. Mark war als gelernter Versicherungskaufmann eingestiegen. Das ist inzwischen zwanzig Jahre her, so lange sind wir auch ein Paar. Sollte Mark gehen, wohin auch immer, ich würde genauso weiterarbeiten wie bisher, doch ohne ihn, mit Hilfe weniger Freunde, auf die ich mich verlassen konnte. Dieser Gedanke beruhigte mich. Ich machte mir keine Sorgen um meine Zukunft und schlief endlich gegen Morgen ein.

Wir frühstückten, fuhren zusammen in die Galerie, arbeiteten und aßen eine Kleinigkeit bei Feinkost Moritz. Ich wartete ab, ob und wie Mark das Thema Trennung eröffnen würde, doch nichts geschah. Auf der Heimfahrt fuhr ich. Ich sagte nichts und war froh, mich auf den Verkehr konzentrieren zu müssen. Mark spekulierte über den Höhenflug des aktuellen Goldpreises. Er habe seine Einlage demnächst verdoppelt, wenn der Aufwärtstrend anhielte. Nach dem Abendessen besah er sich einen Krimi und trank Rotwein. Ich räumte in der Küche die Spülmaschine aus. Sein Handy klingelte. Offensichtlich sprach er mit Antonia. Ich unterbrach meine Arbeit, um das Gespräch verfolgen zu können. Die Küchentür stand einen Spalt breit offen, trotz der Filmgeräusche konnte ich verstehen, dass Mark Antonia um mehr Zeit bat, die er

benötige, weil alles nicht so einfach für ihn sei. Sie möge noch
etwas Geduld mit ihm haben. Dann war er still. Nach wenigen
Augenblicken hörte ich das Übliche. »Ich dich auch.«

Ich stellte die letzten Teller in den Wandschrank und ging
zu Mark. Ich füllte mein Weinglas, trank einen Schluck und
sagte: »Ich möchte, dass du heute noch deine Koffer packst
und morgen ausziehst. Den ‚Tatort‘ kannst du gerne noch fertig schauen.«

»Ich bitte dich, Felizitas, wie sprichst du denn mit mir«, entsetzte er sich.

»Ich spreche mit dir wie eine Frau, die von ihrem Mann
verlassen wird.«

Er griff nach der Fernbedienung und schaltete das TV-Ge-
rät aus. Eine Zeit lang saß er schweigend da und starrte in sein
Glas, das er in der Hand hielt. Mit einer leichten Drehbewe-
gung brachte er den Wein in eine rotierende Bewegung bis
unter den Rand des Glases und darüber hinaus. Eine kleine
Woge schwappte auf sein Knie, er beachtete sie nicht. Dann
trank er in einem einzigen Zug den Rest des Weines, knallte
das Glas auf den Couchtisch und stand auf. Wortlos ging er
an mir vorüber. Ich hörte ihn anschließend im Schlafzimmer
rumoren. Laut und vernehmlich schlug er Schranktüren auf
und zu, es krachte und polterte, ein Stuhl fiel wohl um, etwas
Schweres flog gegen die Wand. Irgendwann wurde es ruhiger.
Wasser lief in die Badewanne.

Ich entspannte mich bei einer Dokumentation über den
Schweizer Jura. Menschenleere Hochflächen fielen felsenge-
säumt in bewaldete weitläufige Senken ab oder wurden von
tiefgründigen Schluchten durchschnitten. Eine einzigartige
Pflanzen - und Tierwelt war hier erhalten und wurde geschützt.
Der Einblick in dieses Paradies machte mich vollkommen ruhig und gelassen. Ein weiteres Glas Wein wirkte auf gleiche
Weise. Ich schlief in dieser Nacht tief und länger als sonst. Als
ich am Morgen in die Küche kam, um Kaffee zu kochen, war

der Tisch bereits gedeckt, für eine Person. Es fehlte an nichts. Alles war aufgelegt, Käse, Brot und Butter, Marmelade und Honig, ein Ei im Becher erwartete mich weichgekocht unter seinem Wärmemützchen, nur Mark war nicht da. Er war ausgezogen.

Eine Woche lang hörte ich nichts von ihm. Dann rief er an und wollte wissen, wie es mir erginge. Ich sagte, es ginge mir gut, und er brauche sich meinetwegen keine Sorgen zu machen. Das entsprach der Wahrheit, denn ich bekam Hilfe von Paul, den ich am Tag von Marks Auszug als Ersten informiert hatte. Paul kam täglich, verlegte seinen Arbeitsplatz zeitweise in die Galerie und entlastete mich bei der Aufsicht der Ausstellungsräume. Wir fanden einen für uns beide akzeptablen Rhythmus. Ich fuhr morgens in die Galerie, kontrollierte Mails, erledigte Geschäftliches, empfing Besucher. Paul löste mich um die Mittagszeit ab. Zusammen aßen wir im Bistro Ponte um die Ecke eine Kleinigkeit. Das Hängeteam meldete sich. Ich informierte Franz und Christof über die neue Situation. Sie versprachen vollen Einsatz zu jeder Zeit und in jeder Notlage. »Du weißt Feli, das Hängeteam lässt dich nicht hängen.« Im Lauf des Nachmittags, je nach Bedarf, fuhr ich nach Hause, oft machte ich zuvor Besorgungen in der Stadt. Zu Kundenessen begleitete mich Paul, einmal war Franz im Einsatz, zweimal Christof. Ich stellte sie als meine Mitarbeiter vor, die mir nach und nach unentbehrlich wurden. Ich bezahlte sie auf Honorarbasis wie bisher.

    In dieser etwas anstrengenden Zeit hatte ich Violas Garten nicht vergessen, doch kein einziges Mal aufgesucht. Bei erster Gelegenheit wollte ich Versäumtes nachholen und fuhr deshalb an einem der nächsten Nachmittage beizeiten nach Hause. Ich verschloss die Garage, zu Violas Garten würde ich einen Spaziergang machen. Meine Nachbarin sah mich und winkte, dann kam sie an den Zaun. »Wissen sie es schon, die Viola wurde heute abgeholt.«

»Was ist passiert?« Ich erschrak.

»Ihre gefüllte Lebensmittelkiste stand nach einer Woche immer noch vor der Haustür. Der Mann, der ihr regelmäßig die Waren anliefert, schlug Alarm. Er holte die Polizei, sie brachen die Tür auf und fanden Viola auf dem Boden im Hausflur liegend. Sie war tot, seit mehreren Tagen schon.«

Die Nachbarin schlug während ihres Berichts entsetzt die Hände vor die Brust.

Die Nachricht traf mich schwer. Sie traf mich schwerer als Marks Ankündigung, mich zu verlassen, schwerer als alles, was ich bis jetzt erlebt hatte. Selbst der Tod meines Vaters war vorhersehbar gewesen und hatte mir sogar Erleichterung verschafft. Ich stand da und hatte nur den einen Gedanken, dass ich zu spät gekommen war. Doch zu spät für was?

Meine Nachbarin redete jetzt unaufhörlich über Fälle ähnlicher Art, von denen sie wusste, und in denen Menschen oft wochen-, ja monatelang tot in Wohnungen lagen und erst durch intensiven Geruch entdeckt worden waren. Mehrfach waren sogar Hunde neben ihren toten Herrchen oder Frauchen verendet, ja regelrecht verhungert. Ein Rentner habe ein ganzes Jahr im Ehebett neben seiner verstorbenen Frau geschlafen, habe dabei einen normalen Alltag gelebt, leicht verwirrt, aber unauffällig. Die Frau sei bei der Auffindung so gut wie mumifiziert gewesen.

Mir wurde schlecht. Ich ließ meine Nachbarin stehen und lief ins Haus, warf mich auf das Sofa und schnappte nach Luft. In meiner Speiseröhre stieg etwas Scharfes nach oben. Ich sprang auf, rannte in die Toilette und hing dort würgend über dem Rand der Schüssel. Was passierte mit mir? Ich war vollkommen bestürzt, geradezu in Panik. Mir wurde schwarz vor den Augen. Als ich wieder zu mir kam, lag ich neben der Toilettenschüssel auf dem Boden. Ich blieb ruhig liegen und legte meine Hand an ihren kühlen Säulenfuß. Ich spürte die glatte Oberfläche des Porzellans und wusste, dass ich lebte. Ich hatte kein Bedürfnis aufzustehen. Die Schüssel war meine Zuflucht gewesen. Bei ihr wollte ich liegen, an ihrem weißen Fuß und nirgendwo sonst, zumindest vorerst.

Etwas später erhob ich mich doch und kroch auf allen Vieren ins Wohnzimmer und zum Sofa zurück. Niemand sah mich, weshalb also sollte ich mir die Mühe machen, auf zwei Beinen zu gehen? Ich blieb vor dem Sofa auf dem Boden sitzen und lehnte mich mit dem Rücken an die Sitzpolster. Ich spreizte die Beine und ließ meine Arme hängen. Ich fühlte mich sehr schwach, mein Kopf fiel nach vorn. So saß ich lange Zeit und horchte auf meinen Herzschlag, befürchtete sogar, dass ich sterben müsse.

Allmählich erholte ich mich, der Panikanfall flachte ab. Trotzdem blieb ich in meiner Stellung, die neue Sitzperspektive tat mir überraschend gut. Was war passiert? Nur langsam erinnerte ich mich an die Schreckensmeldung meiner Nachbarin. Viola war gestorben, allein im Flur ihres Hauses. Die Polizei hatte sie herausgeholt. Wo war sie jetzt? Wer kümmerte sich um sie? Hatte man sie in ein Kühlfach geschoben, oder lag sie auf dem Seziertisch eines Pathologen? Fremdeinwirkung wird geprüft, wer einsam stirbt, wird einbehalten. Viola, die ich nicht kannte, war tot, Viola, die ich so gerne kennengelernt hätte, Viola, die große Frau mit dem runden kleinen Hut und einem verwilderten Garten, in dem Gänseblümchen, Ehrenpreis und Goldruten wucherten, in dem Brennnesseln ein ungestörtes Fest feierten.

Den Abend verbrachte ich auf dem Boden sitzend, aß trockenes Weißbrot, das ich in kleine Brocken riss und trank Wein, davon reichlich. Dieses Bodenleben war jetzt angemessen, ich fühlte mich dabei Viola näher. Ich trauerte um sie, wie ich noch nie in meinem Leben getrauert hatte. Ich trauerte um eine Frau, die ich nur einmal und nur von hinten gesehen hatte, eine Frau, deren Gesicht ich nicht kannte, die vor mir geflüchtet und in ihrem Haus verschwunden war. Ich trauerte um den Verlust einer Welt, die ich nicht kannte, nicht mehr kennenlernen würde, um Violas Welt, um ihr Denken und Fühlen. Was war in ihr vorgegangen, wenn sie einen Blick aus ihrem kleinen Fenster riskiert hat?

Ein Gedanke verwirrte mich zusätzlich. Vielleicht trauerte ich nicht nur um diese Frau. Am Ende war mir womöglich gar nicht klar, um wen und um was ich hier litt. Fing man einmal mit dem Trauern an, gab es kein Halten mehr. So vieles war beklagenswert, so vieles fiel mir plötzlich ein, worüber ich weinen musste. Menschen sterben einsam in ihren Wohnungen, Frauen und Männer verlassen einander und vergessen, dass sie sich geliebt hatten. Kinder werden missbraucht oder entführt, oder beides. Andere verhungern vor den Augen der Welt und sterben, oder fallen Seuchen anheim. Ununterbrochen wird gestorben, Tag und Nacht, Minute für Minute. Man ist umzingelt vom Sterben, von Zerstörung und Zerfall. Täglich hört man davon, kaum dass der Nachrichtensprecher die neuesten Meldungen des Tages am Bildschirm verkündet. Zusätzlich berichtet er ausführlich von Naturkatastrophen, verspricht, den Zuseher über die Entwicklung im Katastrophengebiet auf dem Laufenden zu halten. Filme, unter Lebensgefahr gedreht, zeigen aktuelle Aufnahmen von Steinschlägen gigantischen Ausmaßes, die Menschen, Tiere und Häuser unter sich begraben. Immer wieder krachen tektonische Platten aufeinander, lösen Seebeben aus und schicken Monsterwellen zu Urlaubsstränden. Vulkanausbrüche, Erdbeben, Schlammlawinen und Überschwemmungen, die alles von Menschenhand Geschaffene niederreißen, sind keine seltenen Ereignisse. Ach, und die Eiskappe des Nordpols schmilzt und schmilzt, und niemand kann sie retten. Zu all diesem Elend senkte sich jetzt auch noch eine pechschwarze Wolke auf mich nieder, hüllte mich ein und machte mich unendlich müde. Alles schien sich vor meinen Augen aufzulösen oder einzustürzen, mein ganzes Leben, meine Hoffnung, meine Energie.

Am anderen Morgen erwachte ich vor dem Sofa, auf dem Fußboden liegend. Ich muss mir ein Kissen unter den Kopf gestopft und die leichte Sofadecke auf mich gelegt haben. Erinnern konnte ich mich daran nicht, doch anders war diese Lagerstatt nicht zu erklären. Die Weinflasche lag leergetrunken unter dem Couchtisch, das Glas nicht weit von mir entfernt in einer Rotweinpfütze, in der sich das Endstück des Baguette Brotes vollgesaugt hatte. Mein Rücken schmerzte, der Kopf auch. Ich streckte mich und bewegte meine Beine. Vorsichtig stand ich auf. Noch schwankend ging in die Küche, trank Wasser und kochte Kaffee. Ich war müde, fühlte mich zerschlagen und krank.

Ich rief Paul an und sagte es ginge mir schlecht, ich könne jedenfalls nicht zur Galerie kommen und ob er vielleicht...? Paul konnte, er würde den Tag übernehmen. Ich solle mich erholen. Ich trank eine Tasse Kaffee in der Küche, eine zweite in der Sofaecke sitzend. Mein Bodenleben war beendet, meine Gedanken richteten sich auf Nächstliegendes, dem jetzt meine ganze Sorge galt: hatte ich Tabletten im Haus?

Ich hatte. Ich löste zwei Brausetabletten in Wasser und trank. Als es mir nach einer Stunde etwas besser ging, entfernte ich die Spuren meines Gelages. Mein abendlicher Verzweiflungsausbruch erschien mir jetzt bei Tage schwer nachvollziehbar. Was war nur in mich gefahren? Warum hatte ich auf die Nachricht meiner Nachbarin derart hysterisch reagiert? Ich war froh, niemand war Zeuge meines Anfalls gewesen, keiner hatte mich auf den Knien über den Boden kriechen sehen. Ich nahm mir vor, noch heute mit meiner Nachbarin zu sprechen, die ich ohne Erklärung am Gartenzaun hatte stehen lassen.

Drei Wochen später wurde Violas Asche zur Bestattung freigegeben, die Stadt hatte für ihre Einäscherung gesorgt. Ich hatte ein kleines Urnengrab für meine fremde Freundin gekauft. Meine Nachbarin und ich begleiteten Viola zu ihrer letzten Behausung. Ein Priester war nicht zugegen. Der

Friedhofsbeauftragte trug die Urne und senkte sie in die ausgehobene Grube. Wir warfen mit einer Handschaufel Erde auf das Gefäß und streuten darüber Rosenblüten, die meine Nachbarin in ihrem Garten geschnitten hatte. Anschließend lud ich sie zum Mittagessen in eine Pizzeria ein. Niemand außer uns war zu Violas Beerdigung gekommen, obwohl meine Nachbarin im Vorort viele Leute informiert hatte.

»Sie war einfach nicht beliebt«, sagte Hedwig, meine Nachbarin, die mir soeben das »Du« angeboten hatte. »Geschwister hatte sie auch keine, wer hätte also kommen können?«

»Ich denke, es passt zu ihr. Sie starb und wurde begraben, wie sie lebte, allein und ohne Aufsehen. Ich glaube, Viola hätte es sich so gewünscht, etwas anderes wäre ihr ein Gräuel gewesen.«

»Da hast du sicher recht.« Hedwig war beruhigt.

»Mein Mann hat mich vor einigen Wochen verlassen, wegen einer viel jüngeren Frau. Ich lebe jetzt allein in diesem viel zu großen Haus, aber ich kann mich nicht entschließen, es zu verkaufen«, sagte ich unvermittelt, obwohl ich nicht darüber hatte sprechen wollen. Hedwig war nicht besonders beeindruckt. Viele Frauen erlebten schließlich dasselbe, Männer aber auch, sie zum Beispiel habe sich von ihrem Mann getrennt, einem Wiederholungstäter in Sachen Alkohol. Nun freue sie sich, mich als Nachbarin zu haben und bat mich, wenn es mir möglich sei, zu bleiben.

Ich blieb in diesem Haus und reichte die Scheidung ein. Zwei Anwälte regelten unsere Interessen. Ein Vertrag der Gütertrennung, auf den mein Vater bestanden hatte, sicherte mir den vollen Besitzanspruch auf die Galerie und mein Vermögen. Ich erkannte Mark eine großzügige Abfindung zu, da er mit seinem Geschick die Galerie erfolgreich vorangebracht hatte. Ich sah ihn bei der Scheidung. Er kam ohne Antonia und machte einen sorglosen, unbekümmerten Eindruck. Ich war froh darüber, denn ein angeschlagener Mark hätte sich wahrscheinlich belastend auf mein Gemüt gelegt.

Violas Haus stand leer. Das Anwesen schien verwaist und vergessen. Eines Tages machte ein Gerücht die Runde, die Verstorbene habe das Haus einem Kloster vererbt. Genaueres wusste niemand, nicht einmal Hedwig.

Ich vermied den Gang zu Violas Haus. Ich wollte mich mit dieser Geschichte nicht mehr belasten, wollte keinem eventuellen Abriss zusehen, nicht in einen Garten schauen, wie es hier so viele gab. Nonnen oder Mönche würden dort, wenn sich das Gerücht bewahrheite, womöglich für Ordnung und pflegeleichte Bepflanzung sorgen, das wollte ich nicht erleben. Ich widmete mich stattdessen meiner Arbeit, plante mit Paul eine erfolgversprechende Ausstellung und bot ihm eine Teilhaberschaft in der Galerie an. Paul nahm an, wieder regelte ein Anwalt die Bedingungen.

Ich bepflanzte Violas Grab mit einer weißen Strauchrose, übergab die weitere Pflege aber einem Gärtner. Ich ließ einen kleinen Grabstein aufstellen. Der Name Viola stand in Versalien groß über einer zweiten Zeile. Wer den Namen Untermatter lesen wollte, musste sich bücken. Ich vergaß Viola nicht, doch nach und nach verblasste die Erinnerung an sie und der verstörende Eindruck, den ich von ihr hatte.

2

Ein Telefonat machte mich neugierig. Max Koch rief an und bat mich um Hilfe. Ich kannte ihn gut. Sein Antiquariat war für mich eine gern besuchte Fundgrube für alte Bücher, Porzellan, kostbare Gläser und Krimskrams aller Art. Er war ratlos, klagte, er habe sich eine Kiste mit Zeichnungen aufdrängen lassen, für ihn auf den ersten Blick ein fürchterliches Kritzelwerk. Aber, meinte er, vielleicht würde ich das ja mit anderen Augen sehen, er jedenfalls könne nichts damit anfangen. Er wisse schon platzmäßig nicht wohin damit, doch habe er dem alten Ehepaar keine Enttäuschung bereiten wollen. Die beiden zögen in ein Pflegeheim und konnten die Kiste nicht mitnehmen, wollten den Inhalt aber auch nicht wegwerfen. Die Bildchen wegzuwerfen brächten sie nicht übers Herz. Er habe an mich gedacht und wäre mir dankbar, ich würde mal einen Blick darauf werfen, ehe er den Papierstau entsorge. Ich sagte zu, wir verabredeten uns für den nächsten Nachmittag. Ich freute mich auf einen Stöberbesuch bei Max. Paul wünschte mir viel Spaß. »Den habe ich auf alle Fälle«, erwiderte ich und nahm die S-Bahn in die Südstadt.

Max reichte mir einen Espresso. Seine Maschine war relativ neu und daher eine absolute Ausnahmeerscheinung in seinem Kabinett, in dem es immer muffig roch, nach einer Mischung aus Staub, Terpentin und Wachs. Kerzen aller Epochen drängten sich in hohen Glasschränken aneinander. Historische

Puppen saßen auf Kommoden, Konsolen und in Kinderstühlchen und hielten ihre starren Puppenaugen scharf geradeaus
gerichtet, so als führten sie hier die Aufsicht über das gesamte
Antiquariat. Ich blätterte in einem Kinderliederbuch der drei
ßiger Jahre und entschied mich, es der Illustrationen wegen zu
kaufen, als Max mit der Kiste kam. Sie war schwer, er schleppte sich regelrecht mit ihr ab, und ich fragte ihn, wie die alten
Leute ihre Kiste transportiert hätten. Max lachte. »Sie kamen
mit dem Taxi. Es hielt direkt vor dem Laden. Der Fahrer trug
die Kiste ins Geschäft. Sie wollten ihn dafür extra entlohnen,
doch der Mann ließ es nicht zu. Darf man denn nie Gutes tun,
hatte er gemeint und war wieder weg.«

Ich legte das Buch beiseite. Max schlug den Deckel der Kiste zurück.

Ein leichter Kellergeruch stieg mir in die Nase. Ich blickte auf eine dicht zusammengepresste Masse Papier, Blatt auf
Blatt geschichtet, in unterschiedlichen Größen, fetzenartig
klein, dazwischen schulheftgroß und größer. Die Zeichnungen
waren mit der Rückseite nach oben eingelagert. Vorsichtig löste ich ein größeres Blatt vom Stapel und drehte es um. Was ich
sah, nahm mir fast den Atem.

Ich hielt eine Tuschezeichnung in der Hand, im Stil japanischer Meister, Striche gezielt und knapp gesetzt oder in weitem
Bogen gespannt, teils sensibel brüchig oder kraftvoll gezogen,
kein Strich zu viel, keiner zu wenig. Sie erinnerten mich in
ihrem Duktus an den Klang einer Violine, an ihr Vibrieren,
ihre zärtlich brüchigen Töne, an das warme dunkle Raunen
und ihr scharfes, schmerzlich hohes Klagen. Die Striche dieser
Zeichnung waren Musik für das Auge, das ihnen bis zu ihren
feinst auslaufenden Enden oder bruchartig abgerissenen Balken folgte. Sie atmeten, schwollen an, schwollen ab, flossen
aus, versickerten und schufen in der Gesamtschau ein Motiv
von unerhörter Einfachheit und Schönheit, in diesem Fall ein
Kind, das Brei aus einer kleinen Schüssel löffelte. Ich sagte

nichts und nahm das nächste Blatt. Ein Junge hielt eine Katze im Arm, dasselbe Strichwunder wie auf dem ersten Papier. Ich löste Blatt um Blatt. Fast fürchtete ich mich vor diesem Schatz, den ich dabei war hier zu heben.

»Also, was meinst du, kann es weg, oder was soll man damit machen?« Max wartete gespannt auf mein Urteil.

»Ich nehme das Ganze mit und sehe es mir gründlich durch«, schlug ich vor, »natürlich nur, wenn es dir recht ist.«

»Ist mir sehr recht, ich bin froh, wenn ich das Zeug wieder los bin, behalte es und mach damit was du willst, ich bin dir dafür wirklich dankbar.«

Ich rief Paul an. »Bitte, Paul, schließ den Laden und komm mit dem Auto. Ich habe einen kleinen Transport, das geht nicht mit der S-Bahn.«

Er wollte mehr über das Kritzelwerk erfahren.

»Komm einfach,« sagte ich.

»Ist gut«, antwortete Paul. Er hatte verstanden.

Er besorgte im Baumarkt einen Tapeziertisch und stellte ihn im Büro der Galerie auf. Die Tischplatte bezogen wir mit dünnem Nesselstoff, der eventuelle Feuchtigkeit aus den Papieren ziehen sollte. Der Modergeruch in der Kiste beunruhigte mich. Wir zogen weiße Baumwollhandschuhe an und legten die ersten Blätter auf das Tuch. Selten war ich bei einer Durchschau so aufgeregt gewesen.

»Das gibt es doch nicht«, begeisterte sich Paul beim Anblick jeder Zeichnung, die er in den Händen hielt. »Feli, ist dir klar, was wir hier haben?«

»Ich weiß es, ich wusste es bereits, als ich die erste Arbeit sah.«

Wie Goldsucher nach der Entdeckung einer Ader schürften wir uns voran, hoben Blatt um Blatt und legten es auf das Nesseltuch. Die Tischfläche reichte nicht für alle Arbeiten aus. Paul fuhr noch einmal zum Baumarkt, stellte einen zweiten Tisch über Eck zum Ersten. Es wurde eng in unserem Büro.

Kleine Skizzenbücher und einfache Kladden mit Blanko-
papier fanden wir auf dem Boden der Kiste. Sie hatten, im
Gegensatz zu den Zeichnungen, vor langer Zeit Feuchtigkeit
gezogen, waren etwas aufgequollen, doch trocken, das Papier
leicht gewellt. Wir legten sie einzeln auf das Sofa, dort waren
sie im Augenblick notversorgt. Ich wollte keinen Fehler machen, rief deshalb unseren Restaurator an und bat um Hilfe. Er
käme morgen, versprach Bernd Meinen. Er sei sehr gespannt
und freue sich.

Paul und ich standen staunend vor unserer Entdeckung.
Ein Themenzyklus ließ erkennen, dass die oder der Künstler
einem behinderten Jungen im Rollstuhl nahegestanden hatte. Im Stil der fantastischen Tuschezeichnungen erfuhren wir
vom Leben eines gelähmten jungen Mannes, der sich vertrau-
ensvoll dem Künstler geöffnet hatte. Der Junge weint, er lacht,
er isst und trinkt, wäscht seinen nackten Oberkörper, wäscht
sich die Haare, streckt seine Arme jener geheimnisvollen Person entgegen, die dieses Werk geschaffen hatte. Dann sehen
wir den Jungen liegend, in seinem Bett, die Augen geschlossen, die Hände gefaltet.

»Er ist tot,« sagte Paul.

Kinder tummeln sich auf einem Spielplatz, zwei kleine
Mädchen stehen vor dem Künstler und lassen sich portraitie-
ren, halten dem Zeichner ihre Puppen entgegen, die sollten
auch mit aufs Bild.

Wir erkannten die Gehege eines Tierparks, ein Leopard
geht auf und ab. Ein vibrierender Strich verrät die Unruhe des
Tieres.

»Die Gitter der Gehege verraten vielleicht etwas über den
Zeichner«, sagte Paul. »Als grafisches Element sind sie aber
auch ein echter Glücksfall, sieh nur, wie er es versteht, die fei-
neren Striche mit den Schwarzflächen zu kombinieren. Es ist
wunderbar.«

»Du sagst »er«, es könnte auch eine Frau sein«, überlegte ich.

»Ich weiß nicht, die Wucht der Darstellung, die Strichführung, und welche Frau würde sich in ein Schlachthaus wagen,
sieh nur, das sind eindeutige Schlachthausmotive. Picasso hätte es getan, da bin ich mir sicher, der liebte auch den Stier-
kampf, aber eine Frau?«

Paul beugte sich über eine Reihe Zeichnungen, die er in
einem Zusammenhang sah. Eine Kuh erhält ihren Todesschuss
in die Stirn. Auf einem weiteren Blatt liegt sie blutüberströmt
auf dem Boden. Metzger in langen Gummischürzen zerlegen
Tierkörper und teilen sie fachgerecht in Stücke. Eine bis unter die Decke gefliese Schlachtküche wird mit dem Wasser-
schlauch gereinigt.

»Mann oder Frau, das größte Rätsel bleibt die Identität des
Künstlers. Ein winziges MW auf der Rückseite der Papiere hilft
uns vielleicht irgendwann weiter, was meinst du Paul?«

»Ich will es hoffen, aber im Augenblick ist es wichtig, dass
wir die Hinterlassenschaft ordnen und sichern. Je weniger
Leute davon wissen, desto besser ist es.«

»Was machen wir mit Max Koch,« fiel mir ein, »wir werden
ihn informieren müssen, oder?«

»Wir informieren ihn irgendwann. Er schenkte dir die Kiste, mit Handschlag, aber der gilt. Ich bin dein Zeuge.«

Paul war nicht nur Zeuge, er war viel mehr. Er war ein zu-
verlässiger Freund und wusste immer, was zu tun war. Er hatte
recht, ich war glücklich, ihn an der Seite zu haben.

An diesem Abend gingen wir zusammen essen und feierten unseren unbekannten Künstler, den es erst noch zu entdecken galt.

Paul kam an den nächsten Tagen schon morgens in die
Galerie, so sehr beschäftigte ihn der unerwartete Segen, der
sich in wahre Bildergeschichten und Serien, aber auch in viele
Einzelmotive aufblätterte. Unter der Aufsicht von Restaurator
Bernd öffneten wir vorsichtig die Skizzenbücher und trafen
auf eine andere Technik als die der Tuschezeichnung. In den

Büchern arbeitete der Künstler mit einer haarfeinen Feder. Da die Skizzen Straßenszenen und Menschen in öffentlichen Räumen wie Bahnhöfen, Postämtern oder Krankenhäusern zeigte, nehme er an, dass er einen Füller benutzte, mit sehr dünner Spitze und schwarzer Tinte.

»Schließlich konnte er nicht mit Tuscheglas und Pinsel auf Motivsuche gehen, das wäre etwas umständlich und schwierig gewesen. In diesem Buch finden wir die Schlachthausszenen vorskizziert. Ich nehme an, er arbeitete mit Tusche nur in seinem Atelier.«

Wir gaben Bernd recht. Das Skizzenbuch ersetzte den Fotoapparat, mit dem der Künstler alles einfing, was ihm vor die Augen kam. An seinem Arbeitstisch entstanden später die Tuschezeichnungen.

Diese Entdeckung war sehr aufregend, so aufregend wie die Tatsache, dass die Skizzen ebenso meisterlich in ihrem Duktus waren wie die losen Blätter. Eine unängstliche, lockere Hand formte mit sparsamster Linienführung das Motiv, setzte, wo nötig, Akzente mit wenigen, eng liegenden Strichen, betonte Tiefen mit einem lichten Gittergespinst. Ab und zu sorgte ein leichter Sprühregen aus der Füllerspitze für einen zart verhüllenden Schleier, an Stellen, die danach verlangten.

Paul musste sich setzen. Er hielt eines der kleinen Bücher in den Händen und schüttelte den Kopf. Er war betroffen und konnte es nicht fassen, dass diese Arbeiten womöglich jahrelang in einer Kiste eingesperrt gewesen waren.

Bernd bedauerte, die Buchseiten nicht mehr glätten zu können.

»Da ist leider nichts zu machen. Wären sie akut feucht, könnte ich euch eine Vakuum-Gefriertrocknung anbieten, die zieht die Nässe aus dem Papier und glättet es gleichzeitig. Aber in getrocknetem Zustand ist ein Schaden irreparabel. Man lässt das Buch am besten wie es ist und geht schonend damit um. Die Zeichnungen hier sind jedenfalls nicht beschädigt oder störend verformt, die Blätter glücklicherweise nur leicht bis kaum gewellt. Die Einbände sind mehr betroffen, aber das lässt sich hinnehmen, findet ihr nicht?«

»Danke für deine Diagnose. Wir möchten einfach nur das Richtige für die Skizzenbücher tun und ihnen keinen weiteren Schaden zufügen«, sagte ich erleichtert.

Zu dritt saßen wir in der Mittagszeit im Bistro Ponte und aßen Seezunge. Ich hatte die beiden eingeladen. Die Identität unseres genialen Zeichners beschäftigte uns. Wie konnten wir sie in Erfahrung bringen?

»Ich muss unbedingt die Adresse des Ehepaares bekommen. Ich hoffe, Max Koch weiß vielleicht doch, wer ihm die Kiste hinterlassen hat. Ich hätte genauer nachfragen müssen, dachte aber nicht daran. Ich glaube aber, es ist der einzige Weg um in der Sache weiter zu kommen«, vermutete ich.

Bernd erhoffte sich einen Hinweis aus den Büchern.

»Restauratoren entdecken bei ihrer Arbeit oft die unglaublichsten Dinge, versteckt im Rücken eines Buches oder an anderer Stelle. Wartet erst noch ab, bis ich das kostbare Erbe durchleuchtet habe. Finde ich nichts, könnt ihr immer noch auf die Pirsch gehen.«

»Ja, mach das, vielleicht stoßen wir auf diesem Weg auf einen Hinweis. Es wäre der Idealfall und unglaublich spannend.«

Ich bestellte für uns eine Runde Espresso und lehnte mich entspannt zurück. Ich fühlte mich so wohl wie lange nicht, es ging mir gut. Meine Mitarbeiter waren extrem motiviert und unterstützten mich. Sie standen mir nah, hatten aber keinen Anspruch an mich, eine befreiende Situation. Besonders Paul versetzte mich in Erstaunen. Mit unaufdringlicher Sorge um eine alleinstehende Frau entwickelte er sich zu einem aufmerksamen Mitdenker, nicht nur, was den Galeriebetrieb betraf, sondern auch mein persönliches Befinden.

»Feli, geht es dir gut?«

»Du bist blass heute, was ist los?«

»Iss mal was, sonst kippst du aus den Schuhen.«

»Mach dir keine Sorgen Feli, ich erledige das für dich, geh heim und erhol dich!«

Kein Tag ohne Pauls Zuwendung, an die ich mich gern gewöhnte. Mark vermisste ich nicht. Seltsam, wie rasch er sich aus meiner Gefühlswelt entfernte. Ich hatte es nicht erwartet, wunderte mich, machte mir darüber aber keine Gedanken, war voller Energie und Unternehmungslust. Ich wusste, ich hatte die Entdeckung meines Lebens gemacht, der ich mein ganzes Interesse widmen würde.

Bernd fand keine versteckte Adresse in den Skizzenbüchern und brachte sie nach wenigen Tagen in die Galerie zurück.

»Ich habe die Feuchtschäden eingehend untersucht und halte sie für gering. Die schwarze Tinte ist an keiner Stelle ausgelaufen, eine nässeresistente teure Qualität, da hat der Zeichner offensichtlich nicht gespart, verfügte also über gute Kenntnisse oder eine ausgezeichnete Fachberatung.«

»Das freut mich, das ist sehr beruhigend«, sagte ich, »jetzt geht es also darum, dem Künstler auf die Spur zu kommen.«

Ohne Absprache hatten wir uns darauf festgelegt, es müsse sich um eine männliche Person handeln, sprachen ständig von einem er, vielleicht auch nur aus einem einzigen Grund, weil das Wort Künstlerin um zwei Buchstaben länger war, als die maskuline Variante. Solange wir die Identität nicht kannten, war es schließlich egal, welchem Geschlecht der Schöpfer dieses Werkes angehörte.

Paul dokumentierte nun mit seiner Kamera Bild um Bild. Die Bücher und Kladden schlugen wir vorsichtig auf, fixierten die geöffneten Seiten mit einem verschiebbaren Rahmengerät, welches uns Bernd geliehen, und in dessen Handhabung er uns eingeführt hatte. Paul fiel aus einer Verzückung in die andere, als er auf dem großen Bildschirm im Büro der Galerie die ersten vergrößerten Zeichnungen sah. Nicht nur tagsüber, sondern auch am Abend saßen wir und staunten über das, was sich hier vor uns auftat. Der Künstler dokumentierte, sammelte, näherte sich an. Sein Interesse galt den Menschen, bevorzugt den am Rande der Gesellschaft lebenden. Er hatte anscheinend Kontakt zu Obdachlosen, jugendlichen Streunern und Süchtigen. Vielleicht gehörte er selbst zumindest eine Zeit lang dieser Gesellschaftsschicht an? Auf Bahnhöfen faszinierten ihn eilig hastende Reisende, unruhig Wartende, Liebende, die sich nicht trennen konnten, Jugendliche auf Klassenfahrt oder zu anderen Zielen, Menschen, die auf niemand warteten, doch nicht allein sein wollten, sich im Gewühl der An- und Abfahrenden geborgen glaubten, alte Menschen, die sich ängstlich vor Abfahrtstafeln durch die Auskunftszeilen mühten, mit ratlosem Blick, und um den kleinen Koffer besorgt, den sie mit einer Hand fest an ihrer Seite hielten.

Betende Frauen, vorwiegend ältere, in Andacht versunkene Gestalten bewiesen es: in Kirchen hatte der Künstler auch gesessen, vielleicht ein besonders angenehmer Platz für ihn, bevorzugt bei Regenwetter. Dort konnte man ungestört in einer Bank das Skizzenbuch aufschlagen und arbeiten. Motive gab es genügend. Fühlte sich ein Beter beobachtet, tat man, als interessiere einen nur die barocke Madonna mit dem Kind, oder ein heiliger Georg, der soeben seinen Drachen tötet.

Rund um Krankenhäuser hatte er sich zu schaffen gemacht. Patienten saßen in Bademäntel gehüllt auf Bänken und gönnten sich eine, vom Arzt verbotene Zigarette. Eine Krankenschwester führte einen deutlich geschwächten Mann zu einem Auto, vor dem eine junge Frau auf ihn wartete, vielleicht seine Tochter?

Wie um alles in der Welt kam er in die Pathologie?

Auf Friedhöfen war er zu Hause, das belegten zahlreiche Darstellungen trauernder Menschen, die vor Gräber standen, verwelkte Blätter absammelten, eine Grablampe anzündeten, Blumen niederlegten. Eine Frau saß auf einer Bank vor einem

Grab, rauchte, hielt ein Buch in der Hand und las einem kleinen Jungen daraus vor.

Cafés und Gaststätten kannte er anscheinend nur von außen. An Tischen vor den unterschiedlichsten Lokalen sitzend, fand er, was er suchte. Frauen, Männer, junge, alte, schweigend, redend, lachend, gestikulierend. Das ganze Spektrum eines Gesellschaftsbildes war zu sehen und lebte in den Skizzen wieder auf.

Und dann gab es die Kinder, unzählige, kleinste, kleine und größere, Frauen mit Babys auf dem Arm auf Bänken sitzend, Mütter, auch Väter, die ihrem Nachwuchs Schwung an der Schaukel gaben. Sandkastenszenen erzählten von Freud und Leid in der Kiste, kleine Eimer flogen durch die Luft, Schäufelchen in Kinderhänden häuften Sand auf Kinderköpfe, Kuchen wurden gebacken, Sand genascht.

»Ach«, sagte Paul, »ich habe auch mal Sand gegessen, anschließend war ich drei Tage lang wund, also das erzählt meine Mutter gerne auf Familienfesten und behauptet, ich könne das natürlich nicht wissen, weil ich noch so klein gewesen sei, aber da täuscht sie sich, ich erinnere mich schon an ein gewisses Unbehagen in der Hose.«

Ich lachte, konnte gar nicht mehr aufhören. Paul im Sandkasten! Jetzt saß er vor seinen Fotografien und war Teil einer Entdeckung, die womöglich weitreichende Folgen auch für ihn bereithielt.

»Ich denke an ein Buch«, sagte er. »Ich stelle mir einen Kunstband mit Zeichnungen vor, dazu eine Lebensbeschreibung des Künstlers, sollten wir jemals Einsicht in dessen Leben bekommen. Ich habe da leider ein komisches Gefühl, dass wir genau das nicht schaffen werden.«

»Die Arbeiten liegen uns vor, sie sind real, jemand steckt dahinter, dieser Jemand lebt oder hat gelebt, also werden wir ihn finden, glaub mir.« Diesmal war ich diejenige, die Optimismus streute.

»Deine Idee mit dem Buch ist übrigens genial, wir machen das, keine Frage. Aber eine große Ausstellung mit den Zeichnungen wird es ebenso geben, dafür sorge ich, du kennst mich ja. Gerade deshalb ist es sehr wichtig, eine Vita zu haben. Auch Rechte müssen geklärt werden. Ich besuche das Ehepaar, und zwar so bald wie möglich. Die Leute müssen schließlich wissen, von wem der Inhalt in der Kiste stammt. Ich brauche deshalb die Adresse des Altenheimes, in das die beiden ziehen wollten, und von dem Max gesprochen hatte. Ich hoffe, er kann mir weiterhelfen.«

Ich holte Sekt. »Paul, lass uns anstoßen, auf dich, auf mich und den unbekannten Jemand, dem wir hoffentlich bald auf irgendeine Weise begegnen werden.«

Wir tranken zwei drei Gläser Sekt und redeten uns in eine euphorische Stimmung. Gegen elf Uhr bestellte ich ein Taxi, es lieferte zuerst Paul, dann mich vor unseren jeweiligen Haustüren ab.

Die Sache mit Max Koch gestaltete sich etwas schwierig. Ich rief ihn an.

»Du liebe Zeit, so auf die Schnelle kann ich dir nicht helfen, Feli. Eine Adresse möchtest du. Ich muss da erst mal wühlen, du kennst ja meine Zettelwirtschaft. Du möchtest die alten Leute sprechen, lass mich nachdenken, ob ich überhaupt etwas von ihnen bekommen habe. Ich war, als sie mit der Ladung und dem Taxifahrer bei mir ankamen, von ihrem Überfall ziemlich genervt.«

Max schien immer noch genervt, so sehr, dass er vergaß, sich nach den Zeichnungen zu erkundigen.

»Feli, ich ruf dich zurück, wenn ich etwas gefunden habe. Hier wartet ein Kunde. Sobald ich Zeit finde, schau ich die Adressen durch.«

Ich kannte Max Kochs Registrierchaos. In einer hohen grauen Schachtel aus kantenverstärktem Hartkarton, die aus einem Wäschegeschäft der Vorkriegszeit stammte, sammelte er auf losen Zetteln Adressen, Telefonnummern, Notizen aller Art. Ich richtete mich daher auf eine längere Wartezeit ein und tat gut daran.

Erst am Tag nach meiner Anfrage rief er mich an. Er habe alles durchgeblättert und nichts gefunden, sei dabei allerdings auf andere wichtige Notizen gestoßen, die er seit längerem vermisse. Umsonst sei diese Durchsicht für ihn daher nicht gewesen.

»Wie schön für dich«, sagte ich und verfluchte insgeheim seine Nachlässigkeit in geschäftlichen Dingen.

»Sag mal Max, erwähnte das Ehepaar eine Stadt, in die es ziehen wollte, oder wenigstens die Region, ist da vielleicht ein Name gefallen?«

Langes Grübeln, ich horchte, blieb ruhig.

»Konstanz. Sie wollten in den Süden, das sagten sie jedenfalls, und dass die Frau aus Konstanz stamme und noch eine Menge anderes, auch dass ihnen, obwohl die Frau dort geboren sei, die bevorstehende Veränderung überraschend schwerfalle, sie sich aber darauf freuten, in Zukunft in der Nähe des wunderbaren Sees zu sein. Schon immer habe es die Frau zurück in die Heimat gezogen, nun wage man den Schritt, spät, aber immerhin. Sie redeten und redeten, meistens gleichzeitig, aber ich war, wie gesagt, genervt und nicht sehr aufmerksam. Der Taxifahrer hatte es auch ziemlich eilig und ließ die Leute einfach stehen. Ich besorgte ihnen ein anderes Taxi. Sie warteten im Geschäft, es dauerte ewig, bis der Wagen kam. Ich fürchtete, sie blieben mir erhalten wie die Kiste, die sie mir aufgeschwatzt hatten.« Max lachte. Dann fielen ihm endlich die Zeichnungen ein.

»Wie sieht es denn mit den Kunstwerken aus, hast du dir einen Überblick verschafft?«

»Ich werfe sie auf keinen Fall weg, da sie fast dokumentarisch eine bestimmte Zeit abbilden. Ich schätze, sie entstanden in den siebziger bis neunziger Jahre, vielleicht sind einige älter. So genau lassen sie sich allerdings nicht einordnen, es sind ja keine Fotografien. Wir versuchen es trotzdem. Paul will sie grob chronologisch ordnen, das sind sie wert.«

Ich überlegte meine weiteren Worte. Max hatte interessiert zugehört, sagte dann »das ist auf alle Fälle nicht nichts.«

»Genau,« antwortete ich. »Was mich aber wirklich interessiert ist ein Jemand, der die Skizzen angefertigt hat, diesen Jemand suche ich. Aber dein Hinweis auf Konstanz hilft mir weiter. Es dürfte nicht allzu schwer sein, ein neu etabliertes Ehepaar in einem Altenheim zu finden. Die beiden müssten doch meinen Jemand kennen, was meinst du?«

Wir schwiegen. Dann hustete Max, sagte, »wenn nicht die beiden, wer dann«, und wünschte mir Erfolg bei meiner Recherche.

»Ich danke dir, Max. Ich halte dich auf dem Laufenden, versprochen.«

Ich wollte auflegen, als Max sagte: »Warte, ich glaube, ich habe noch etwas für dich. Notier dir mal folgende Adresse: Bruno und Nelli Bund, Haus Rosengarten, Konstanz.«

Ich war perplex. Max hatte mich verschaukelt. Er lachte krachend und schien sich unendlich zu freuen.

»Felizitas, was denkst du denn, ich bin zwar ein Chaot, aber nicht blöd. Ich habe die Schenkungsunterschrift der Leute auf einem meiner Vordrucke für solche Zwecke, mit Adresse und einer zusätzlichen Verzichtserklärung auf das Schenkungsgut. Man kann schließlich nie wissen, was in alten Kisten steckt, nicht wahr. Außerdem dachte ich sofort an dich, als ich einen Blick auf eine der ersten Arbeiten geworfen hatte. Ich dachte mir, sie werden dich freuen.«

Ich war beschämt und wusste nicht, was ich sagen sollte.

»Sag gar nichts«, riet mir Max. Nimm den Schatz, er gehört dir. Ich vererbe ihn dir zu Lebenszeit, ich weiß, er ist in guten Händen. Ich setze es noch schriftlich für dich auf, bei

einem schönen Abendessen, da darfst du gerne einmal etwas
für mich kochen, abgemacht?«

»Abgemacht,« sagte ich, mehr Worte fand ich nicht.

Das Haus, in dem das Ehepaar Bund jetzt lebte, war schnell
gefunden. Ich rief dort an. Eine Frauenstimme in unüberhör-
bar badischer Klangfärbung meldete sich, hieß mich in der Se-
niorenresidenz Rosengarten, Konstanz am See, willkommen,
nannte ihren Namen, den ich nicht genau verstand, etwas zwischen Landinger und Ladinger. Was ich, bitte, wünsche, wollte
die Stimme wissen.

Ich sagte es.

Klickgeräusche einer Tastatur, Frau Landinger oder Ladinger meinte, ich hätte Glück, das Ehepaar Bund sei soeben von
einem Ausgang zurückgekehrt. Sie wolle gleich mal durch-
läuten.

Ich wartete.

Dann war Herr Bund am Apparat und fand sich nicht sofort zurecht, um was es denn nun ginge, und wer da etwas von
ihm wollte. Seine Frau übernahm und war sofort im Bild.

»Ach, Sie meinen die Kiste mit den Skizzen. Also Herr
Koch hatte kein Problem sie anzunehmen, wir haben es sogar
schriftlich. Gibt es denn ein Problem damit?«

»Nein, überhaupt nicht. Es geht um etwas ganz anderes,
das ich mit Ihnen besprechen möchte, und deshalb würde ich
Sie gerne besuchen.«

»Einen Augenblick, bitte«, sagte jetzt Frau Bund und diskutierte mit ihrem Mann, der im Hintergrund ständig geredet hatte.

Ich hörte mit, es ließ sich nicht vermeiden, denn die beiden
sprachen sehr laut.

»Die Dame möchte uns besuchen, um etwas zu besprechen, da ist doch nichts dabei«, hörte ich sie sagen.

Dann, wieder an mich gewandt: »Mein Mann möchte wissen, um was es eigentlich geht.«

»Ja natürlich, da haben Sie vollkommen recht Das muss ich Ihnen sofort erklären, das ist selbstverständlich.«

Allmählich traf ich den richtigen Ton, der das Ehepaar, besonders den Mann, zu überzeugen schien.

»Sie können gerne kommen«, sagte Frau Bund, dämpfte aber meine Erwartung. »Sehr viel wissen wir nicht mehr über die Miriam, alles ist schon so lange her, und wir vergessen in letzter Zeit leider vieles. Am besten Sie kommen bald, sonst sind auch unsere letzten Erinnerungen verflogen.« Sie lachte über ihren kleinen Scherz.

»Gut, ich melde mich beizeiten und bedanke mich inzwischen für Ihr freundliches Entgegenkommen«, verblieb ich mit Frau Bund auf geschäftsmäßig versierte Art und legte auf.

»Paul, es ist eine Frau«, sagte ich.

»Das glaube ich nicht, eine Frau?«

»Ja, eine Frau.«

Paul jammerte, er müsse jetzt total umdenken und dies gar nicht so einfach für ihn sei.

»Ach, das schaffst du spielend, wie so vieles andere auch«, ermutigte ich meinen Teilhaber.

Ich faltete die Hände, nicht um zu beten, oder doch? Es klang jedenfalls wie ein Gebet, als ich es sagte:

»Es ist eine Frau, sie heißt Miriam. Es ist wunderbar, einzigartig, unser Jemand heißt Miriam. Ich liebe sie schon jetzt.«

Eine Woche später saß ich im Zug. Ich fuhr allein. Paul hatte mir zu einer Verbindung über Karlsruhe geraten, von dort konnte ich im Schwarzwaldexpress ohne umzusteigen bis nach Konstanz fahren. Er wäre sehr gerne mitgekommen, doch die Galerie benötigte Aufsicht, die Zeichnungen erst recht, die wir im Augenblick noch nicht sachgemäß sichern konnten. Wir studierten Prospekte über einbruchsichere Schränke, zwei Vertreter von Sicherheitsfirmen hatten uns beraten, doch waren wir noch nicht auf das eine zufriedenstellende Objekt gestoßen, das uns zugesagt hätte.

Ich sah ein weiteres Problem. Wenn wir zu zweit bei dem Ehepaar aufkreuzten, bekämen die beiden vielleicht einen unnötigen Schreck, fühlten sich bedrängt oder wie in einem Verhör.

»Schließlich möchte ich ihnen eine Menge Fragen stellen, ich glaube, alleine kann ich das entspannter angehen«, argumentierte ich, und Paul gab mir recht.

In einem neu eröffneten Hotel im Industriegebiet der Stadt buchte ich ein Zimmer für zwei Nächte. Es gehörte zu einer Hotelkette, die ich kannte, die meiner Vorstellung von Anonymität, freundlicher Sachlichkeit im Umgang mit dem Gast, absoluter Sauberkeit im Nassbereich und gutem Design entsprach, und eine Atmosphäre bot, die ich in dieser für mich aufregenden Situation unbedingt wünschte. Ein geschichtsträchtiges oder Gefühle steuerndes Ambiente mit alten Stichen, Kommoden, dekoriert mit Strohgebinden in Kranz- oder Herzform, Landhaussofas geblümt, oder mit feuchtigkeitsspendenden Palmengärten, hätte sich ungünstig auf meine angespannte Gemütslage ausgewirkt. Ich bevorzugte einen völlig neutralen Hintergrund für meinen Aufenthalt, vergleichbar mit einer unbemalten Leinwand, die ich ohne Vorlage gestalten konnte.

Während der Zugfahrt hatte ich Zeit nachzudenken. Mark hatte sich vor zwei Tagen überraschend gemeldet und angedeutet, dass er die Arbeit in der Galerie vermisse. Von mir hatte er nicht gesprochen. Er sei dabei, eine Modelagentur zu gründen, also gegründet habe er sie schon, aber Antonia sei bislang sein einziges Model, und es sei nicht einfach, junge geeignete Frauen, eher Mädchen unter Vertrag zu bekommen. Er meinte, er habe sich das alles etwas einfacher vorgestellt.

»Was ist daran so schwierig? Es gibt doch unzählige Mädchen, die vom Modelberuf träumen und alles tun, um ihr Ziel zu erreichen.« Meine Stimme hatte scharf geklungen.

»Okay«, hatte Mark gesagt, »lassen wir das. Du hast recht, Mädchen gibt es genug, und sie melden sich auch. Ich suche vor allem Firmen, an die ich sie vermitteln könnte, und hier liegt das Problem. Aber das muss ich eben noch lösen, da brauch ich Zeit. Aber sag mal, wie geht es dir?«

»Es geht mir gut. Ich habe Paul in die Firma geholt, das läuft hervorragend. Du kennst ja Paul, was er anfängt, gelingt, und ich kann mich wirklich auf ihn verlassen. Das ist sehr wichtig für mich, im Moment das Wichtigste.«

Mark hatte geschwiegen, ich auch.

Mit einem »Lass es dir gut gehen, Mark,« hatte ich die Stille zwischen uns beendet und aufgelegt.

Warum hatte Mark angerufen? Aus Sorge um mich sicher nicht. Bereute er womöglich seinen Schritt? Ich hatte keine Lust, mich mit Marks Problemen zu befassen. Wir waren geschieden. Er hatte eine neue Partnerin, ich wollte nicht aus alter Gewohnheit zum Ratgeber in einer für ihn schwierigen Zeit werden, die er anscheinend gerade durchlebte, und in der ihm Antonia vielleicht keine echte Hilfe war. Mark hatte mich verlassen. Ich hatte kein Interesse an seinem weiteren Lebensvollzug. Er würde ohne mich seinen Weg finden, da war ich mir sicher. Ich versuchte, nicht mehr an ihn zu denken, was etwas schwierig war, doch ein neuer Fahrgast lenkte mich von meinen unbehaglichen Gedanken erfolgreich ab.

Ein junger Mann stieg zu und belegte den Platz dem meinen gegenüber. Seinen Rucksack setzte er auf den freien Nebensitz. Die schmale Tischplatte zwischen uns füllte sich in kürzester Zeit mit seiner persönlichen Reiseausstattung, und ich schob meinen Kaffeebecher etwas zur Seite, da bereits das Notebook des Mannes über der Grenzlinie lag, die exakt in der Mitte unseres gemeinsamen Tisches verlief. Er packte aus. Eine Thermoskanne rückte das Notebook noch um weitere Zentimeter in mein bescheidenes Revier. Er wollte sich wohl

erst einmal erfrischen. In den Tiefen seines hohen, prall gefüllten Rucksacks, stieß er durch bohrendes Ertasten mit der
rechten Hand auf eine großformatige Kunststoffbox, die er
neben den Flachcomputer legte. Auch dieser Tischanteil hätte
ihm bei einer Vollbelegung des Vierersitzes nicht mehr zur
Verfügung gestanden, doch sein Rucksack erlaubte ihm still-
schweigend eine Platznahme nach rechts außen.

Zwei aufeinander gestapelte Päckchen Papiertaschentücher
füllten den knappen Raum zwischen Notebook und Tischen-
de. Kaum abgelegt, rutschte das oben liegende ab und fiel zu
Boden. Eine junge Zugbegleiterin, die des Weges kam, bückte
sich und reichte ihm das Päckchen. »Gehört das Ihnen?« Es
gab noch Freiraum zwischen Brotbox und Waggonwand, den
der junge Mann umsichtig nutzte, um dort den Deckel der
Box für Abfälle bereit zu legen. Endlich perfekt eingerichtet,
öffnete er die Thermoskanne. Pfefferminzduft stieg mir in die
Nase. Er goss Tee in den Becherverschluss der Kanne, der be-
quemes Trinken erlaubte. Er nahm den ersten Schluck, setzte
den Becher kurz ab und stöhnte ein wohliges, langgezogenes
»Ah.« Wenn ich geglaubt hatte, er äußere sein Wohlbehagen
nur bei diesem ersten Schluck, hatte ich mich gewaltig getäuscht. Schluck für Schluck und »ah« für »ah« leerte er sein
Trinkgefäß und füllte nach. Als der Durst gestillt war, ging es
an die Mahlzeit. Was hielt diese schlichte Schachtel nicht alles
für ihn bereit! Das panierte Schnitzel, es war kalt und roch
nach Fett, aß er mit der Hand. Eine dicke Essiggurke brachte
ihm geschmackliche Abwechslung. Krachend biss er ab und
schob drei weitere hinterher. Daumendicke Karotten leisteten
Widerstand und knirschten, in kurze Klötze gebissen, zwischen seinen Backenzähnen. Das war sehr gut zu hören, aber
auch zu sehen, denn der Junge aß mit weit geöffnetem Mund.
Zwei hartgekochte Eier ließen sich geräuschloser verspeisen,
doch er musste sie erst pellen. Jetzt kam der Deckel der Box ins
Spiel. Er beendete die Mahlzeit mit einem kleinen, bräunlich

verfärbten, überreifen Camembert, der davon zeugte, dass Gerüche jede Art von Grenze ignorieren.

Ich griff nach meiner Handtasche und machte mich auf die Suche nach der nächstliegenden Toilette. Danach hielt ich mich bis knapp vor Karlsruhe im Bordbistro auf, trank Kaffee und ein Glas Campari.

Auf der Strecke von Radolfzell nach Konstanz sah ich zum ersten Mal den See. Ich kannte den Bodensee nur von Gemälden, Fotos, Filmen und Büchern. Mark und ich hatten die halbe Welt bereist, in Metropolen wie New York, Barcelona, London, Toronto und St. Petersburg Ausstellungen organisiert, bestückt und begleitet und, so gut es ging, dabei einen Blick auf Land und Leute geworfen. Ich hatte vor der unendlichen Weite des Ladogasees gestanden und am Ufer des Ontariosees, doch den Bodensee kannte ich nicht. Jetzt sah ich ihn zum ersten Mal.

Im milden Licht des späten Nachmittags lag er, gesäumt von Obstwiesen und leicht ansteigenden Wiesenterrassen unter dem blassblauen Himmel. Einzelne Villen oder hochmoderne Landhäuser auf großen Grundstücken mit eigenem Strand und Boot, sowie dicht bebaute Ortschaften hielten nur an wenigen Stellen Abstand zum See. Holzstege schoben sich ins Wasser. Ihre nassen Pfosten waren von Enten umschwärmt, die fröhlich schnatterten. Auf dem grün schimmernden Wasser schaukelte funkelnder Sonnenflitter. Eine Insel tauchte auf. An ihrer Spitze hielt eine Kirche Ausschau auf den Untersee, wie das Gewässer hier hieß, und verabschiedete den Rhein, der in einer weiten Landöffnung seinen Weg nach Schaffhausen nahm, um sich dort tosend und schäumend über das felsige Gefälle zu stürzen.

In einem Dokumentarfilm über den Bodensee hatte ich genau das gesehen, was ich jetzt aus meinem Zugfenster erkennen konnte, Reichenau, die Insel. Mit dem Festland war sie durch einen Damm verbunden, auf dessen Rücken eine

weithin sichtbare Baumallee die Zufahrtsstraße befestigte. Ich
hatte nicht erwartet, dass mich diese Landschaft so tief berüh-
ren könnte. Wie ein archetypisches Bild für Wohlbehagen bewegte sie mein Gemüt. Es war, als fahre ich nach Hause, oder
dahin, wo ich schon immer hatte sein wollen, ohne es gewusst
zu haben. Was geschah soeben wieder einmal mit mir?

Zwei weitere Kirchen zeugten auf diesem Land, umge-
ben von Wasser, von einer alten Kultur. Gerade hatte ich das
Münster von Mittelzell für einen kurzen Moment vor Augen
gehabt. Die kleinere Kirche in Oberzell versteckte sich in einer
Baumgruppe und war vom Zugfenster aus schwer auszuma-
chen. Mönche hatten hier im frühen Mittelalter gebaut, gearbeitet, gedichtet, gesungen, geschrieben, das Land kultiviert.
Ein Mönch namens Walahfrid Strabo hatte in unmittelbarer
Nähe des großen Münsters einen heute noch viel besuchten
Kräutergarten angelegt, mit Heilpflanzen gegen jedes Übel,
das die Menschen jener Zeit plagte. Der Film zeigte sein Portrait als Buchmalerei in einer kostbaren Handschrift.

Vielleicht besaß dieses Land am Wasser eine ähnliche
Wirkkraft wie die Kräuter des Mönchs?

Vielleicht traf ich hier auf eine Landschaft, die mir als Will-
kommensgruß ein Urgefühl von angekommen sein nach einer langen Suche schenken wollte. Ob sie das mit allen ihren
Besuchern tat? Vielleicht war ich für ihr Geschenk besonders
aufgeschlossen, da ich mich tatsächlich auf einer Suche befand, auf der Suche nach einer Frau, die Miriam hieß, von der
ich nur ihre Zeichnungen kannte.

Echte Geschenke sind Gaben, die man nicht auf den ersten
Blick erkennt, man muss bereit für sie sein.

Diesen Satz hatte ich in einem Buch über Mystik und Me-
ditation gelesen. Das ist sehr lange her. Ich hatte die Worte
damals schnell vergessen. Jetzt fielen sie mir wieder ein.

Uferlos erschien die riesige Wasserfläche bei meinem Blick
aus dem Fenster in Richtung Obersee, als der Zug wenige

Minuten später die große Rheinbrücke passierte und danach
in den Bahnhof von Konstanz einfuhr. Ich stieg aus, sah mich
um, folgte dem Trupp der mit mir Angekommenen zur Bahn-
steigtreppe und stellte meinen Koffer auf das Rollband. Dessen Lauftempo verlangte von mir eine gemächliche Gangart,
als hielte ich statt meines Koffers ein Kind an meiner Hand,
das noch zu klein war, um schnell zu gehen. Unten angekommen, zog ich ihn durch die Gleisunterführung und trug ihn,
da das Rollband seitlich der Aufstiegstreppe außer Betrieb war,
die vielen Stufen hoch auf Gleis eins. Hier oben am Ende des
Bahnsteigs öffnete sich gerade eine Schranke für Reisende ins
benachbarte Ausland, die hier über die Grenze nach Kreuzlin-
gen und in die Innerschweiz fahren konnten.

Die Nähe der Landesgrenze überraschte mich. Aber natürlich, Konstanz war Grenzstadt, wie hatte ich das vergessen
können. Ich betrat die Bahnhofshalle, ein längliches, parallel
zu den Gleisen liegendes Gebäude, dessen Hauptausgang der
Tür gegenüberlag, durch die ich gerade gekommen war. Über
wenige Stufen stieg ich zu einem breiten Gehsteig hinab und
stand direkt vor einer lebhaft befahrenen Straße. Ein Taxi, das
wenige Meter vom Ausgang entfernt in einer Parkbucht stand,
schien bereits auf mich zu warten. Der Fahrer stieg aus, legte
meinen Koffer in den Gepäckraum, öffnete für mich die Tür
des Rücksitzes, stieg wieder ein und aktivierte das Taxameter.
»Wohin darf ich Sie bringen?«

Das Hotel entsprach exakt meiner Vorstellung. Ein vier Stockwerke hoher, schiefergrauer Kubus wirkte durch die dichte
Reihung schmalhoher Fenster, die wie umlaufende Licht-
bänder die dunkle Fassade durchbrachen, weder düster noch
plump. Vor der Empfangstheke eine knappe, freundliche
Begrüßung. Die junge Frau warf einen Blick in den Computer, prüfte meine Anmeldung, reichte mir die Schlüsselkarte
für mein Zimmer und lächelte. »Wir wünschen Ihnen einen

angenehmen Aufenthalt.« Sie trat vor die Theke und wies mit erlernt höflicher Geste in Richtung des Aufzugs. Ihre äußere Erscheinung erinnerte mich an das gepflegte Aussehen einer Stewardess, in anthrazitfarbigem schmalem Rock mit perfekt sitzendem Jäckchen über einer makellos weißen Bluse. Ihre flachsblonden Haare waren straff nach hinten gekämmt und im Nacken zu einem rasierpinselähnlichen Haarbusch gefasst. Dass sie aussah, als habe sie soeben erst geduscht, lag an ihrer Jugend, ihrer frischen Haut und ihrem dichten, glänzenden Haar. Sie wirkte geordnet, professionell konzentriert, doch gleichzeitig unbeteiligt, und war der Glücksfall einer Empfangsdame, wie ich sie schätze.

Der Aufzug fuhr geräuschlos in den vierten und obersten Stock des Hotels. Meine Zimmertür fand ich am Ende eines langen, angenehm breiten Flurs, dessen schmucklos gehaltene Wände nur eines im Sinn hatten, den Gast rasch und ohne Ablenkung durch Kunstdrucke oder Fotografien auf schalldämpfendem Bodenbelag zu seinem Zimmer zu leiten. Durch eine, den Flur abschließende Glaswand, warf die Abendsonne Licht vor meine Füße, als ich meine Karte durch den Schließautomaten zog und die Türklinke drückte. Ich trat ein.

Die Zimmereinrichtung war von minimalistischer Eleganz und nahm die Grundfarbe grau dieses Hauses in weiten Teilen der Gestaltung auf. Grau war das Bett, grau der Fußboden, grau die Fliesen in Dusche und Bad, Toilettenschüssel und Waschbecken strahlten dagegen in blendendem Weiß und taufrischer Sauberkeit. Die Schmuckfarbe Gelb hatte der Innenarchitekt offensichtlich genehmigt. Die Bettwäsche leuchtete wie eine blühende Löwenzahnwiese, zwei dottergelbe Designerstühle standen vor einer eingebauten, fensterbreiten grauen Tischplatte, die den Zugang zu den ohnehin verschlossenen, schalldichten Scheiben verwehrte. Das Hotel lag an einer stark befahrenen Straße. Ein ununterbrochener Autostrom war zwar zu sehen, doch dank der Lärmschutzfenster nicht zu hören. Ich setzte mich auf einen der gelben Stühle und wählte Pauls Nummer auf meinem Smartphone.

»Paul?«

»Feli, du bist angekommen?«

»Ja, ich sitze hier in grau-gelb und lass es mir gut gehen.«

»Grau-gelb ist okay«, sagte Paul und lachte. »Wie war die Fahrt, hat der Anschluss in Karlsruhe geklappt?«

»Ja, hat er, und die Fahrt durch den Schwarzwald war interessant, anderes aber auch.« Ich dachte kurz an mein Gegenüber mit Thermoskanne und Notebook im Intercity.

Paul sorgte sich um meine Abendgestaltung. »Was wirst du tun, kannst du im Hotel noch etwas essen?«

»Ja, es gibt im Haus ein Bistro, warme Gerichte werden bis Mitternacht serviert, geöffnet hat es bis zwei Uhr nachts. Ich werde nachher nach unten gehen und einen Flammkuchen genießen, darauf habe ich richtig Appetit nach der langen Fahrt.«

»Ich bin gespannt auf die Erinnerungen des Ehepaares«, sagte Paul, »morgen Abend wissen wir hoffentlich mehr über Miriam.«

»Das will ich hoffen! Ich bin nur etwas besorgt, ob es mir gelingen wird, die richtigen Fragen zu stellen, anregende Stichworte zu geben, das Gespräch dahin zu bringen, wo ich es haben will. Alte Leute schweifen gerne ab, fallen sich gegenseitig ins Wort, erzählen von ihren Krankheiten, ihrer Kindheit, von Menschen, die man gar nicht kennt, werden müde, verlieren den Faden. Sind sie zu zweit wie in diesem Fall, korrigieren sie sich ständig und vergeuden kostbare Zeit mit unproduktiver Rechthaberei, befürchte ich. Herr Bund scheint etwas schwierig zu sein. Mir bleiben nur die wenigen Stunden einer Kaffeeeinladung bei den Bunds, die muss ich nutzen.«

»Du schaffst das Feli, unsere Mission stärkt dir den Rücken.«

»Vor allem eine gute Matratze und ein erholsamer Schlaf«, sagte ich. »Ich geh bald ins Bett und versuche zu schlafen.«

»Dann schau dir keinen Krimi an,« warnte mich Paul, »trink besser ein Glas Rotwein, das beruhigt.«

»Das mach ich«, versprach ich, doch wollte ich Paul noch nicht entlassen, der Abend fing ja erst an, ein langer Abend zu werden, und ich hatte Zeit.

»Was macht die Galerie Ganter?«, schob ich nach, um noch ein bisschen zu reden.

»Schlecht geht es ihr, die Chefin ist verreist«, klagte Paul.

»Es gibt keine Chefin, es gibt nur Teilhaber, erinnerst du dich?«

»Trotzdem.«

Wir lachten.

»Wenn das so ist, dann will ich mich jetzt stärken und meinen Flammkuchen in Auftrag geben. Drück mir die Daumen, dass ich morgen einen befriedigenden Nachmittag erlebe.«

Ich wünschte Paul einen angenehmen Abend und legte auf.

Ich schlief gut in dieser Nacht nach dem Verzehr einer fettarmen Gemüsepfanne mit Hähnchenbrust, die ich dem speckbelegten Flammkuchen kurzentschlossen vorgezogen hatte. Statt Rotwein hatte ich ein Glas Bier bestellt, einen Schlummertrunk, als der er sich tatsächlich erwies. Selten war ich so froh gewesen, mich in ein Bett zu legen wie am Ende dieses Tages.

Das Taxi kam pünktlich um vierzehn Uhr dreißig. Ich wartete in der Lounge des Hotels, ging zwei Minuten vor der vereinbarten Zeit in den überdachten Eingangsbereich, der von Autos angefahren werden konnte. Am Vormittag hatte ich in einem nahen Gartencenter Blumen für Frau Bund besorgt, zart duftende gelbe Freesien mit weißen Rosen, gut verpackt in einer ballonförmigen Hülle aus knisterndem Cellophan. Ich legte den Strauß vorsichtig auf den Nebensitz und nannte dem Fahrer die Adresse. Er nickte und fuhr los. Eine kurze

Fahrt durch Industrieanlagen, an wenigen Brachen entlang, auf denen großformatige Wände bereits neue Bauvorhaben ankündigten. Dazwischen verteidigten kleine Katen in Gärtchen ihr angestammtes Recht auf Grund und Boden. Dann bog der Wagen in die Mainaustraße ein, die zur Fähre nach Meersburg führte. Staad heiße die große Richtung. Die Fähre liege in Staad, fahre von dort nach Meersburg und zurück im Pendelverkehr, sagte der Fahrer und wollte wissen, ob ich Meersburg kenne.

»Nein, leider nicht«, bekannte ich und hoffte, er würde keine weiteren Fragen stellen.

»Na, macht ja nichts«, sagte der Fahrer, »aber Sie sollten unbedingt Meersburg besuchen, das muss man gesehen haben«, meinte er, wenn er mir etwas empfehlen dürfe.

»Danke für den Tipp, ich werde daran denken. Wenn ich es zeitlich schaffe, mache ich das.«

»Die Mainau ist auch eine Wucht«, schwärmte er, »Gäste aus aller Welt kommen nur an den See, um einmal im Leben die Mainau zu sehen, die vielen Blumen, Sie wissen schon.«

»Ja, ich weiß«, sagte ich und schaute besorgt auf meinen Strauß.

Der Fahrer verließ jetzt die Ausfallstraße zur Fähre, bog in eine Sackgasse ein und fuhr bis vor eine gut gesicherte Toranlage am Ende der schmalen Straße. Ich bezahlte, nahm meinen Strauß, nahm meine Tasche und bedankte mich noch einmal für die Ratschläge, die er mir gegeben hatte.

»Immer gerne, und einen guten Aufenthalt«, sagte der Mann und fuhr los.

Ich drückte die Taste einer Sprechanlage und wartete.

»Landinger«, sagte die Stimme hinter den Schlitzen des Meldefeldes. Diesmal hatte ich den Namen richtig verstanden. Erleichtert, fast stolz, nutzte ich mein neues Wissen und sagte: »Guten Tag, Frau Landinger, hier spricht Felizitas Ganter.«

»Einen Augenblick bitte, Sie werden erwartet«, sagte die Stimme, die dem lauten Surren des Türöffners akustisch unterlag.

Ich betrat den Garten. Zwischen hohen Hortensiensträuchern, üppig blühend im Farbwechsel von weiß, rosa, blau und violett, führte ein gepflasterter, doch stolperfreier Weg zum Haus, ein unzutreffender Begriff für die Gründerzeitvilla, die einen sehr gepflegten, herrschaftlichen Eindruck machte. Zartes Gelb der Fassade wurde von weißen, gemauerten Fensterrahmungen farblich gehöht. Über dem Eingangstor schützte ein auf weißen Säulen stehender Balkon vor einem überraschenden Regenguss. Noch einmal surrte ein Türöffner, dann stand ich in einer Vorhalle, die zu einer ausladenden Treppe in die oberen Stockwerke und ebenso zu einer breiten Aufzugtür führte. Ein Palmengarten in Tonkübeln umrahmte ein modernes Empfangsbuffet, ausgestattet mit einer Hightech-Anlage der besten Sorte, hinter der Frau Landinger die Tasten und manch anderes bewegte, Besucher empfing, Aus- und Eingang der Bewohner registrierte, und alles im Griff zu haben schien, was um sie herum und im Haus geschah.

Ich hatte mir die Dame anders vorgestellt, hatte sie meinem Alter zugeordnet oder mir eher noch älter vorgestellt, mit kräftigem Oberkörper, korpulent, da sie schließlich viel sitzen musste, hatte geglaubt, sie trage zumindest eine Brille und eine Dauerwelle im perfekt geschnittenen Haar. Doch hier saß ein junges Ding mit grünem Haarschopf, der verwegen in die Augen hing, dagegen am Hinterkopf raspelkurz geschnitten war. Am Hals eine Tätowierung, ein Seepferdchen, warum auch nicht.

Sie lachte, vermutlich über meine Verwunderung, die ihr wohl öfter entgegenschlug, sagte »Hallo«, und dass sie sich freue mich zu sehen. Das klang grundehrlich.

Bunds würden schon warten, hätten bereits nachgefragt, ob ihr Gast im Haus sei, sagte sie, und dass die Herrschaften ein bisschen aufgeregt wären, weil ich der erste Besuch für sie sei.

Frau Landinger bewunderte meine Blumen.

»Wunderbar, Freesien und Rosen. Wenn Sie möchten, kann ich das Cellophanpapier für Sie entsorgen?«

Der Vorschlag gefiel mir. Ich löste die Hülle und gab sie der jungen Frau, die sie fast genussvoll zu einem Knäuel zusammendrückte. Sie warf ihn in einen Papierkorb und überhörte das Knistern, mit dem der Knäuel sich über die grobe Behandlung zu beklagen schien. Sie fragte, ob sie an dem Strauß riechen dürfe. Natürlich durfte sie das, und als sie sich über die Rosen beugte, klingelte ihr Telefon.

»Ja«, sagte sie zu dem Anrufer, »Frau Ganter ist soeben angekommen, sie wird gleich bei Ihnen sein«.

»Da sehen Sie es, jetzt aber schnell nach oben«, riet sie mir und zeigte mit dem Daumen zur Decke der Halle. Wir lachten beide.

Ich fuhr mit dem Aufzug in den zweiten Stock.

Frau Bund stand in der Tür des Appartements, das sie und ihr Mann seit einigen Wochen bewohnten. Sie trat, als sie mich entdeckte, einen Schritt ins Zimmer zurück, vermutlich um ihren Mann über die bevorstehende Ankunft des Gastes zu unterrichten. Langsam ging ich bis zu dieser Tür, die offenstand und zu einem Vorraum führte, der mit einer Garderobe, Wandschrank und Schirmständer ausgestattet war. Ich blieb auf der Türschwelle stehen und wartete. Auch die weiterführende Tür in die Wohnung war nur angelehnt. Ich hörte Stimmen. Frau Bund schien sich zu ärgern. Ihr Mann hatte anscheinend etwas umgeworfen, das rasch beseitigt werden musste.

»Ich sagte doch, du sollst das Glaskännchen nehmen, es hat einen besseren Stand als dieses hier, bring ein Tuch und eine neue Serviette.« Eiliges Laufen, Stuhlrücken, dann warf Frau Bund einen Blick in den Vorraum und bemerkte mich.

»Oh, Sie sind schon da, wie schön. Wir hatten hier ein kleines Malheur, ich musste mich kümmern, aber jetzt bitte ich Sie gerne einzutreten.«

Eine zierliche freundliche Frau kam auf mich zu und gab mir die Hand. In meiner Linken hielt ich den Strauß, am selben Arm hing meine Tasche. Sie bat mich ins Wohnzimmer. Dort stand Herr Bund, ein groß gewachsener, schlanker Mann mit einem kurzen Oberlippenbart, der von seiner Attraktivität in jungen Jahren auch im Alter profitierte. Wieder einmal hatte ich mich getäuscht. Warum hatte ich mir den Mann klein, dickbauchig und glatzköpfig vorgestellt? Lag es an seiner lauten Stimme, die ich bei meinem ersten Anruf im Hintergrund gehört hatte, als er mit seiner Frau diskutierte?

Ich reichte Frau Bund den Strauß, Herrn Bund meine Hand, die er mit einer leicht angedeuteten Verneigung ergriff. Ich dachte, das ist die berühmte alte Schule und war beeindruckt. Frau Bund steckte ihre Nase zwischen die Freesien, sagte, es seien ihre Lieblingsblumen, Rosen aber auch. Sie erinnerten sie an ihren Brautstrauß, auch der habe aus Rosen und Freesien bestanden.

»In deinem Brautstrauß waren gelbe Rosen«, sagte Herr Bund, »das weiß ich, denn ich hatte ihn bestellt.«

»Ja, sie waren gelb, aber diese weißen hier sind auch sehr schön, und die Freesien, wie sie duften.«

Frau Bund suchte eine Vase für die Blumen, klagte, sie habe seit dem Umzug Probleme, ihre Dinge zu finden, aber das kriege sie noch in den Griff, sie müsse nur einiges verändern, dann wäre die alte Ordnung wiederhergestellt.

»Vasen sind in der Küche im Unterschrank, du hast sie selbst dort eingeräumt, gib mir den Strauß, ich erledige das.«

Ich war dem Mann dankbar, dass er die Sache in die Hand nahm. Seine Frau war mit meinem Geschenk offenbar überfordert, und ich bereute, keine Pralinen besorgt zu haben. Es war fünfzehn Uhr, und ich befürchtete, es könnte eine volle Stunde dauern, bis man Kaffee getrunken habe und das Gespräch über Miriam in Gang käme. Frau Bund bat mich inzwischen Platz zu nehmen.

Auf dem runden Esstisch lag eine weiße Decke, kunstvoll bestickt im Kreuzstich, mit Blumen in allen Blautönen, die Stickgarne im Sortiment führen. Ich verstand jetzt die Aufregung um das Malheur, doch ich konnte keinen Fleck auf der Decke erkennen. Ich setzte mich an den Tisch und bewunderte die Stickerei.

»Eine Handarbeit?«, sagte ich leichtsinnigerweise, denn jetzt holte Frau Bund zu einem Vortrag über Kreuz- Stil- und Plattstich, sowie die Kunst des Spitzenklöppelns aus.

»Es gab früher Klöppelschulen, in denen man das Handwerk erlernen konnte. Heute wird das alles maschinell hergestellt«, bedauerte sie. Zum Glück brachte Herr Bund die Vase, einen hohen zartblauen Porzellankelch, der den Strauß wirkungsvoll entfaltete. Er stellte das gelungene Arrangement auf eine Edelholzkommode, ich tippte auf Kirschbaumholz, beherrschte mich aber, es genauer wissen zu wollen. Diesbezüglich wurde ich vorsichtig. Gerne hätte ich die Vase gelobt, mich für ihr Alter interessiert, ihren besonderen Stil, doch ich wollte keinen Vortrag über Porzellanmanufakturen riskieren. Ich musste das Gespräch unauffällig kanalisieren und Ausflüsse vermeiden.

»Bleib sitzen«, sagte Herr Bund zu seiner Frau, »ich übernehme heute den Service. Frau Ganter, darf ich ihnen Kaffee einschenken?«

»Gerne«, sagte ich erleichtert, hob den Unterteller samt Tasse etwas an und freute mich, dass die Kaffeetafel eröffnet war. Ich nahm mir vor, bei erster Gelegenheit nach Miriam zu fragen.

Das blieb mir erspart. Als der Kirschkuchen aufgeschnitten und ausgeteilt war, als ich Schlagrahm neben mein Kuchenstück gehäufelt hatte, in den Augen von Frau Bund eine viel zu kleine Portion, kam mir Herr Bund zu Hilfe.

»Also, Frau Ganter, Sie haben verschiedene Fragen an uns, derentwegen Sie hergekommen sind. Lassen Sie uns darüber

reden. Wir erzählen Ihnen gerne von Miriam, so gut wir können.« Seine Frau nickte eifrig.

»Wir haben die Kiste mit den Zeichnungen jahrelang
aufbewahrt, aber nach Konstanz wollten wir sie nicht mehr
verfrachten und waren deshalb froh, dass wir sie Herrn Koch
überlassen durften«, sagte Frau Bund fast entschuldigend.

»Nelli, das weiß Frau Ganter ja nun schon, lass die Dame
doch einfach mal in Ruhe ausführen, was ihr wichtig ist, wir
versuchen zu antworten.«

Herr Bund ging strategisch vor. Nelli nickte wieder und
lächelte in freudiger Erwartung. Ich fand den Namen Nelli
für das Persönchen, das mir gegenübersaß, sehr passend. Die
Frau machte trotz ihres Alters einen mädchenhaften Eindruck,
eine seltene Erscheinung. Sie sah wohl schon immer so aus
wie jetzt, mit Sommersprossen im Gesicht, nur die zahlreichen
Fältchen um Augen und Mund hatten sich im Lauf ihres Lebens dazu gesellt. Sie hielt ihre grauen, kinnlangen Haare mit
einer Schmetterlingsspange aus der Stirn. Ich dachte an ein
Kinderfoto, das mich mit einer ähnlichen Spange zeigte. Meine Mutter hatte sie mir ins Haar gesteckt, um meine langen
Locken aus der Suppe zu halten. Nelli trug ein trachtenartiges
Strickjäckchen mit Silberknöpfen, das in der Taille in einer Rü-
sche endete. Der Brustbereich war mit Streublümchen bestickt.
Ob sie die Jacke selbst gestrickt hatte? Besser nicht fragen.

Stattdessen holte ich etwas aus.

»Ich studiere zur Zeit aufmerksam Miriams Arbeiten. Ich
sagte es schon, Herr Koch hatte mich darum gebeten. Sie
wissen, ich bin Galeristin und interessiere mich grundsätzlich
für alles Bildnerische, ob auf Leinwand oder Papier, und ich
möchte die Menschen hinter Ihren Werken entdecken. Die
Skizzen dieser Frau sind interessant, vor allem zeigen sie eine
schon wieder zurückliegende Zeit, sind daher beachtenswert
und sollten keinesfalls verloren gehen. Meine erste Frage an
sie wäre«, ich schaute das Ehepaar hoffnungsvoll an, »würden

Sie mir erzählen, woher sie Miriam kennen?«

Ich stellte vorerst nur diese Frage, weitere sollten folgen. Nellis Augen leuchteten auf. Sie sah ihren Mann an.

»Ja, wann war das, weißt du es noch? Ich meine, es war an Michaels vierzehntem Geburtstag, oder nicht?«

»Es war an seinem Geburtstag«, bestätigte Herr Bund. »Wir hatten Michael einen Stadtbesuch versprochen. Er wünschte sich ein Fernglas und wollte es sich selbst aussuchen. Wir kamen aus einem Café, hatten mit unserem Sohn dort Kuchen gegessen und Geburtstag gefeiert. Das Fernglas war schon in seinem Besitz, es sollte anschließend getestet werden. Wir schoben seinen Rollstuhl durch den Stadtpark und kamen an einer Bank vorbei, auf der eine junge Frau in einem Schlafsack lag. Dass es eine Frau war, erkannten wir zunächst nur an einem Zopf, der über das Gesicht der Liegenden gerutscht war. Eine tief über die Augen fallende Kapuze ließ nicht erkennen, ob sie schlief oder wach war. Eine Art Seesack ersetzte ein Kopfkissen. Es war am späten Nachmittag, eine für uns ungewöhnliche Zeit, sich in einem Park schlafen zu legen. Michael war sehr aufgeregt. Er wollte nicht weiterfahren und sprach die Frau an.

»Was machst du da, warum liegst du hier, hast du kein Bett?«

»Ich bin mir heute sicher, die Frau reagierte nur deshalb auf uns, weil sie aus ihrer horizontalen Perspektive heraus einen Rollstuhl sah. Sie setzte sich in ihrem Schlafsack auf und starrte uns an. Ich befürchtete, sie sage etwas in der Art wie »was glotzt ihr«, oder »haut ab«, Worte, die wir später ziemlich oft aus Miriams Mund hörten, nicht für uns bestimmt, aber für Leute, die ihr beim Zeichnen über die Schulter sahen, oder sich ihr in anderer Weise nähern wollten.«

Nelli lachte, schüttelte den Kopf und wiederholte »hau ab«, und »was glotzt ihr«, als handele es sich um ihre absoluten Lieblingsworte.

»Sie hat Michael einige Dummheiten beigebracht«, fuhr
Herr Bund fort. »Er lernte von ihr Ausdrücke, die in einer guten Erziehung nicht vorgesehen sind. Aber unser Sohn liebte
Miriams Sprüche, und wir liebten unseren Sohn. Er war ge-
lähmt, körperlich sehr eingeschränkt, zum Ausgleich durfte er
fluchen und reden, wie und was er wollte, zumindest daheim,
er hatte seine Freude daran. Miriam kam mit uns. Michael hatte sie einfach nicht losgelassen, an dem Schlafsack gezerrt, bis
sie sich aus ihrem Kokon herausgepellt hatte. Er hat den Seesack auf seine Knie geladen, sie an der Hand genommen. Ich
schob den Rollstuhl, meine Frau ging neben mir, Miriam an
Michaels Hand, unter dem Arm den eingerollten Schlafsack,
stumm und verdrießlich, eine Frau, ein Mädchen, ohne Familie, ohne Wohnung. Sie lebte auf der Straße.«

Nelli begleitete den Bericht ihres Mannes mit heftigem
Kopfnicken. Ihre eigene Erinnerung an die erste Begegnung
mit Miriam schien mit der Schilderung ihres Mannes überein
zu stimmen.

»Ja, so war es«, bestätigte sie, »genau so war es. Es ist so
lange her, aber ich werde es nie vergessen.«

Es schien sich um eine sehr glückliche Erinnerung zu handeln, für beide.

»Wir nahmen die Unbekannte also mit«, erzählte Herr
Bund. »Für eine Nacht würde es gehen, dachte ich, an weitere
aber nicht. Die Frau sagte kein Wort, wir glaubten schon, sie
könne nicht sprechen. Wir fuhren mit der S-Bahn nach Hause,
ich kaufte ihr ein Ticket. Sie nahm es, bedankte sich nicht, sie
hatte noch kein Wort gesprochen. Michael war glücklich und
hütete den Seesack auf seien Knien. Ihm war es egal, ob das
Mädchen spreche oder nicht, wichtig war für ihn, dass es mit-
kommen würde. Daheim angekommen, zog Miriam im Hausflur sofort ihre Schuhe aus. Sie sahen aus wie Männerstiefel
und starrten vor Staub und Schmutz. Sie trug braune Socken,
die sie an den Spitzen durchlöchert hatte. Erst jetzt sah ich,

wie groß ihre Füße waren. Sie war auch sonst sehr groß, dazu
mager, geradezu unterernährt. Meine Frau traf der Blitz des
Erbarmens. Nelli eilte in die Küche und wärmte die Gulaschsuppe vom Vortag auf. Ich zog meinen Mantel aus, warf ihn
über einen Bügel und hängte ihn an die Garderobenstange.
Dabei drehte ich der Frau den Rücken zu. Als ich mich umsah,
schob sie, als habe sie nie etwas anderes getan, den Rollstuhl ins
Wohnzimmer und folgte dabei Michaels ausgestrecktem Arm,
der ihr die Richtung wies. Er hatte sich sein sehr persönliches
Geburtstagsgeschenk ins Haus geholt. In dem Augenblick wurde mir klar, sie ist nicht nur Gast für eine Nacht.«

Ich war sehr bewegt. Die erste Spur zu Miriam führte also
zu einer Parkbank. Das hatte ich nicht erwartet.

»Ich wärmte die Gulaschsuppe und trug sie ins Wohnzimmer. Sie aß und blieb dann fünf Jahre«, sagte Nelli.

»Um ehrlich zu sein, bekannte Herr Bund, ich hätte das
Mädchen nicht mit nach Hause genommen. Es war verwahr-
lost, roch ziemlich streng. Mir graute, wenn ich sie nur ansah.
Ich tat es unserem Sohn zuliebe. Heute bin ich darüber froh.
Ich weiß, dass Miriam sein Leben bereicherte, wie es wohl nie-
mand sonst in dieser Zeit vermocht hätte.«

»Sie hat ja noch am selben Abend gebadet, und ich gab ihr
ein Nachthemd, das allerdings viel zu kurz für sie war. Doch
nach dem Bad sah sie recht manierlich aus, finde ich.« Nelli ki-
cherte. »Ich bin so klein, Miriam war so groß, das Nachthemd
passte nicht besonders gut, aber sie trug es anscheinend gern
und gab es nur auf Drängen in die Wäsche.«

»Hat sie denn an diesem ersten Abend irgendetwas gesagt?«, wollte ich wissen.

Meine Gastgeber dachten nach.

»Nein«, sagte Nelli, »nein, sie sagte kein Wort, tat aber alles, was ich ihr vorschlug. Sie badete, ich zeigte ihr das Gästezimmer und das Bett, in dem sie schlafen würde. Vor meinen
Augen kroch sie hinein wie ein Tier in sein Nest und zog die

Decke weit über die Ohren. Ich denke, sie war furchtbar erschöpft und am Ende ihrer Kraft.«

»Ja, das kann man so sagen«, bestätigte Herr Bund Nellis Vermutung. »Ich bin mir sicher, Michael hat die junge Frau an diesem Tag gerettet. Sie befand sich in einem katastrophalen Zustand, aß und schlief und schlief und aß. Wir päppelten sie auf, und Michael saß an ihrem Bett und las ihr Geschichten vor.«

»Wir ließen sie in Ruhe«, erinnerte sich Herr Bund. »Natürlich fragten wir uns, wie sie heiße, woher sie käme, wie es weitergehen sollte mit dem Mädchen und all das. Doch nach wenigen Tagen fühlte es sich an, als sei sie schon immer bei uns gewesen, und wir befürchteten eher, sie würde, wenn sie wieder bei Kräften sei, das Haus verlassen. Dann, es war am ersten Sonntag, stand sie plötzlich gegen Mittag in der Küchentür und sagte zu Nelli ,ich kann das'.«

»Ich erschrak«, sagte Nelli, »denn ich schnitt gerade Karotten und hatte sie nicht bemerkt.

»Du kannst das?«, sagte ich und überlegte, was sie damit meinte. Doch sie kam zu mir, nahm mir das Messer aus der Hand und schnitt weiter. Ich war zur Seite gerückt und sah ihr zu. Sie schnitt die Karotten in exakt gleich lange Stücke, als habe sie ein Maßband im Kopf. Ich war ziemlich beeindruckt. Während sie das Gemüse schnitt, musterte ich ihre Kleidung, die sie am ersten Abend ausgezogen hatte und jetzt wieder trug. In der Zwischenzeit hatte ich sie in die Waschmaschine gesteckt, sie hatten gestunken, waren schmutzig gewesen. Ob sie bemerkt hatte, dass die Kleider frisch gewaschen waren, weiß ich nicht. Ich hatte sie als Päckchen neben ihr Bett gelegt. Unter einem weiten Rock trug sie eine Jeanshose. Ich fragte mich, warum sie das tat. Die Ärmel eines braunen Pullovers waren zu kurz, ihre mageren Unterarme waren nur zur Hälfte bedeckt. Sie war barfuß, auf die Socken hatte sie verzichtet. Die langen Haare waren zu einem Zopf geflochten, der nach vorn über die Schulter fiel. Beim Mittagessen wies ich darauf hin, dass unser Gast die Karotten geschnitten habe. Ah, sagte Michael, das sieht man, Mama macht das nicht so schön. Ich war nicht gekränkt, ich wusste, dass mein Sohn das Mädchen loben wollte. Miriam kann sehr viel, sagte Michael, verriet aber nicht, was sie noch alles konnte, doch wusste er ihren Namen.«

»Meine Frau und ich taten so, als wunderten wir uns über nichts«, unterbrach Herr Bund Nellis Bericht. »Wir ignorierten zunächst diese Mitteilung unseres Sohnes, doch Nelli fragte, ob Miriam ihr beim Abwasch helfen würde. Sie benutzte ohne Umschweife den Namen des Mädchens und führte ihn dadurch in die Familie ein. Das hast du damals richtig gut gemacht«, lobte Herr Bund seine Frau.

»Später erzählte uns Michael, er habe sie am Tag zuvor nach ihrem Namen gefragt und sie habe ihm geantwortet, doch nur mit einem einzigen Wort, Miriam.«

»Miriam konnte wirklich sehr vieles«, erzählte Nelli weiter. »Sie ging mir zur Hand, putzte mit Leidenschaft, kochte, jätete im Garten Unkraut, strich Fensterrahmen. Ich kann das, sagte sie jedes Mal, wenn sie mir eine Arbeit abnahm. Wir gewöhnten uns allmählich an ihre knappen Reden. Eine ordentliche Unterhaltung war mit ihr nicht möglich. Nie sagte sie einen vollständigen Satz. Sie beschränkte sich auf Ansagen wie: keine Ahnung, mir egal, kann sein, weiß nicht, nie gehört, muss nicht sein, brauch ich nicht, mach ich nicht. Michael begeisterte sich vor allem für ihren Straßenjargon, den sie in unserer Anwesenheit natürlich vermied. Da hieß es, wie schon erwähnt hau ab, glotz nicht so, aber auch, schleich dich, verpiss dich, fick dich, und weitaus Schlimmeres. Michael war glücklich, wenn er am Nachmittag mit Miriam loszog, sie den Rollstuhl schob, er das Fernglas schon in Stellung brachte, mit dem er sicher nicht nur Vögel beobachtete. Ich glaube, Miriam zeigte ihm eine Welt, vor der wir ihn als Eltern hatten beschützen wollen.«

»Zum Glück ist uns das nicht gelungen«, sagte Herr Bund.

»Ja, das ist wahr,« sagte Nelli. »Aber Miriam hatte auch diese andere Seite, über die ich mich wunderte. Michael besuchte das Gymnasium und wurde morgens von einem Schulbus abgeholt und mittags nach Hause gebracht. In dieser Zeit ging mir Miriam im Haushalt zur Hand, freiwillig, ohne dass ich darum gebeten hatte. Dabei entdeckte ich, dass sie einen fast zwanghaften Putzeifer entwickelte, es nicht ertragen konnte, wenn etwas verrückt worden war, das zuvor anders dagestanden hatte, oder, wie ich beim Karottenschneiden schon bemerkt hatte, nicht in der bestmöglichen Form zugerichtet war. Ich glaube, sie sah die Dinge mit Augen, die ständig ordneten, keine Neuerungen duldeten, so, wie ihre Kleidung täglich die gleiche sein musste. Nur so fühlte sie sich sicher, wie in einer schützenden Rüstung.«

»Seltsam«, sagte Herr Bund, »auf der einen Seite dieses zwanghafte Verhalten des Mädchens, daneben das grenzgängerische, gesellschaftliche Normen ignorierende Leben auf der Straße ohne Wohnsitz. Sie war eine gespaltene Persönlichkeit. Dass Michael sich so mit ihr anfreunden konnte, vor allem, dass sie es zuließ, das wundert mich noch heute.«

»Sie ergänzten sich auf geheimnisvolle Weise«, erzählte Nelli. »Die Miriam war eine sehr auffallende Person, eigentlich erschrak man vor ihr, wenn sie in ihren abgetragenen Kleidern und wie im Stechschritt des Weges kam. Ihre langen Arme warf sie eng am Körper auf und ab, als würden sie von einem Laufrad angetrieben. Sie hätte gut in eine Truppenparade der Bundeswehr gepasst. Den Rollstuhl schob sie mit vorgebeugtem Oberkörper und ausgestreckten Armen mit ungeheurer Kraft vor sich her. Es machte sie stolz, den Jungen auszufahren, das konnte man sehen. Wie eine Furie bahnte sie ihm den Weg, wenn es darum ging, Raum für ihren Schützling zu erkämpfen. Weg da, schrie sie, oder Platz da, und einmal habe sie den Rollstuhl absichtlich und mit Wucht in eine Gruppe

Touristen gedonnert, erzählte Michael, er sagte wirklich gedonnert, die ihrer Aufforderung nicht sofort gefolgt waren.
Michael hatte sich dafür zum Schein entschuldigt. Schon gut,
hätten die Leute mit Blick auf den armen, gelähmten Jungen
gesagt, und es sei ja gar nichts passiert. Anschließend hätten
sie beide einen Lachkrampf bekommen, und er sei vor Lachen
fast aus dem Rollstuhl gekippt, schilderte Michael das Vergnügen des Nachmittags. Er fühlte sich im Schutz seiner großen
Freundin allem gewachsen, was ihm zuvor Angst gemacht
hatte. Mit Miriam entdeckte er die Stärke des Andersseins, den
Mut des Ausgegrenzten, die Waffen der Benachteiligten, die
sie unverwundbar machten. Grenzen zu überschreiten oder
Normalität zu verachten, war Teil einer neuen Erfahrung, die
er mit Miriam machte. Die Menschen sahen dem auffallenden
Zweiergespann hinterher, blieben stehen, wussten nicht, was
sie denken sollten. Michael freute sich über deren offen ge-
zeigte Ratlosigkeit.

Er liebte das Kuriose, Verrückte und Verstörende an dem
Mädchen. Sie weigerte sich zum Beispiel, neue Kleider zu kaufen. Ich hatte angeboten mit ihr in die Stadt zu fahren. Brauch
ich nicht, sagte sie.

Erst zwei Jahre später ließ sie sich zu einer neuen Hose
überreden, weil die alte Jeans schleierdünn geworden war.
Wir bestellten zwei Hosen bei einem Versandhaus. Ein Beklei-
dungsgeschäft hätte sie niemals betreten. Mach ich nicht, hat
sie uns wissen lassen.«

Ich musste dem Ehepaar Bund keine Fragen mehr stellen,
wie aus einer Quelle sprudelten die Erinnerungen an das selt-
same Mädchen. Herr Bund warf einen Blick in meine Tasse.
»Darf ich nachgießen?«, fragte er und stand auf. »Gerne«, sag-
te ich und ließ mir von Nelli ein weiteres Kuchenstück auf den
Teller legen, schöpfte noch einmal Schlagrahm und hoffte, die
Erzählquelle möge durch die Unterbrechung nicht versiegen.
Das tat sie auch nicht.

»Wir machten uns Gedanken über Miriams Aufenthalt in unserem Haus«, sagte Herr Bund, als er wieder Platz genommen hatte.

»Eines Tages erkundigte ich mich nach ihrem Pass. Hab keinen, antwortete sie. Jeder Erwachsene in diesem Land hat einen Pass, sagte ich. Hab ihn verloren, erklärte sie knapp. Miriam, das muss man melden, antwortete ich. Wo hast du ihn verloren, weißt du das? Keine Ahnung. Sie schüttelte den Kopf. Ich erklärte ihr, ich müsse sie bei der Gemeinde anmelden, ein längerer Aufenthalt sei meldepflichtig, und dass wir einen neuen Pass beantragen müssten. Dann hau ich ab, sagte sie in einem vollständigen Satz. Mir war klar, sie würde es tun. Ich dachte an Michael, entschied mich gegen die Vorschrift und meldete sie nicht an. Niemand fragte nach ihr, niemand schien sie zu vermissen, und unsere Nachbarn hielten respektvoll Abstand zum Schicksal unserer Familie und dem unseres Kindes und machten sich keine Gedanken um das Mädchen, das regelmäßig unseren Sohn betreute. Großstädter sind ungewöhnlichen Menschen gegenüber in der Regel tolerant und stellen selten Fragen. Wir sorgten für Miriam. Wir gaben ihr Taschengeld, Essen, Zuneigung und unseren Sohn, der in ihrer Gesellschaft die wohl glücklichste Zeit seines Lebens verbrachte, nicht wahr Nelli, das kann man schon so sehen.«

Nelli drückte seine Hand.

Ich dachte jetzt an den toten Jungen, den Miriam portraitiert hatte. Ich wagte nicht nach ihm zu fragen, stattdessen brachte ich das Thema auf Miriams Begabung.

»Wie kam es denn zu den Zeichnungen in der Kiste, das interessiert mich sehr.«

»Wir hatten lange nicht gewusst, dass Miriam ein Hobby pflegte«, sagte Herr Bund. »Michael erzählte uns davon. Sie könne sehr gut zeichnen, schwärmte er, und sie habe immer ein kleines Buch und einen Bleistift in der Tasche, wenn sie

zusammen auf ihre nachmittäglichen Streifzüge gingen. Sie
zeichne alles, was sie sehe, manchmal auch ihn im Rollstuhl,
manchmal Kinder, alte Frauen, Männer, Tiere, alles was ihr vor
die Augen käme. Er habe sie gefragt, wo sie ihre Kunst erlernt
habe. Weiß nicht, habe sie gesagt und ich kann das.«

Jetzt lachten wir alle drei.

»Viele Skizzen in den Büchern sind mit schwarzer Tinte
gezeichnet, wissen Sie etwas darüber?«

»Wir schenkten ihr zu Weihnachten einen Füller samt
Tinte,« sagte Nelli. »Michael suchte ihn aus. In einem Fach-
geschäft ließ er sich mehrere Exemplare zeigen und testete
sie eigenhändig. Er entschied sich für den teuersten, mit einer
sehr feinen Feder, zum Zeichnen wie geschaffen, sagte er, und
sie könne ihn auch unterwegs benutzen, das wäre praktisch.
Dieses Weihnachtsfest vergesse ich nie. Michael gab Miriam
ein sorgfältig verpacktes Kästchen, mit Goldband verschnürt,
und mit einer riesigen Schleife versehen. Die Schleife war größer als das eigentliche Geschenk.«

Nelli lachte.

»Miriam hielt das Päckchen verlegen in der Hand. Was soll
das, sagte sie beinahe misstrauisch.« Nelli lachte erneut und
fuhr in ihrer Erzählung fort.

»Mach es auf, sagte Michael, das Tier wird nicht beißen.
Gebannt schauten wir alle auf Miriam, die sich an der Schleife
zu schaffen machte. Akribisch löste sie den Knoten, wickelte
das Band zum Glätten über Zeige- und Mittelfinger und legte
das Röllchen in ihren Schoß. Mit dem Weihnachtspapier ver-
fuhr sie ähnlich. Mehrmals strich sie mit der Hand über die
Oberfläche, auch dann noch, als es schon längst nichts mehr zu
glätten gab. Dann hob sie den Deckel der weinroten Schachtel
an und griff nach dem Füller. Sie hatte sich weit vorgebeugt
und starrte auf ihn, wie auf ein noch nie gesehenes Ding. Es
machte ihr anscheinend Mühe aufzublicken. Weiß Gott, was
in ihr vorging. Dann schaute sie Michael an und sagte Danke,

Junge. Zum ersten Mal hatte sie sich für etwas bedankt. Michael war selig, den ganzen Abend lang strahlte er nicht nur im Licht der Kerzen, nein, irgendwie von innen heraus.«

Nelli war den Tränen nahe.

Herr Bund blickte zum Fenster. Die Spitzen hoher, alter Bäume standen klar gezeichnet vor einem wolkenlosen Himmel.

»Ja, sagte er, »sie hat unseren Sohn immer nur Junge genannt, nie bei seinem Namen.«

Er schwieg einen Augenblick.

»Aber das war schön, uns hat es gefallen. Alles, was wir über Miriam wissen, erfuhren wir eigentlich von Michael, nie von ihr selbst. Er durfte sie ungeniert ausfragen, sie antwortete nach Laune, manchmal gar nicht, meistens knapp. So wissen wir, dass sie als Kind in einem Heim gewesen war. Michael erfuhr es in einer Kirche, die sie zusammen besucht hatten. Miriam hatte sich in eine Kirchenbank verzogen und zeichnete mit ihrem Füller, Michael studierte einen kleinen Kirchenführer. Er hatte ihr daraus vorgelesen und einen interessanten Hinweis gefunden. Jetzt hör mal her, was ich dir sage, Miriam. Die Kirche gehört zu einem Kloster. Die Nonnen betreiben eine Schule, ein Gymnasium, nur für Mädchen, klingt nicht schlecht, oder? Die können das, sagte Miriam, die ihre Kritzelei nicht unterbrochen hatte. Was können die, fragte Michael neugierig. Kinder hüten, so die knappe Antwort. Sie hüten keine Kinder, sie unterrichten. Kann sein. Michael konnte sich genau an das Gespräch mit Miriam in der Kirche erinnern. Kann nicht nur sein, ist so, meinte er. Er übte sich in Miriams Stenogrammsprache, die er super fand. Kennst du Nonnen, wollte er von seiner intensiv zeichnenden Freundin wissen. Später erzählte er mir, er habe sie das nur gefragt, um sie ein bisschen zu stören und hoffentlich zu ärgern. Es ging Schlag auf Schlag zwischen den beiden.

Kenn ich, antwortete Miriam.

Woher denn?

Vom Heim.

Wie vom Heim?

War im Heim. Deutlich unwirsch war ihre Antwort gekommen.

Du warst im Heim, warum warst du in einem Heim?

Weiß nicht.

Du warst ein kleines Kind, darum weißt du es nicht.

Kann sein.

Warst du lange dort?

Ja, lange.

Hm, wie lange?

Sehr lang.

Was hast du dort gemacht?

Nicht viel.

Komm schon, Miriam, erzähl doch mal.

Halt die Klappe!

Michael gab uns dieses Gespräch wortgetreu wieder, an einem Abend, als Miriam in ihrem Zimmer saß und zeichnete.
Er hatte ihr schon vor längerer Zeit Pinsel und Tusche besorgt,
seither malte sie oft bis spät in die Nacht auf lose Blätter. Er
war damals neunzehn Jahre alt und lernte für das Abitur. Die
Ausflüge mit Miriam hatten für ihn aber immer noch Vorrang
vor allem anderen. Oft nahm er sein Lehrbuch mit und studierte, während Miriam zeichnete.

Etwa ein Vierteljahr nach dem Gespräch klagte Michael
beim Abendessen über starke Kopfschmerzen. Er nahm eine
Tablette und ging zu Bett. Am anderen Morgen war er tot.
Miriam fand ihn in seinem Bett. Er war nicht zum Frühstück
erschienen. Lassen wir ihn schlafen, das tut ihm gut bei der
anstrengenden Lernerei, hatte meine Frau geraten. Doch Miriam war unruhig geworden und schaute nach ihm. Sie hatte
geschrien, wie wir noch nie einen Menschen hatten schreien
hören. Nelli war in der Küche, ich schrieb im Arbeitszimmer

einen Brief. Wir holten einen Arzt, aber zu spät, er stellte nur noch Michaels Tod fest, eine Gehirnblutung, sagte er, dann ging er wieder.

Miriam ging auch. Am nächsten Morgen war sie verschwunden. Wir hörten nie wieder von ihr. Den Füller hat sie mitgenommen. Ihr Zimmer war sorgfältig aufgeräumt, das Bett unberührt. In einer Kiste lagen alle ihre Zeichnungen.«

Herr Bund griff nach der Kaffeetasse, doch seine Hand zitterte so stark, dass er die Tasse nicht halten konnte. Er setzte sie wieder ab, dann sagte er:

»Ach ja, es ist so lange her, und trotzdem...«, er sprach den Satz nicht zu Ende.

Wir schwiegen. Ich konnte nichts dazu sagen.

Nelli brachte Gläser und Wasser in einem Krug.

»Sie haben sicher Durst?« Sie goss Wasser in mein Glas. Ich trank einen Schluck.

»Wir suchten, nachdem wir Michael bestattet hatten, noch lange nach ihr«, sagte Nelli. »Natürlich gingen wir nicht zur Polizei, das konnten wir nicht, aber wir suchten in allen Parks der Stadt, und manchmal glaubte ich sie zu sehen, aber beim Näherkommen war es nie unsere Miriam. Wenn jemand an der Haustür läutete, glaubten wir, sie stünde draußen vor der Tür. Nach einer gewissen Zeit gaben wir die Hoffnung auf ihre Rückkehr auf. Wir sahen uns ihre Zeichnungen an. Eine andere Welt tat sich vor unseren Augen auf. Es war Miriams Welt, gleichzeitig auch die Welt unseres Sohnes. Sie hatten zusammen Orte und Plätze besucht, die er ohne sie nie gesehen hätte. Sie waren zum Beispiel in einem Schlachthaus, auf Mülldeponien, in Suppenküchen. Ich glaube, Michaels Rollstuhl wirkte wie ein Türöffner zu schwer zugänglichen Bereichen, das hat Miriam gefallen.«

»In der Kiste fand ich Abbildungen ihres Sohnes, möchten sie diese denn nicht zu sich nehmen?«, fragte ich die beiden.

»Nein«, sagte Herr Bund. »Wir sahen uns die Zeichnungen

nur ein einziges Mal an. Danach trennten wir uns von allen belastenden Erinnerungen, soweit es möglich war. Miriam sah Michael mit anderen Augen als wir. Es sind ihre Bilder von ihrem Jungen, doch sie nahm sie nicht mit, zog ohne sie los, also haben wir Miriams Erinnerungen in dieser Kiste begraben und danach nie wieder angerührt.«

»Wir haben unsere eigenen Bilder von unserem Sohn, ein Fotoalbum, das genügt uns. Aber auch dieses schauen wir so gut wie nicht mehr an, es schmerzt einfach zu sehr«, bekannte Nelli.

»Man darf sich nicht quälen, das Leben ist schwierig genug,« sagte Herr Bund. »Meiner Frau ging es nach Michaels Tod sehr schlecht. Heute bin ich froh, dass wir noch schöne Tage erleben, ich sorge dafür so gut ich kann. Michael würde sich darüber freuen.«

»Natürlich wollten wir die Zeichnungen in zuverlässige Hände legen. Doch jetzt sind wir, nachdem wir Sie kennenlernen konnten, auch diese Sorge endgültig los.« Nelli lächelte mich an. Sie schien erleichtert.

Mir wurde plötzlich bewusst, was dieser Nachmittag für das Ehepaar bedeutete. Das Eintauchen in die Vergangenheit war eine schmerzliche Angelegenheit, vor der Herr Bund seine Nelli seit Jahren zu beschützen suchte. Dass sie meiner Bitte nachgekommen waren, erschien mir zunehmend bewundernswert. Ahnungslos hatte ich sie geäußert und mir keine Gedanken dazu gemacht. Forsch hatte ich sie formuliert, um einige Auskünfte ginge es, und ich würde eben mal vorbeikommen, um diese zu erhalten. Ich schämte mich wegen meiner Gedankenlosigkeit. Wie konnte ich den beiden jemals für ihr Entgegenkommen danken?

Herr Bund legte sogar noch eine neue Überraschung auf.

»Nachdem wir sie nun schon einmal geöffnet haben, lassen wir den Geist endgültig aus seiner Flasche«, scherzte er und sah mich bedeutungsvoll an. »Wenn Sie daran interessiert

sind, Frau Ganter, gebe ich Ihnen eine Adresse. Michael hatte in seinen letzten Lebenswochen eifrig recherchiert und ein
Erziehungsheim entdeckt, von dem er vermutete, dass Miriam
dort gelebt haben könnte. Sein Forschergeist hatte damals keine Ruhe gefunden. Immer wieder hatte er das Mädchen mit
Fragen genervt, seine Klappe nicht gehalten. Als sie zu den
Örtlichkeiten des Heimes keine Angaben machen wollte oder
nicht konnte, änderte er seine Fragen.

Hattest du Freunde im Heim?

Viele.

Ist das wahr?

Glaub es oder nicht.

Was habt ihr zusammen gemacht?

Alles.

Alles?

Der Wald war verboten.

Lebte eine Hexe im Wald? hatte Michael gewitzelt, und
eine Fratze geschnitten.

Keine Hexe, Junge, Waffen, Bomben, Tote.

Aus ihren sperrigen Andeutungen hatte er sich ein Bild gemacht. Papa, sagte er zu mir, sie meint den Hürtgenwald, das
ehemalige Kampfgebiet bei Aachen. Wenn das Erziehungsheim in der Nähe des Waldes lag, war es den Kindern sicher
untersagt gewesen, ohne Begleitung dorthin zu gehen. Vielleicht hatte man ihnen aber auch gedroht, sie kämen in den
Wald, zu den Toten, wenn sie nicht gehorchten. Da war noch
alles drin in dieser Zeit, auch Schläge. Erst neulich sahen wir
im Unterricht einen Film über sogenannte Kinderbewahran-
stalten im Vor- und Nachkriegsdeutschland, und die damali-
gen Erziehungsmethoden griffen noch weit bis in die siebziger
Jahre, nicht überall, aber vereinzelt schon.

Wahrscheinlich hast du recht«, bestärkte ich meinen Sohn.
Hürtgenwald ist vielleicht ein Anhaltspunkt, denn in welchem anderen deutschen Waldgebiet lagern noch Waffen und

findet man vereinzelt noch Tote? Miriam muss als Kind davon erfahren haben. Ich las, dass Teile des Waldes lange Zeit
nur auf gekennzeichneten Wegen begangen werden konnten,
weil die Gefahr bestand, auf eine unentdeckte Mine zu treten.
Michael trieb Recherche. Er studierte eigens dazu angeschaff-
te Detailkarten der Region Aachen und der nördlichen Eifel.
Er verschaffte sich über einen seiner Lehrer ein Verzeichnis
aller Erziehungsheime dieser Region und wurde, da diese
spärlich angesiedelt waren, nach kurzer Zeit fündig. Miriam
hatte von Nonnen gesprochen. In einem kleinen Ort am Rande der Nordeifel entdeckte er das Haus Mariental, ein Heim
für schwer erziehbare Kinder, das von einer kleinen Schwes-
terngemeinschaft geleitet wurde. Sofort war er sich sicher, die
richtige Adresse gefunden zu haben.«

»War es die richtige Spur?«, wollte ich wissen.

»Wir wissen es nicht«, sagte Nelli. »Ich glaube, Michael
scheute sich plötzlich, Miriams Vergangenheit ans Licht zu zerren. Was hätte es ihm gebracht? So wie es war, war es gut für
ihn, so sollte es bleiben, alles andere hätte sich womöglich in ein
unvorhersehbares Desaster verwandelt. Vielleicht fürchtete er
sich davor. Ja, und dann kam es ohnehin anders als erwartet.«

»Und Sie, suchten Sie nie nach diesem Haus Mariental?«

»Nein«, sagte Herr Bund. »Für uns war nach Michaels Tod
alles anders geworden. Als wir die Kiste mit Miriams Arbeiten
versiegelt hatten, spürten wir kein Bedürfnis mehr, das Mädchen wiederzusehen. Etwas war zu Ende gegangen, das Leben
mit unserem Sohn und damit auch der Umgang mit Miriam.
Ich vermute, sie hatte das auch so empfunden und war deshalb
gegangen. Miriam war nämlich nicht dumm, im Gegenteil, sie
schien absolut klug zu sein, das konnte man immer wieder beobachten. Vor allem Michael wusste das. Aber sie steckte wie
in einem Kokon, ließ niemand an sich heran, auch Michael re-
spektierte die Grenzlinie, die sie um sich zog, für ihn in einem
engeren Kreis als gewöhnlich, aber immerhin.«

»Ich vermisste sie nicht«, bekannte Nelli. »Irgendwann war ich erleichtert, als wir nichts mehr von ihr hörten. Ich spürte erst im Nachhinein, wie anstrengend der Umgang mit Miriam gewesen war. Meine Küche gehörte wieder mir allein, so sehr ich ihre Hilfe geschätzt habe. Ja, ich sag es ganz ehrlich, ich fand es plötzlich befreiend, ohne das Mädchen zu sein.«

»Im Grunde ertrugen wir sie Michaels wegen, das ist die Wahrheit«, sagte Herr Bund.

Er dachte nach, erinnerte sich an sein Angebot.

»Wenn Sie an der Adresse dieses Heimes interessiert sind, überlasse ich sie Ihnen gerne. Vielleicht hilft sie Ihnen weiter, bei Ihrer Suche nach dem Menschen hinter seinem Werk, wie Sie so schön sagen.«

»Ich würde mich freuen, wenn ich weitere Hinweise auf unsere Künstlerin bekäme. Ich nehme die Adresse selbstverständlich gern,« versicherte ich dem alten Herrn.

Dieser musste nicht lange suchen, er hatte sie bereits vor meinem Eintreffen bereitgelegt.

Und noch etwas tat ich. Ich gab meine beabsichtigte Zurückhaltung in der Beurteilung von Miriams Arbeiten auf. Die mutige Bereitwilligkeit des Ehepaares, über derart schmerzliche Erinnerungen zu sprechen, wollte ich mit der Wahrheit belohnen. Sie hatten es verdient, vom außergewöhnlichen künstlerischen Wert der Zeichnungen unterrichtet zu sein. Ich hätte mich geschämt, mein Wissen für mich zu behalten. Ich sprach also über die Qualität der Hinterlassenschaft und zog Vergleiche zu Picasso und anderen namhaften Meistern. Plötzlich tauchte vor meinen Augen das Bild eines fröhlich lachenden Jungen im Rollstuhl auf, da wusste ich, dass ich meine Erkenntnis nicht nur seinen Eltern offenbarte, sondern auch Michael, ihrem Sohn.

Die beiden sagten zunächst kein Wort. Nelli sah mich staunend an, Herr Bund putzte sich die Nase.

»Frau Ganter«, sagte er, »ich bin hocherfreut über Ihre Einschätzung und glücklich, die Kiste jahrelang für Sie aufbewahrt zu haben, denn bei niemand wüsste ich sie nun lieber als bei Ihnen. Wir sind alt, was wäre aus dem Material geworden, wenn es uns einmal nicht mehr gibt?«

»Um ein Haar«, ergänzte Nelli, »das muss ich schon auch beichten, hätten wir sie vor einigen Jahren in eine Papiersammlung gegeben, als eine Jugendgruppe Altpapier für hungernde Kinder sammelte. Wir hatten wieder einmal unsere Schattenphase, waren deprimiert und wollten alles beseitigen, was uns an die Vergangenheit erinnerte, hatten die Kiste schon im Flur zurechtgestellt, doch dann verpassten wir den Termin, waren unterwegs, weißt du noch?«

»Du liebe Zeit, ja da hast du recht«, erinnerte sich Herr Bund.

Ich sprach von meinen Plänen, die Arbeiten auszustellen, zunächst in meiner Galerie, danach sehe man weiter. Das Ehepaar wünschte mir damit Erfolg und beteuerte, meine Bemühungen zu verfolgen.

»Ich halte Sie darüber auf dem laufenden«, versprach ich den beiden, die mich nun auch noch zu einem kleinen, bereits vorbereiteten Abendimbiss mit Champagner einluden, dem ich mich nicht verweigerte, und in dessen Verlauf wir uns gegenseitig das Du anboten, Nelli, Bruno, Felizitas.

Auf der Taxifahrt zurück in mein Hotel hatte ich das Gefühl, ein warmes Nest zurück zu lassen, mit Menschen, die mir in wenigen Stunden ans Herz gewachsen waren. Ich hatte zwei Freunde gewonnen, zweifellos. Nelli hatte mir noch Schnittchen eingepackt für heute Nacht, wenn der Hunger käme. Ich schob wie ein Schulkind ihre Brote in die Tasche. Sie hatte sich meiner luftigen Kleidung wegen Sorgen um mich gemacht und wollte mir ein Jäckchen geben, denn recht kühl wäre die Nachtluft am See. Das Jäckchen konnte ich verhindern, doch ein gehäkeltes Tuch lag jetzt wärmend auf meiner Schulter und duftete nach Lavendel. Ich dürfe es behalten, zur Erinnerung an sie, hatte Nelli gesagt und meinen Arm gestreichelt.

Ich war wie benommen von den Eindrücken der letzten Stunden und spürte gleichzeitig ein Gefühl aufziehender Einsamkeit, das mich irritierte und mir mit einem Mal Tränen in die Augen trieb. Ohne es verhindern zu können, weinte ich.

Der Taxifahrer bemerkte es nicht oder tat so, als bemerke er nichts, was ihn als guten Fahrer auswies, der Tränen und anderes gewohnt war. Weltweit wird in Taxen geweint, aber auch gestritten, geschlagen und geküsst. Die Fahrer ertragen es stumm, ermahnen in den seltensten Fällen. Taxifahrer ähneln Barkeeper. In Erfüllung ihrer Berufspflicht nehmen sie nebenbei Freude und Schmerz ihrer Kunden auf, verhalten sich dabei neutral und respektvoll distanziert. Mein Taxifahrer sagte, das wird schon wieder, und zählte mir Wechselgeld in die Hand.

Es wurde auch wieder.

Zurück im Hotel wusch ich mir die verweinten Augen aus. Paul rief an, mehrfach hatte er schon versucht mich zu erreichen.

»Weinst du Feli?« Paul witterte Tränen noch bevor sie liefen.

»Ein bisschen, aber jetzt nicht mehr, ich weiß nicht, was mich traurig macht, der Tag heute war so schön gewesen.« Und als ich das sagte, weinte ich wieder.

»Meine Nerven, es sind meine schlechten Nerven, Paul, denn ich habe überhaupt keinen Grund zum Heulen, im Gegenteil, ich habe viele interessante Neuigkeiten.«

»Das klingt doch gut, aber auch nach ein bisschen Stress im Seniorenheim, oder irre ich mich?«, vermutete Paul.

»Ja klar, anstrengend war es schon, das spüre ich erst jetzt in der Einsamkeit meines grau-gelben Zimmers.«

Paul schlug mir vor, noch einen Absacker in der Hotelbar zu nehmen und mich auf morgen Abend zu freuen, da lade er mich zum Essen ein und erwarte einen detailgenauen Bericht.

»Das sind gute Aussichten, die mir den Absacker ersparen. Ich esse noch meine Schnittchen und schaue ein bisschen in die Röhre.«

»Du hast Schnittchen? Feli, ich beneide dich. Wie kommst du denn zu Schnittchen?«

»Hat mir Nelli gemacht.«

»Wenn du Schnittchen von Nelli hast, ist alles gut, dann überlass ich dich jetzt unbesorgt dem Konstanzer Nachtmahr. Verjag' ihn, wenn er dich nicht schlafen lässt.«

Pauls Späßchen brachten mich wieder ins Lot. Er konnte das. Unmut oder bedrückte Stimmung plauderte er mit lockeren Reden einfach nieder, als trete er züngelnde Flämmchen aus. Schon oft hatte er mir in dieser Weise geholfen. Ich legte die Füße hoch, schaltete den Bildschirm ein und biss in ein Brötchen, belegt mit Salami, Essiggurke und Ei.

3

Paul hatte gründlich recherchiert. Die Adresse, die mir Bruno Bund gegeben hatte, passte wie der Schlüssel ins Schloss eines Jugendhilfezentrums, nahe der Ortschaft Anderstall in der Region Hürtgenwald.

Wir saßen im Büro der Galerie. Ich las Briefe junger Künstler, die sich für eine Ausstellung in unserer Galerie bewarben, mit Fotomaterial und Lebenslauf. Paul saß vor seinem Notebook.

»Ich hab's, das muss es sein, Feli, schau her, das hier sind ziemlich gute Bilder«, begeisterte sich Paul bei seinem Blick ins Internet.

Ich beugte mich über Pauls Schulter und sah auf dem Bildschirm ein großes Dorf. Zwei Gasthäuser, eine Kirche, Fußballplatz und Freibad und ein verzweigtes Straßennetz, von eng verbauten Häuserzeilen gesäumt, dazu vier Kilometer außerhalb des Ortes den Gebäudekomplex eines Gutshofes, eine Kirche auf dem eingefriedeten Areal, offenbar dazu gehörend.

Eine kleine Gemeinschaft von sechs Klosterfrauen, die Marienschwestern vom Kreuz, gründete 1920 die Erziehungsanstalt Mariental für weibliche Waisen und Mädchen, die durch Verwahrlosung sozial gestrandet, oder durch Leichtsinn in andere Umstände geraten waren.

So beschrieb ein historischer Artikel die damalige Mission der Schwestern, die sich von der einsamen Lage des Hauses, einem streng geregelten Tagesplan und der Vermittlung guter Sitten, eine heilsame Wirkung auf das Gemüt ihrer gefährdeten Schützlinge versprachen und ergänzte, um die fortschrittliche Entwicklung der pädagogischen Einrichtung zu illustrieren:

Heute ist das Haus der Jugendhilfe angegliedert, beschäftigt ausgebildete Erzieher*innen und Sozialpädagogen und ist um einen stattlichen Neubau in den neunziger Jahren erweitert worden.

»Einsam liegt der Laden ja immer noch«, stellte Paul fest, »doch ob der ansteigende Wald hinter dem Gemäuer eine heilsame Wirkung auf die Jugendlichen von heute hat, bezweifle ich, vor allem, wenn sie um die historischen Gräuel in der Region wissen. Schau mal, was hier so nebenbei aufgeblättert wird.«

Paul klickte auf der Tastatur hin und her, vergrößerte Fotos, zoomte im Morast feststeckende Panzer heran, brennende Häuser, verkohlte Baumstämme, eine lodernde Kirche, tote Soldaten im aufgeweichten Waldboden liegend, rücklings, oder das Gesicht in die Erde vergraben. Ein Bilderbogen des Grauens war ihm vor die Augen geraten, den er fassungslos betrachtete.

»Hast du von diesem Schlachtfeld gewusst?«, fragte er, während er aufgeregt das Thema in unterschiedlichen Abhandlungen miteinander verglich.

»Ich hörte vom Scheitern einer amerikanischen Division in den Eifelwäldern, von enormen Verlusten der Befreier, aber auch der Wehrmacht, und dass die sogenannte Allerseelenschlacht im Kriegswinter 1944 für Amerika noch heute eine traumatische Wunde im nationalen Verständnis darstelle, vergleichbar mit dem Vietnamkrieg.«

Paul war wie elektrisiert. Er beschloss, die Suche nach Miriam mit einer Spurensuche der Kriegsgeschichte zu verbinden und versprach sich von der Fahrt in die Eifel eine spannende Fotoserie, auf was immer er dort stoßen würde. Franz und Christof, unser Hängeteam, hatten Zeit und wollten uns gerne für zwei Tage in der Galerie vertreten. Miriams Arbeiten lagerten inzwischen professionell abgelegt in einem diebstahlsicheren Hochschrank, den Paul über eine Schweizer Firma entdeckt und bestellt hatte. So nach allen Seiten abgesichert, fuhren wir eines Morgens westwärts über den Rhein und in das Hochland der Vulkaneifel, kamen in Richtung Aachen durch Wälder, offenes Hügelland und kleinere Dörfer und folgten am Ende unserer Fahrt einer Landstraße, die in Serpentinen in eine weite Talsenke führte.

Hürtgenwald hieß die Region am Rande der Nordeifel, die Pauls Interesse nicht nur des geheimnisvollen Mädchens Miriam, sondern auch der geschichtlichen Bedeutung dieser Gegend wegen erregte, über die ich wenig und Paul gar nichts wusste.

»Ich muss im Unterricht geschlafen haben, als das Thema behandelt worden war«, jammerte er. Er könne sich das nie verzeihen.

»Gräm' dich nicht, du kannst deine Kenntnisse mit Sicherheit an jeder Ecke hier vertiefen, sieh nur die Schautafel dort drüben unter der Buche. Es gibt geführte Wanderrouten auf den Spuren der Kampfhandlungen, Museen und Ehrenfriedhöfe. Dort liegen vor allem deutsche Soldaten, da Amerika seine Gefallenen nicht in Feindesland bestattet, sondern, wenn irgend möglich, den Familien übergibt.«

»Du weißt ja doch sehr viel über das Geschehen«, staunte Paul.

»Ich bin auch älter als du, und außerdem kann ich lesen«, verriet ich ihm.

»Ach so ist das, das wusste ich nicht, das erklärt mir ja so manches.«

Der lichte Mischwald rechts und links der Straße entsprach so gar nicht Pauls Erwartung. Ein düsterer Tannenforst, unheimlich und undurchdringlich, hätte seiner Vorstellung eher entsprochen. Die Fotos der digitalen Bilderstrecke vor Augen, war er enttäuscht von der lichtdurchfluteten Wirklichkeit, die er mit den schrecklichen Ereignissen des Krieges nicht in Verbindung bringen konnte.

»Da ich, wie ich schon sagte, lesen kann, recherchierte ich einiges und las in Vorbereitung auf unsere Reise, dass der ursprüngliche Forst vollkommen vernichtet worden war. Es passierte nicht nur durch die Kampfhandlungen selbst, sondern durch einen verheerenden Brand nach Kriegsende, im heißen Sommer 1947, bei dem explodierende Munitionsrückstände ganze Arbeit verrichteten. Dieser Wald hier ist demnach relativ jung, etwa 50 Jahre alt. Bei der Aufforstung wurden neben Tannen vor allem Rotbuchen gepflanzt, die hier unter idealen Voraussetzungen besonders gut gedeihen sollen. Aber auch Linden fanden in Tallagen gute Bedingungen. Ich finde, sie schufen vor allem einen sehr freundlichen Wald, der die Kriegsschrecken zwar nicht vergessen, doch die Menschen hier vielleicht leichter atmen lässt.«

Paul lobte meinen Vortrag und klopfte mit den Fingerknöcheln auf das Armaturenbrett. Danach unterzog er meine Lesefähigkeit einer kritischen Prüfung.

»Wenn du so gut lesen kannst, wie du andauernd behauptest, dann sage mir mal, was auf dem Wirtshausschild steht, das wir in Kürze vor unsere Nasen bekommen.«

»Ist gut, wir kehren hier ein,« versprach ich meinem hungrigen Beifahrer und parkte den Wagen vor dem ersten Haus der Ortschaft Anderstall. Mit einer goldglänzenden, gezackten Metallscheibe, einer blinkenden Sonne über der Eingangstreppe unterrichtete das Gasthaus auch Leseunwillige bildhaft über seinen Namen.

Wir aßen Sauerbraten mit Meerrettichschaum, dazu eine Gemüseplatte für zwei Personen, und tranken einen leichten Weißwein. Die Gaststätte war gut besucht. Eine Wandergruppe rüstiger Rentner hielt an drei zusammengeschobenen Tischen lautstarke und fröhliche Einkehr. Die Frauen glichen einander beinahe wie Schwestern, die sich in Modefragen schon immer einig gewesen waren. Anscheinend bevorzugten sie alle denselben Frisör, der ihnen einen praktischen Kurzhaarschnitt verordnet hatte, kühn hochrasiert im Nacken, das Haupthaar zu einer runden pilzartigen Kappe aufgebauscht. Über Halbarm-T-Shirts trugen sie leicht wattierte, ärmellose Westen, grau, braun oder dunkelblau. Sie hatten sich zu farbenfrohen Dreieckstüchlein verabredet, die ihnen, kess um den Hals geknotet, einen Hauch von Verwegenheit verliehen.

Ihre Männer trugen, was sie bestimmt schon immer getragen hatten, bunt karierte Hemden unter steingrauen Wanderwesten. An der Garderobe hingen Hüte aus atmungsaktivem Material mit Rundumkrempe gegen Sonnenbrand. Nach jeder Wanderung konnten sie in der Maschine gewaschen werden. Ein Bündel Wanderstöcke wartete in einer Ecke des Gastraumes auf den nächsten Einsatz.

Ich fühlte mich wohl in der Gesellschaft dieser unternehmungslustigen Leute, freute mich an ihrer guten Stimmung und fragte mich, wie es Bruno und Nelli im Augenblick wohl ergehe. Ich nahm mir vor, sie über die Ergebnisse unseres Besuches in Mariental umfassend zu unterrichten.

An weiteren Tischen saßen außer Tagestouristen etliche Pensionsgäste. Ihre Zimmerschlüssel lagen griffbereit neben ihrem Gedeck. Tennisballgroße Holzkugeln mit eingebrannten Zahlen waren durch kurze Metallkettchen mit den Schlüsseln verbunden und machten diese unübersehbar.

»Paul, was hältst du davon, wir könnten hier übernachten. Das erspart uns ein langwieriges Suchen nach einem Nachtquartier.«

»Wäre mir sehr recht, schon des guten Essens wegen«, sagte Paul mit vollem Mund. Der Sauerbraten schmeckte ihm hervorragend.

»Gut, dann fragen wir die Wirtin nach Zimmer. Das Haus ist groß, vielleicht gibt es noch Platz für uns.«

Paul aß das letzte Stück seiner Bratenscheibe, tupfte mit der Serviette Soße von den Lippen, dann winkte er der Wirtin.

»Sie möchten bezahlen«, vermutete diese und blickte wohlwollend auf Paul, der ihr offensichtlich sehr gefiel. Sie selbst war eine attraktive junge Frau. Ihr dichtes braunes Kraushaar war mit einem blauen Haarband in Form gebracht und erlaubte nur einzelnen kurzen Löckchen über der Stirne und an den Schläfen sich zu zeigen. Ihr Jeanskleid war so blau wie das Band, die Ärmel hatte sie bis in die Armbeuge hochgekrempelt. Etwas Frisches, Zupackendes ging von ihr aus.

Mir gefiel die junge Frau und nicht nur mir, das konnte ich sehen. Paul strich sich eine blonde Strähne aus der Stirne, die ihm während der Mahlzeit über die Augen gefallen war und strahlte die jugendliche Wirtin an.

»Bezahlen möchten wir auch, aber wir würden gerne hier übernachten, wie sieht es denn mit Zimmer bei Ihnen aus?«

»Wie schön,« strahlte die Wirtin zurück und bekannte, sie sei im Augenblick nicht über die Belegung im Bilde, das sei die Sache ihres Mannes.

»Hans-Peter«, rief sie in Richtung Tresen, »kannst du kurz…?«

Aus einer offenstehenden Tür hinter der Getränketheke kam er, Hans-Peter, der Wirt.

Paul sah mich an, mit ratlosem Blick.

Ich erahnte die Frage, die in Pauls Augen stand, denn ich stellte sie mir selbst. Wie war es diesem unscheinbaren Mann gelungen, eine derart schöne Frau für sich zu gewinnen?

Hans-Peter war klein und dicklich und hatte, obwohl ich ihn nicht älter als dreißig Jahre alt schätzte, bereits einen bemerkenswerten Bauchansatz. Sein Haarschnitt erinnerte mich an meine Massagebürste. Dicht und kräftig wuchsen die Borsten etwas zu tief in die Stirn. Seine abstehenden Ohren ließen sich zwar problemlos in einem kleinen chirurgischen Eingriff

korrigieren, doch ich war mir nicht sicher, ob er das wusste. Ich
überlegte, welche Verbesserungsvorschläge ich ihm außerdem
empfehlen würde, käme er zu mir in eine persönliche Bera-
tung. Wäre ich nicht Galeristin, fühlte ich mich dazu berufen,
anderen Menschen zu einer positiven Steigerung ihres Er-
scheinungsbildes zu verhelfen. Überall sah ich Möglichkeiten
für Veränderung, doch solange mich niemand um meine Meinung bat, konnte ich auch niemand helfen. Hans-Peter schien
mit sich selbst zufrieden zu sein, zumal er alles besaß, was es
im Leben zu gewinnen gab, eine solide wirtschaftliche Basis,
eine schöne Frau, Freunde, vielleicht eine Mitgliedschaft in der
freiwilligen Feuerwehr, vielleicht den Vorsitz im Verein der
Naturfreunde des Hürtgenwaldes. Vielleicht war er, seinem
Bauch zum Trotz, aktiver Fußballspieler? Jedenfalls war er ein
freundlicher Wirt und gab uns zwei Zimmer, abgewandt von
der Straße, dem Garten zu. Ruhig sei es dort, abgesehen von
den Vögeln, die in der Buche schon mal ordentlich lärmten
und schnäbelten, aber bis jetzt habe sich noch kein Gast an
ihrem Treiben gestört. Er lachte.

»Vögel dürfen das«, sagte Paul und bedachte die junge
Wirtin mit einem schwer durchschaubaren Blick.

Sie hieß Heidi, Hans-Peter nannte sie so, und ich fand den
Namen für das Mädchen passend, dachte sofort an Johanna
Spyri. Nur der Hans-Peter passte nicht in mein Bild, aber der
richtige Geißenbub hieß auch nur Peter, ohne den Hans, und
war mit dem Mann an unserem Tisch in keiner Weise identisch. Außerdem besuchten wir nicht die Schweizer Alpen,
sondern den Hürtgenwald, auf der Suche nach Miriam, die in
einem Heim nicht weit vom Gasthaus zur Sonne gelebt haben
soll, und der jetzt unser volles Interesse gelten musste.

Wir tranken noch einen Espresso, und Heidi reichte uns die
Zimmerschlüssel mit Holzkugel.

»Sie wandern heute?«, ein bisschen neugierig war unsere
schöne Wirtin schon.

»Nein,« sagte ich, »wir besuchen das Jugendhilfehaus am
Ende des Tales, sie kennen es bestimmt.«

»Ach, zu den Marienkindern gehen Sie?«

Heidi wunderte sich offensichtlich und hätte gerne mehr
erfahren, das sah ich ihr an. Aber ich beließ es bei meiner kar-
gen Auskunft. Ein kleines Geheimnis durfte unseren Aufenthalt gerne beschatten, das konnte nicht schaden, eher nützen.

Am Ende des Tales endete auch die Straße direkt vor der Zu-
fahrt zum Jugendhilfezentrum Marienheim. Die Tore eines
hohen Mauerbogens waren weit geöffnet, ein Schild verwies
auf Parkplätze im Innenhof. Diesmal fuhr Paul. Er parkte den
Wagen vor einem sorgfältig sanierten Gebäude, das ich ins
neunzehnte Jahrhundert datierte, ein lang gestreckter Bau, der
über dem Hochparterre ein weiteres Geschoss besaß. Schmalhohe Fenster und eine mittelachsig angelegte Steintreppe mit
schmiedeeisernem Handlauf erinnerten mich an ein kleines
Landschloss in der Nähe meines Elternhauses. Meine damals
beste Freundin, die Tochter des Verwalters, hatte mich zum
Spielen in den Gutshof gelockt, verbotenerweise, denn der
Schlossherr war kein Kinderfreund gewesen.

Hier sollten jedoch Kinderfreunde wohnen, Pädagogen,
Erzieher, Berater, noch immer vier Marienschwestern vom
Kreuz, womöglich bereits in der dritten Generation, mit etwas
Glück auch eine überlebende Zeitzeugin, die unsere Künstle-
rin kannte und sich an sie erinnern würde, vor allem an das
Kind, die Jugendliche, die junge Erwachsene. Hier soll Miriam
also gelebt haben, wenn Michaels Nachforschungen stimmten.
Die Auskunft des Heimleiters war bei meiner Anfrage eher
vage ausgefallen. Man müsse die Akten studieren, genaue-
res könne er im Augenblick nicht sagen, aber ja, eine Miriam
Weier, das wisse er, habe als Haushaltshilfe bis vor einigen
Jahren hier gearbeitet, er sei aber erst seit einem Jahr im Amt
und müsse sich darüber noch kundig machen. Gerne könne

ich vorbeikommen und mich umschauen. Er wolle sehen, was er für mich tun könne.

Paul drückte auf den Knopf der Sprechanlage und horchte.

»Sie wünschen?«

»Paul Martin hier und Felizitas Ganter. Wir sind angemeldet.«

Die Sprechanlage blieb stumm, stattdessen surrte ein Türöffner. Paul stemmte sich mit der Schulter gegen die schwere Holztür, die mit überraschender Leichtigkeit seinem Druck nachgab. Paul stolperte dabei fast über die Schwelle des Hauses. Wir betraten einen großen quadratischen Vorraum, von dem aus, der Eingangstür gegenüber, eine hohe Glastür mit schwarzem Sprossengitter in den Garten führte. Links und rechts des Vorraums führte ein langer Flur zu Therapieräumen, Verwaltungs- und Beratungszimmern und zum Büro des Heimleiters. Eine Informationstafel unterrichtete mit einer Übersichtsgrafik über die Lage des Jugendhauses, des Sport- und Grillplatzes, der Kapelle und des Badeteichs, der in der äußersten Ecke des ummauerten Areals zu erkennen war. Eine schlichte, wahrscheinlich historisch originale Holztreppe, verband den Unter- mit dem Oberstock, in dem sich, dem Plan nach, ein riesiger Festsaal befindet.

Wir studierten die Infotafel, gingen einige Schritte auf und ab, blickten in einen der beiden Gänge. Dort öffnete sich eine Tür, ein großer, schlanker Mann kam rasch und freundlich winkend auf uns zu, entschuldigte sich schon von weitem, er habe die Verabredung nicht vergessen, aber ein Telefonat sei ihm dazwischengeraten, ein sehr wichtiges eben.

Er begrüßte uns mit Handschlag, sagte Reimer und willkommen Frau Ganter, Herr Martin. Er bat uns, ihm ins Besucherzimmer zu folgen, er habe dort für eine kleine Erfrischung gesorgt. Er ging zügig voran und wies mit der Hand in Richtung des angekündigten Zimmers, hielt diese im Laufen beständig nach oben, als balanciere er auf ihr eine zerbrechliche Ware. Wir folgten.

»Darf ich Ihnen Kaffee, Tee, Wasser oder Saft anbieten?«
Ein junges Mädchen fragte nach unseren Wünschen. Wir saßen in bequemen Ledersesseln vor einem runden Couchtisch
und wünschten Kaffee. Herr Reimer bevorzugte Tee. Das
Mädchen nahm die Bestellung entgegen, sagte sehr gerne und
errötete leicht. Leise schloss es die Tür hinter sich.

»Rita ist eines unserer Heimkinder. Sie macht bei uns eine
Lehre als Köchin, unsere Chefköchin hat Ausbildungsbefugnis.
Wir achten darauf, dass die Lehrlinge neben der Kochkunst
auch den Umgang mit dem Gast und dabei gutes Benehmen
lernen. Dies hier ist für Rita eine Übung, sie legt demnächst
eine Prüfung ab. Was meinen Sie, hat sie ihre Sache soeben
gut gemacht?«

»Es war eine glatte Eins«, versicherte Paul, »freundlicher
wurde ich noch nie nach meinen Wünschen gefragt.« Er lachte.

»Das freut mich«, sagte der Heimleiter und kam ohne Umschweife auf den Grund unseres Besuches zu sprechen.

»Sie suchen Miriam Weier?«

»Ja, ich machte Bekanntschaft mit ihren Zeichnungen und
möchte den Menschen hinter seinem Werk entdecken. Herr
Martin und ich sind Galeristen und werten ihre Hinterlassenschaft als ein interessantes Zeitdokument der vermutlich acht-
ziger Jahre. Sie zeichnete gegenständlich, das erlaubt einen
fast fotografischen Blick auf diese Jahre.«

Vom künstlerischen Wert der Arbeit sagte ich nichts. Ich
kannte den Mann nicht, hielt ihn außerdem für nicht kom-
petent genug, um ihn in das Geheimnis der Genialität eines
ehemaligen Zöglings einzuweihen.

Und schon sah ich meinen Verdacht bestätigt, als er von
den Hobbys seiner Schutzbefohlenen sprach.

»Wir lassen den Kindern und Jugendlichen alle Freiheit,
ihre Hobbys zu pflegen, sind froh, wenn sie ein solches für
sich entdecken, da es ihnen Selbstvertrauen in die eigene Persönlichkeit schenkt. Viele wählen eine Sportart, andere ein

Musikinstrument. Wir haben ein kleines Jugendorchester, das regelmäßig auch auf Veranstaltungen in Anderstall gefeiert wird. Viele Kinder malen gern und befreien sich dadurch von belastenden Erlebnissen. Unsere Therapeuten nutzen das und bieten Malgruppen an, dort entstehen die erstaunlichsten Bilder. Es wird auch getöpfert. Wir nennen es Familienaufstellung in Ton, wenn Kinder ihre Familie darstellen, einzelne Personen oft nur als unförmige Klumpen geformt, die sie auf der Arbeitsplatte einander zuordnen. Uns kommt es hier nicht auf eine besondere Fertigkeit an, sondern auf die Freude an der Sache.«

Paul scharrte mit den Füßen, Anzeichen einer selten aufziehenden Ungeduld. Ich blinzelte ihm zu. Lass den Mann reden, wir brauchen ihn, sagte mein Blick. Paul lehnte sich in seinem Sessel zurück und verschränkte die Arme. Ich bin ganz ruhig und konzentriere mich auf das Hier und Jetzt, antwortete er mir tonlos und mit ergebener Miene. Bevor der Heimleiter zu einem erneuten Vortrag ansetzen konnte, klopfte es an der Tür. Das Mädchen Rita schob einen Servierwagen über die Schwelle, bei dessen Anblick sich Paul sichtbar entspannte. Er hoffte auf eine grundlegende Veränderung der Situation und rückte in seinem Sessel auf die Kante vor. Interessiert verfolgte er die geschickt ausgeführten Handreichungen der jungen Frau, die sich bemühte, sicher und vor allem geräuschlos, Tassen, Kännchen und kleine Teller mit Kuchen und Gebäck auf den Tisch zu stellen. Herr Reimer beobachtete den Vorgang mit kritischem Blick, nickte aber anerkennend, als das Mädchen, ohne nochmals nachzufragen, das Getränk zielsicher demjenigen zuordnete, der es bestellt hatte.

»Gute Leistung, Rita«, sagte er anerkennend und blickte stolz in die Runde, die sich soeben um eine weitere Person vergrößert hatte. Eine Marienschwester war dem Servierwagen gefolgt und wartete, auf einen Stock gestützt, darauf, dass der Heimleiter sie an den Tisch bitten würde.

»Ah, unsere Schwester Martha, schön, dass Sie kommen«, freute er sich und stand auf.

»Ich möchte Ihnen Schwester Martha vorstellen. Ich bat sie, bei dem Gespräch heute dabei zu sein, denn Schwester Martha ist unsere wandelnde Zeittafel. Wenn hier im Haus jemand das Dunkel der Vergangenheit erhellen kann, dann ist sie es.« Die Schwester lächelte das Lob verlegen weg.

»Wie lange sind sie im Haus Mariental, Schwester Martha?«

Ich war mir sicher, dass er es wusste, aber der Schwester Gelegenheit geben wollte, von sich zu sprechen.

»Ich kam 1960 ins Haus,« sagte die Schwester. Ich war zwanzig Jahre alt und legte im Mariental meine Gelübde ab. Seither bin ich hier, jetzt leider alt und nicht mehr voll einsatzfähig.« Sie wies auf ihren Stock.

»Aber, aber Schwester Martha, mit siebzig ist man heutzutage noch nicht alt, was reden Sie da«, widersprach der Heimleiter unnötigerweise.

Paul stand auf und gab der Frau die Hand. Er deutete eine sehr dezente Verbeugung an, die mich an Bruno Bund erinnerte. Eine gewinnende Geste gegenüber dieser älteren Nonne, die mich rührte und überraschte. Ich war plötzlich stolz auf meinen jugendlichen Geschäftspartner, diesen gutaussehenden, großgewachsenen Paul mit den blonden Strähnen, die ihm dauernd in die Augen hingen, mit seinem beruhigenden Humor und seinen guten Manieren. Ich hatte ihn noch nie über seine Familie befragt, doch seine Eltern schienen ihm eine wertbeständige Haltung mit auf den Weg gegeben zu haben. Die Schwester strahlte ihn aus ihren kleinen, von Faltenkränzen umrahmten Augen an.

Ich begrüßte Schwester Martha ebenfalls und half ihr, in einem der Sessel Platz zu nehmen. Sie griff hilfesuchend nach meiner Hand und ließ sich vorsichtig auf das weiche Polster nieder.

»Diese Sessel gehören nicht zu meinen Lieblingsplätzen, ein harter Küchenstuhl ist mir lieber,« entschuldigte sie sich

und behielt auch im Sitzen ihren Stock in der Hand. Rita versorgte Schwester Martha mit Tee und einer dicken, goldgel-
ben, weichen und problemlos zu essenden Scheibe Sandkuchen.

»Danke mein Kind«, sagte die Schwester.

Rita schob den Teewagen beiseite. »Ich wünsche einen angenehmen Nachmittag«, sagte sie zum Abschluss ihres Auf-
tritts und bedankte sich mit einem - ich glaubte nicht recht zu
sehen- aus der Zeit gefallenen Knicks.

Herrn Reimers Handy klingelte. »Sie entschuldigen«, sagte er und ging mit seinem Handy zum Fenster. Während er
sprach, schaute er aufmerksam in den Garten als geschehe
dort unten etwas irritierend Ungewöhnliches. Er schüttelte den
Kopf, legte seine freie Hand ans Fensterkreuz und trommelte
mit den Fingern gegen die Scheibe. Hörbar atmete er aus. »Ja,
ist gut«, sagte er, »ich komme in wenigen Minuten.« Er kam
zum Tisch zurück, breitete hilflos die Arme aus. »Was soll man
machen, eine dringende Angelegenheit, nicht für heute geplant, aber, Schwester Martha weiß, von was ich rede.«

Ich wusste es auch, denn der Heimleiter zeigte uns vor allem
eines deutlich: er war ein viel beschäftigter, gefragter Mann.

»Ich überlasse Sie unserer lieben Schwester, die mehr für
Sie tun kann, als ich es je könnte, denn sie erinnert sich sehr
gut an das Mädchen, das sie suchen. Wir sehen uns später, ich
schaue vorbei, sobald ich wieder frei bin.« Er hob wie ein Pas-
tor die Arme zum Sonntagssegen und schob mit den Händen
etwas von sich, das gar nicht vorhanden war. »Wir sehen uns«,
sagte er mit Überzeugung und verschwand.

Schwester Martha hatte ihn während seiner Darbietung
keines Blickes gewürdigt, dafür ungerührt ihren Sandkuchen in Angriff genommen und sorgfältig nach jedem Bissen
ein Schlückchen Tee getrunken. Anscheinend war sie wenig
an der Überlastung ihres Chefs interessiert oder nahm sein
Gebaren einfach nicht ernst. Ich vermutete das letztere, denn

auch ich zweifelte an der Dringlichkeit seines Abganges, ich glaubte eher, dass ihm die Unterredung hier wenig bedeutete.

Wir tranken Kaffee, ich aß einen Keks, Paul drei, dazu ein Stück Kuchen. Danach warteten wir wortlos, bis Martha ihr Gebäck verzehrt und ihre Tasse geleert hatte. Sie stellte in aller Ruhe ihr Gedeck ineinander, legte Kuchengabel und Kaffeelöffel an den Rand des Tellers und wischte sich mit der Papierserviette Krümel aus den Mundwinkeln.

»So«, sagte sie«, Sie möchten sich also nach Miriam erkundigen, das freut mich, denn das hat schon lange niemand mehr getan.« Sie schob ihre Haube zurecht, an deren Sitz es meiner Meinung nach nichts auszusetzen gab. Ich vermutete ein kleines Ritual nach Beendigung einer Mahlzeit.

Ich erzählte von unserer Begegnung mit der Kiste, von Max, dem Antiquitätenhändler, von Nelly und Bruno, die die Kiste in guten Händen wissen wollten, nur über die Qualität der Zeichnungen sprach ich nicht. Ich wollte meine Einschätzung vorerst mit nur wenigen Menschen teilen.

Schwester Martha hörte sich die Geschichte an, ohne mich zu unterbrechen. Sie war wenig beeindruckt von meiner Schilderung, schien eher über etwas nachzudenken.

»Wenn das so ist, können Sie die Schachteln, die auf unserem Dachboden stehen ebenfalls mitnehmen, denn ich wüsste nicht, wer sonst Interesse an ihnen haben könnte.«

Ich war sprachlos, was hatte die Schwester soeben gesagt? Paul sah mich an. Dann legte er seine Hände vor den Mund, als sollten diese einen Ausbruch der Begeisterung verhindern, den er nur mit Mühe unterdrücken konnte.

»Wie viele Kisten sind es denn?«, wandte er sich schließlich an Schwester Martha, als interessiere ihn lediglich das Transportproblem.

»Ach«, sagte sie, »ich war schon lange nicht mehr auf dem Speicher, aber vier bis fünf werden es schon sein. Es sind keine Holzkisten, sondern stabile Kartons mit Deckel, in denen

früher die Winter- oder Sommerkleidung der Kinder eingelagert wurde, je nach Jahreszeit. Heute hat jedes Kind seinen
Kleiderschrank. Damals, als ich hier anfing, war das noch anders. Doch wir warfen die Kartons nicht weg, sondern benutz-
ten sie für alles Mögliche, denn sie sind sehr stabil und wurden noch vor dem Krieg von einem Buchbinder hergestellt.
Ich verwahrte Miriams Zeichnungen darin, die sie in ihrem
Zimmer aufgestapelt hatte. Nach ihrem Weggang entdeckte
ich Türme von Papier.«

»Hat sie denn so viel gezeichnet?«, tat ich unwissender, als
ich es war.

»Die Miriam, die machte nichts anderes. Schon als Kind fing
sie damit an. Sie sprach nicht, aß wenig, sonderte sich von den
anderen Kindern ab und verkroch sich mit einem Stift und Papier am liebsten hinter die Kapelle oder in andere Winkel des
Gartens oder Hauses, wo sie für einige Zeit allein sein konnte.

»Sie kannten Miriam als Kind?«

»Ich war gerade mal zwei Wochen im Haus, als das Jugendamt die Kleine bei uns unterbrachte. Klein war sie allerdings
nicht, sondern hochaufgeschossen für ihr Alter. Sie war zehn
Jahre alt und sollte übergangsweise hierbleiben, bis man eine
Pflegefamilie gefunden hatte.«

Ich sah auf Schwester Marthas kräftige Hände. Sie waren
von einem langen Arbeitsleben gezeichnet, Hände, die keine
Arbeit gescheut hatten, zupacken konnten und selbst eine zerbrechliche Teetasse mit festem Griff am Henkel hielten. Jetzt
strich sie mit diesen Händen ihren grauen langen Rock zurecht, glättete den Stoff über ihren Knien und zupfte an dem
Schultercape, ein wesentliches Teil der Ordenstracht, das ihren
Oberkörper bis zu den Ellbogen bedeckte.

»Es war Anfang Dezember, als Miriam zu uns kam. Das
Mädchen stand neben einer Mitarbeiterin des Jugendamtes
und schaute zu Boden. Ich sehe sie noch vor mir. Sie trug einen viel zu kurzen Mantel aus dünnem Wollstoff. Ihre Beine

waren so erschreckend dünn, dass die braunen langen Strümp-
fe unterhalb der Knie Falten warfen. Sie fror. Kein Wunder bei
der unzureichenden Bekleidung. Sie besaß nicht einmal eine
Mütze. Ich strickte Schal und Mütze, das war das erste, was
ich für sie tat.« Martha besah ihre Hände, als hielten sie noch
immer diese Gaben für das Kind bereit.

»Freute sich Miriam über die sicher sehr schöne Mütze und
den Schal?«, fragte ich.

»Ich weiß es nicht«, sagte Schwester Martha. »Sie bedankte
sich nicht, sah mich nicht an, nahm aber die Dinge an sich und
lief weg. Ich denke, dass sie Freude an den Sachen hatte, denn
sie trug die Mütze nicht nur draußen in der Kälte, sondern auch
ständig im Haus. Vielleicht fühlte sie sich unter einer Kopfbede-
ckung sicherer. Vielleicht glaubte sie, die Mütze habe die Eigen-
schaft einer Tarnkappe und mache sie unsichtbar.«

»Sie wäre am liebsten unsichtbar gewesen?«, wunderte sich
Paul.

»Ja, das konnte man sehen. Sie hielt den Kopf immer gesenkt, blickte zu Boden. Nie sah sie jemand direkt in die Augen. Vielleicht dachte sie, wenn sie selbst niemand anschaue,
werde sie nicht gesehen. Ich hörte von Tieren, die sich ähnlich
verhalten. Die anderen Kinder fanden den Neuankömmling
sonderbar. Miriam hatte zu leiden. Einige Mädchen ließen ihr
keine Ruhe, lauerten ihr auf, wenn sie von der Toilette kam.
Sie hielten sich die Nase zu und riefen Stinktier, wasch dich
mal. Ich sprach mit den Quälgeistern und verwarnte sie, doch
sie fanden andere Möglichkeiten Miriam zu demütigen. Das
Kind tat keinem etwas zu leid, es wollte nur seine Ruhe haben,
doch die anderen respektierten das nicht. Sie konnten nicht
verstehen, warum sie nicht sprach, hänselten sie, zeigten ihr
den Vogel, sagten, sie sei entweder strohdumm oder noch ein
Baby, das nicht sprechen könne, aber dass es solche Riesen-
babys gäbe, hätten sie nicht gewusst. Plötzlich hatte sie einen
Namen. Sie war das Riesenbaby, und Riesenbaby schrien ihr

die Kinder hinterher, wenn sie sich unbeobachtet glaubten. Miriam zog ihre Mütze immer tiefer über Stirn und Ohren, beugte sich beim Gehen immer weiter nach vorn. Oh, ich höre die Kinderbande lästern, das tut mir noch heute weh.«

Schwester Martha schüttelte unglücklich den Kopf, und ich wunderte mich, dass ihre Haube durch die heftige Bewegung nicht ins Rutschen kam. Überhaupt, wie war diese ovale, mit grauem Stoff bezogene Schachtel eigentlich auf ihrem Haar befestigt? Hatte die Schwester nicht selbst Zweifel am guten Sitz derselben gehabt, vorhin beim Tee? Ich suchte nach irgendeinem Hinweis auf eine Sicherung, eine Spange, eine Haarklemme, aber da war nichts zu sehen. Das Rätsel blieb.

»Ich versuchte Miriam zu schützen«, versicherte Martha, »aber was konnte ich für sie tun? Ich war im Haushalt eingespannt, plante die Großeinkäufe, arbeitete im Büro, war Mädchen oder Schwester für Alles und hatte wenig Zeit. Ach, und den Führerschein machte ich auch noch nebenher. In Anderstall gab es damals bereits eine Fahrschule. Um die pädagogischen Probleme kümmerten sich außerdem Erzieherinnen, denen ich nicht ins Gehege kommen durfte.«

Es klopfte wieder an der Tür, und ich befürchtete, der Heimleiter kehre von seiner ungeplanten Angelegenheit zurück, doch zum Glück war es Rita, die noch einmal nach weiteren Wünschen fragte. Sie habe Wasser oder Saft, für den Herrn ein Bier? Ja, der Herr wünschte ein Bier und Schwester Martha schloss sich an. Ich entschied mich für Wasser, Wein oder Bier würde ich am Abend bei Heidi und Hans- Peter in der Sonne trinken. Rita räumte mit wenigen Handgriffen das Kaffee- und Teegeschirr ab und stellte es auf den Servierwagen, schob ihn mit leise klirrenden Tassen zur Tür und versprach in wenigen Augenblicken das Gewünschte zu reichen. Sie sagte wirklich reichen.

Martha hatte inzwischen, wie ich befürchtete, den Faden ihrer Geschichte verloren und brauchte Unterstützung.

»Sie sprachen von Erzieherinnen, denen sie nicht ins Gehege kommen wollten«, half ich nach.

»Ja, das war ein Problem. Die Erzieherinnen wünschten keine Einmischung von pädagogisch unausgebildeten Leuten wie mir. Ich wandte mich schließlich an meine Oberin. Sie leitete als ehemalige Kindergärtnerin eine Gruppe jüngster Heimkinder. Meine Oberin war dankbar für den Hinweis und schockiert über das Verhalten einiger Mädchen im Haus. Sie versprach, Miriams Gruppenleiterin zu informieren. Ihr war klar, dass etwas geschehen musste, nicht nur im Heim selbst, auch mit Miriams Lehrerin müsse man reden. Es wäre schrecklich, sagte sie, wenn das arme Kind die Schule als Hölle erlebe, ohne dass wir das wissen. Miriam besuchte die Volksschule in Anderstall und wurde jeden Morgen mit anderen Kindern von einem Schulbus abgeholt. Ich vertraute meiner Oberin, sie würde sich um das Problem kümmern. Doch was konnte ich inzwischen für das Mädchen tun? Das Kind tat mir unendlich leid.«

Rita kam zurück und brachte in einem Henkelkorb die Getränke. Einen Flaschenöffner hatte sie auch dabei, Gläser entnahm sie einem Wandschrank, in dem Wein- Bier- und Sektgläser nach Zweck und Größe in wohlgeordneten Reihen standen. Sie kappte die Kronendeckel, öffnete die Wasserflasche und füllte die Gläser mit ruhiger Hand. Sie sagte »Zum Wohl« und stellte eine Schale mit Salzgebäck auf den Tisch. »Schön,« sagte Martha und griff in die Schale, »etwas Salziges nach dem süßen Kuchen ist jetzt genau das Richtige. Das hast du gut gemacht, Rita.« Sie trank einen ordentlichen Schluck Bier, bewies einen guten Zug, erstaunlich für eine Ordensfrau. Pauls Mimik entnahm ich eine anerkennende Bewunderung. Donnerwetter, sagten seine Augen.

Martha stellte das Bierglas auf den Tisch und dachte nach. Was wollte sie eben erzählen? Ach ja, das Kind hatte ihr leid getan. Sie klopfte mit der Hand auf den Tisch, dreimal, viermal, dann hatte sie ihren Erzählstrang wieder in der Hand.

»Einige Tage nach dem Gespräch mit meiner Oberin führte ich drei Besucher durch Haus und Garten. Meine Gäste
wollten die Kapelle besichtigen, ein neugotisches Bauwerk des
neunzehnten Jahrhunderts mit hohen, farbigen Spitzbogen-
fenstern. Wir umrundeten zunächst die Kirche auf einem Pfad
aus Natursteinplatten, an dessen Rand Kreuzwegstationen
auf gemauerten schmalen Säulen zur Andacht einladen. Die
Kreuzigungsstation ist durch einen eigens für sie geschaffe-
nen Platz hervorgehoben, der von einem schwarzen Eisenzaun
und Rosenbüschen umrandet wird. Eine schlichte Steinbank
ohne Lehne steht noch heute in einer dichten Schicht aus Kie-
selsteinen, die den Boden rund um die Andachtssäule bedeckt.
Vor der Bank kniete ein Mädchen im harten Kies und beugte
sich über die Sitzfläche. Die unentbehrliche, weit über die Ohren gezogene Wollmütze verriet Miriam. Ich dachte zuerst,
sie bete vor dem Kreuz und habe dazu diesen stillen Ort für
sich entdeckt, da er von den anderen Kindern eher gemieden
wurde. Ich ging sehr langsam, um das Knirschen der Kiesel zu
vermeiden, ja, ich schlich mich von hinten an und schaute ihr
über die Schulter. Sie hörte mich nicht, die Mütze schien absolut schalldicht zu sein. Und so sah ich es. Miriam betete nicht,
sie zeichnete. Vor ihr lag ein aufgeschlagenes Schulheft. Mit
einem Bleistift skizzierte sie auf einer leeren Doppelseite drei
kleine Mädchen, die mit ihren Puppen spielten. Das Erstaun-
liche an der Zeichnung war, dass ich die Mädchen erkannte. Es waren Kinder aus der Gruppe meiner Oberin. Miriam
zeichnete sie aus dem Gedächtnis, obwohl sie wenig Gelegenheit hatte, sich diesen Kleinen für längere Zeit zu nähern. Die
Kleinkindergruppe war isoliert von den anderen in einem An-
bau untergebracht und stand unter der Aufsicht der Oberin.
Wann hatte Miriam diese drei Mädchen studieren können? Ich
zog mich so leise, wie ich gekommen war, zurück und wandte
mich wieder meinen Gästen zu. Ich bat sie, vorsichtig weiter-
zugehen und das Mädchen nicht zu stören. Natürlich berichtete

ich Oberin Gertrud von meiner Beobachtung. Sie war sehr an
meiner Entdeckung interessiert. Ein Kind, das nicht spricht,
sich seiner Umwelt stattdessen mit dem Zeichenstift nähert, sei
ein ganz besonderer Fall, sagte sie. Sie denke bei Miriam sogar
an eine spezielle Form von Autismus. Hochbegabte Menschen,
die wie sie in einer verschlossenen Kapsel leben, entwickeln
ihre Fähigkeiten oft zu einer wahren Meisterschaft. Im Grunde entwickeln sie damit Fühler nach draußen, der Welt und
den Menschen zu, die sie auf andere Weise nicht erreichen
können. Wir müssen das Kind unterstützen, mit Papier und
Stiften. Ihre Schulhefte sollte sie in der Schule benutzen. Ich
besorgte in ihrem Auftrag Blankobriefblöcke und loses Zeichenpapier und schob das Material unter ihre Bettdecke. Dort
würde sie es am ehesten finden, unentdeckt von anderen Kindern. Einige Tage später legte ich Bleistifte und Spitzer dazu.
Ich sah, dass Miriam die Dinge an sich genommen und sie
vermutlich an einem nur ihr bekannten Ort versteckt hatte.«

Die Schwester nahm einen Schluck.

»Eines Tages übergab sie mir wortlos, ohne mich anzuschauen, einen Packen Zeichnungen. Ich war überrascht. Wie
hatte sie den Spender ihrer Papierlieferung erraten? Ratlos
hielt ich ihre Bilder in den Händen. »Miriam,« sagte ich, »soll
ich die Bilder für dich aufbewahren?« Die Wollmütze nickte.
Ein seltsamer Transfer begann. Ich belieferte das Mädchen mit
Papier, das ich, mit Zeichnungen versehen, Blatt für Blatt zu-
rückbekam. Ob sie sich mit ihren Bildern bedanken wollte? Ich
erfuhr es nie. Nach einem Jahr hatte das Jugendamt eine Pflegefamilie gefunden, und Miriam verließ uns. Mir tat ihr Weggang leid, doch ich hoffte, sie würde in einer guten Familie aus
ihrem Schneckenhaus kriechen und mehr Geborgenheit erfahren, als ein Erziehungsheim ihr bieten kann. Meine Oberin
und ich besahen uns Miriams Zeichnungen. Abgesehen davon,
dass sie uns sehr gut gefielen, zeugten sie von einem fotografischen Gedächtnis, das uns erstaunte. Niemand im Haus außer

mir hatte das Kind jemals beim Zeichnen erwischt. Alles, was im Heim geschah, musste es aufs genaueste beobachtet, und im Gedächtnis abgespeichert haben. War Miriam allein, hatte sie die fertigen Bilder in ihrem Kopf auf das Papier gebracht, und ich muss dazu sagen, wir fanden keine einzige Radierspur, jeder Strich saß auf Anhieb am richtigen Platz. Sehe ich Zeichnungen unserer anderen Kinder, hatten sie diese oft bis zur Unkenntlichkeit mit ihren Radiergummis verschmiert, manchmal sogar zerknittert. Miriams Bilder dagegen waren von einer Reinheit, die wir noch nie gesehen hatten.«

Paul und ich wechselten Blicke. Wir wussten beide, von was die Schwester sprach.

»Was hatte Miriam außer den kleinen spielenden Mädchen noch so gezeichnet?«, fragte Paul.

»Ach«, sagte Martha, »alles, was ihr vor die Augen gekommen war: den Briefträger mit seinem Fahrrad, Mitschüler im Pausenhof der Schule, Szenen im Speisesaal, unsere Gartenschwester beim Gießen, Kinder, die im Weiher plantschten, das ganze Leben hier im Heim und in der Schule. Es kam mir vor, als habe sie keinerlei Vorlieben für besondere Motive, sondern bilde nach und nach konsequent ihr ganzes Umfeld ab wie ein berichterstattender Fotograf.«

»Ja, sagte Paul, »den Eindruck hatte ich auch bei ihren späteren Arbeiten. Sie haben einen eindeutig dokumentarischen Charakter.«

Martha leerte ihr Bierglas und behielt es in der Hand, blickte forschend auf seinen Grund, als sehe sie dort ein etwas unscharfes Bild. Zum Glück sprach sie weiter.

»Wir legen die Zeichnungen in eine der Kartonschachteln, überlegte meine Oberin, vielleicht kommt Miriam eines Tages vorbei und möchte ihre Kinderzeichnungen wiederhaben. Und Miriam kam. Zwei Jahre später brachte ein Mitarbeiter des Jugendamtes das Mädchen nach Mariental zurück. Die Familie sei, so hieß es, mit der Erziehung des Kindes überfordert, gewissermaßen gescheitert und wolle die Sorge abgeben, bevor es zu spät sei. Man denke, das Mädchen sei doch eher ein Fall für ausgebildete Pädagogen oder Psychologen und weniger für wohlmeinende Eltern. Die hätten alles versucht, dem Mädchen nahe zu kommen, an Zuwendung und gutem Willen habe es weiß Gott nicht gefehlt, doch sei dies eine vergebliche Liebesmühe gewesen. Miriam hatte sich sehr verändert. Sie war inzwischen vierzehn Jahre alt, sehr groß und mager, in Wahrheit unterernährt. Ihre glatten Haare waren auf Höhe der Ohrläppchen rundum stumpf abgeschnitten. Die Frisur erinnerte mich an eine mittelalterliche Lederkappe. Dieser Haarschnitt entstellte sie auf unerträgliche Weise. Hatten die Pflegeeltern sie absichtlich so zugerichtet? Ihre Mütze trug sie nicht. Sie hätte ihr auch nicht mehr als Tarnung genutzt, da sie mittlerweile fast alle Leute im Mariental überragte und auf sie herabsah. Sie konnte auf den Boden blicken so viel sie wollte, man sah nun ungehindert in ihr Gesicht und in ihre Augen. Finster und unruhig blickten diese in die Welt. Ich erschrak, als ich das Mädchen wiedersah, ich erkannte es kaum wieder. Dazu gab es eine große Überraschung. Miriam sprach. Zum ersten Mal hörten wir ihre Stimme. Doch was sie sagte, war alles andere als erfreulich. Sie sprach nicht in Sätzen, antwortete selten auf eine Frage, ihr Sprachschatz beschränkte sich auf harsche Äußerungen wie hau ab, oder verschwinde, wenn andere ihr zu nahekamen. Auf Fragen reagierte sie mit einem abweisenden weiß nicht. Ihr Verhalten machte mich richtig unglücklich. Wie würde ich ihr jemals wieder näherkommen können?«

Ob sie es geschafft hat, erfuhren wir an diesem Tag nicht mehr. Martha war plötzlich sehr müde geworden. Sie gähnte ungeniert. Das Bier war ihr in Kopf und Beine gesickert. Sie wollte sich mit Hilfe ihres Stocks aufrichten, schaffte es aber nicht dem weichen Polster zu entkommen.

»Für heute reicht es«, sagte sie. »Ich muss mich vor dem Abendgottesdienst ein wenig ausruhen. Meine Kräfte sind leider begrenzt. Kommen Sie morgen wieder, dann zeige ich Ihnen die Schachteln und erzähle Ihnen den Rest der Geschichte.«

Sie streckte Paul eine Hand entgegen, und er verstand. Wie ein Kavalier der alten Schule erhob sich mein Geschäftspartner, reichte der Schwester seine Hand und zog sie mit einer galanten Geste aus ihrem Sessel.

»Danke, junger Mann, das war sehr freundlich von Ihnen«, strahlte Martha.

»Bitte sehr, es war mir ein Vergnügen.«

Martha richtete sich auf, in gerader Haltung wollte sie vor uns stehen.

»Ich schlage vor, wir treffen uns morgen Vormittag um zehn Uhr hier in diesem Zimmer. Ich erwarte Sie, falls Sie Ihren Besuch für diese Zeit einrichten können.«

Natürlich würden wir das können, versicherte ich. Was uns beträfe, wäre dies auch schon früher möglich, doch richteten wir uns ganz nach ihrem Plan, selbstverständlich.

»Dann sagen wir halb zehn«, entschied die Schwester und gab uns die Hand. Sie ging zur Tür, drehte sich noch einmal um.

»Wo wohnen Sie denn?«, wollte sie wissen.

»Wir übernachten in der Sonne in Anderstall«, sagte Paul.

»Ah, die Sonne, das ist gut, da haben Sie die richtige Wahl getroffen. Dort isst man sehr gut. Fragen sie nach dem Seniorchef, dem Hubertus, der kann Ihnen außerdem so einiges berichten. Er war beim Widerstand gegen den Einmarsch der Amerikaner dabei, ein Veteran, 94 Jahre alt, aber noch immer ein guter Erzähler. Grüßen Sie ihn von Martha, da freut er sich.«

Martha ging und ließ uns einfach stehen. Ich hatte erwartet, dass sie uns zum Ausgang begleiten würde. Doch nein, daran dachte sie nicht, sie war müde und musste auf der Stelle ihr Bett oder eine andere Liegestatt erreichen. Sie hatte sich anscheinend bei ihrer Erzählung etwas verausgabt und brauchte jetzt Zeit, sich wieder zu sammeln. Nonnen wissen, wie man das macht.

Herr Reimer ließ sich nicht mehr blicken. Seine dringende Angelegenheit hatte sich wohl als eine sehr zähe Sache erwiesen, die keine Unterbrechung duldete. So gingen wir zu unserem Auto und fuhren auf der schmalen Landstraße durch das abendwarme Wiesental. Paul sagte: »Hier kauf ich mir gleich morgen früh ein Haus für meinen Lebensabend.«

»Bitte, warte damit, bis wir Miriams Schachteln verladen haben«, bettelte ich. »Das Haus kannst du anschließend auch noch kaufen, es läuft dir nicht weg.«

»Die Schachteln auch nicht, die liegen schon seit Jahren auf dem Speicher, das Haus geht vor.«

»Mag sein, aber ich mach mir plötzlich ganz andere Sorgen. Was passiert, wenn Martha, nur mal so als Beispiel, die kommende Nacht nicht überlebt, wenn womöglich ein Brand ausbricht, oder ein Orkan das Dach abdeckt und alles vernichtet? Orkane haben derzeit Hochkonjunktur, das liegt an der Erderwärmung, ach, hätten wir den Schatz doch heute schon bergen können.«

Ich blickte in den wolkenlosen Abendhimmel, der alles andere als eine stürmische Nacht versprach.

»Also gut.« Paul gab nach. »Erst die Schachteln, dann das Haus, und zuallererst ein leckeres Abendessen.«

Vor dem Abendessen machte sich Paul Notizen. Er müsse das Gespräch mit Martha im Nachhinein auf der Stelle protokollieren, bevor sein Gedächtnis durch den geplanten Alkoholkonsum am Abend irreparablen Schaden erlitte, fiel ihm dankenswerterweise ein. Ich selbst hatte nicht daran gedacht. Aber die Idee war gut. Wir benötigten für unsere verschiedenen Vorhaben eine möglichst genaue Vita unserer Künstlerin.

Heidi, unsere schöne Wirtin, versorgte uns mit einem hervorragenden Wildschweingericht. Schneeweiße, fast transparent schimmernde Kartoffelknödel lagen in einem dunklen Soßenspiegel, und eine Platte mit Gemüse, auf kernigen Biss gegart, war an Appetitlichkeit nicht zu übertreffen.

»Ich kaufe hier ein Haus«, sagte Paul aufs Neue und ließ
ein Stück des zarten Wildschweinrückens auf der Zunge vergehen.

Ein Gedanke überfiel mich aus dem Hinterhalt. Wie war
das mit den Wildschweinen? Hatte nicht die Sendung Test-
markt erst neulich vor ihrem Genuss gewarnt? Noch immer
sei jedes vierte Schwein belastet, trage das Erbe von Tscherno-
byl auf den Rippen, hatten die Tester erwartungsgemäß entdeckt. Aber warum musste ich jetzt mitten im Hochgenuss an
diese Katastrophe denken? Ich ärgerte mich, aber den Gedanken konnte ich nicht mehr unter Verschluss setzen, einmal gedacht, trieb er ein wahres Unwesen und nahm mir den Appetit.
Wildschweine ernähren sich vom Waldboden, von allem, was
dort liegt, und der ist in vielen Regionen, was gerne vergessen
wird, noch immer kontaminiert. Pilze sollte man aus diesem
Grund auch nicht sammeln, hatte die besorgte Ernährungs-
fachfrau empfohlen. War unser Schwein ein Schwein aus dem
Hürtgenwald, kam für mich noch eine weitere Zwangsvorstel-
lung hinzu: Las ich nicht erst vor wenigen Tagen vom blutge-
tränkten Boden nach jener verheerenden Allerseelenschlacht?
Sah ich nicht Bilder von skelettierten Soldaten im Unterholz,
menschliche Gerippe, an denen noch ein Stahlhelm hing?
Bilder aus dunkler Vergangenheit vernebelten meine Sicht
auf das Hier und Jetzt. Benutze deinen guten Verstand, Felizitas, beschwor ich mein aufgeschrecktes Ich, wir schreiben
das Jahr 2010. Doch der Verstand war im Moment nicht zu
erreichen, hatte sich ohne Vorwarnung abgemeldet, war auf
Sendepause und verweigerte jeden Empfang. Mir war leicht
übel geworden.

Eine Scheibe des Fleisches hatte ich schon verzehrt, die
zweite zur Hälfte. Ich konnte daher ohne größeres Aufsehen
meine Mahlzeit beenden, nachdem ich mich mit Knödel und
Gemüse satt gegessen hatte. Ich legte Messer und Gabel in
den Teller, knüllte die Serviette über den Fleischrest.

»War alles in Ordnung?«, fragte Heidi und griff nach dem Teller.

»Es war wunderbar, nur für mich zu reichlich, aber es schmeckte ausgezeichnet.«

Das meinte ich wirklich so, wie ich sagte. Ich schämte mich für meine Ängste. Der blutgetränkte Boden hätte mir gar nicht einfallen dürfen, nicht jetzt, nicht in diesem Zusammenhang, aus Respekt vor dem Leid der Soldaten und deren Eltern und ihrer Liebsten. Gerne hätten diese wohl den Boden berührt, auf dem ihre Väter, Söhne und Partner ihr Leben gelassen hatten, hätten vielleicht eine Hand voll Erde mit dem Blut ihres Sohnes an sich genommen und mit der Heimaterde vermischt. Was war mir nur wieder durch den Kopf geschossen? Ich wollte diese Dinge gar nicht denken, nein, wirklich nicht, doch wie Blitze schlugen die Bilder bei mir ein und hakten sich fest. Das meiste war realitätsferner Unsinn, den ich bei genauer Betrachtung selbst nicht ernst nehmen konnte. Was aber konnte ich gegen meine verheerenden Fantasieattacken um alles in der Welt nur tun? Auf jeden Fall durfte ich nicht über sie reden, das wäre fatal, besonders beim Anblick von Pauls glücklichem Lächeln, als er von Heidi noch einmal nachgelegt bekam.

Wir tranken Rotwein. Ein alter Mann kam hinter der Theke hervor und ging eine Runde durch das gut besetzte Lokal. Er begrüßte Gäste, an einigen Tischen nahm er kurz Platz. Man schien sich zu kennen, man nannte ihn Hubertus.

»Paul, wollen wir Marthas Grüße an Hubertus besser auf Morgen verschieben? Ich bin heute für Kriegsgeschichten nicht mehr offen.« Ich war mir sicher, dass der Seniorchef und Veteran Hubertus auch uns einen Tischbesuch abstatten würde.

»Kein Problem,« sagte Paul, »wer weiß, wie es endet, wenn wir dem alten Herrn eine Plattform bieten. Das könnte uns den gesunden Nachtschlaf kosten.«

»Na ja, irgendwann wird hier aufgestuhlt, aber zu den letzten Gästen möchte ich mich heute nicht mehr zählen.«

Kaum hatten wir uns besprochen, kam Altwirt Hubertus an unseren Tisch.

»Sie sind zum ersten Mal in Anderstall? Meine Enkelin erzählte mir, Sie seien zu Besuch im Kloster Mariental gewesen.«

Er setzte sich auf den noch freien Stuhl an unserem Dreipersonentisch. Natürlich, es waren seine Tische, seine Stühle, sein Gasthaus, sein Grund und Boden, und trotzdem fand ich, er hätte fragen müssen, ob er störe. Auf diesen Einfall kam er nicht. Ob wir Schwester Martha besucht hätten, wollte er wissen. Er könne sich denken, dass man die Schwester gerne besuche, auch wenn man sie nicht so gut und so lange kenne wie er, erklärte er mit verwirrender Logik.

Nur um einen Kriegsbericht zu vermeiden, sagte ich, wir hätten das Kinderheim besucht, und Schwester Martha habe uns freundlicher Weise als Gastgeberin begleitet.

»Ja«, sagte Hubertus, »da hatten Sie Glück, denn Martha weiß sehr vieles und kann Gäste informieren. Sie ist ein lebendes Geschichtsbuch, das nichts vergisst. Hat Sie Ihnen auch von den Munitionsrückständen im Wald hinter dem Kloster erzählt?«

Es half nichts, der Wirt kannte offensichtlich nur ein Thema und würde aus allen Gesprächsthemen der Welt immer einen Weg zu seinem wichtigsten finden, der Schlacht im Hürtgenwald.

»Nein, davon hat sie nichts erzählt«, sagte Paul, »es ging um etwas anderes.«

»Ja was«, wunderte sich der Wirt, »was kann es denn am Ende unseres Tales Wichtigeres geben als unsere riesige Festung aus gefällten Bäumen. Der Westwall war durchbrochen wie Sie sicher wissen, doch wir hatten dahinter jede Brandschneise, jeden Waldweg vermint und mit gefällten Bäumen blockiert. Einen Dschungelkrieg wie im Pazifik hatten wir ihnen angerichtet, und das in der Eifel. Sie waren nicht darauf vorbereitet gewesen, dachten wohl, mit ihren Panzern spazierten sie eben mal so durchs Gelände. Dabei erwartete sie ein apokalyptisches Desaster. Seit Tagen hatte es ununterbrochen geregnet, und ihre Panzer versackten im Schlamm, oder fuhren auf Minen und gingen hoch. So blockierten sie ihren eigenen Nachschub. Bei jeder ihrer Bewegungen ratterten unsere Maschinengewehre, ihre Kompanien wurden von uns ausgelöscht. Unsere Mörsergranaten zerfetzten ihre Männer samt den Sprengladungen, die sie mit sich führten. Was sich noch regte, floh zur Ausgangslinie zurück, und das waren nicht mehr viele, das dürfen Sie mir glauben.«

Die Augen des alten Mannes leuchteten. Bei seiner Schilderung hatte er mehrmals mit seiner rechten Faust ein Loch in die Luft geschlagen.

Paul starrte gebannt auf den Wirt. Ich trank mein Glas in einem Zug leer. Einige Gäste an den Nebentischen unterbrachen ihre Unterhaltung und horchten.

»Ja, ja, so war das«, tönte Hubertus und drehte sich auf seinem Stuhl zu den anderen Gästen um. Mit vielsagender Miene blickte er in die Runde, bezog die Tischnachbarn in seine Schilderung mit ein.

»Was glauben Sie, was danach los war bei den GIs? Der Nachschub ergriff die Flucht beim Anblick der verstörten, vom Grauen gezeichneten Überlebenden, die noch zum Quartier zurückgefunden hatten. Viele desertierten daraufhin, manche verstümmelten sich selbst, um nicht mehr kämpfen zu müssen. Die waren fertig, sag ich Ihnen, Mann für Mann.« Triumphierend reckte er den Kopf, ballte wieder seine Hand zur Faust.

»Wir zeigten ihnen die deutsche Faust, wochenlang. Erst nach dem Scheitern unserer Offensive in den Ardennen stießen die Amerikaner durch und besetzten die Jülicher Börde. Wir konnten sie am Ende nicht aufhalten, aber wir machten ihnen den Einmarsch zur Hölle.«

Der Wirt schlug mit seiner Faust auf den Tisch, dass die Gläser wackelten. Heidi kassierte drei Tische weiter ab und

warf dabei besorgte Blicke auf ihren Großvater. Hans-Peter
kam, vom Faustschlag alarmiert, hinter dem Tresen hervor
und trat zu Hubertus.

»Großvater,« sagte er, »wir haben eine Abmachung, das
weißt du.«

»Ja, Ja, ich hör schon auf, aber man wird doch den Besuchern von Mariental ein Stück Geschichte erzählen dürfen.
Wer hierher kommt, will es schließlich wissen.«

»Aber nicht ungefragt vor allen Gästen, und nicht in dieser
Lautstärke, das haben wir vereinbart.« Hans-Peter blieb uner-
bittlich vor dem alten Mann stehen, bis dieser sich erhob.

»Wenn Sie noch Fragen haben,« sagte der Altwirt, »dann
beantworte ich sie gern. Rufen Sie nach Hubertus, man kennt
mich hier.«

»Nun komm schon Großvater, du wolltest doch den Kölner
Tatort sehen. Er läuft schon seit zehn Minuten.«

Hans-Peter zog Hubertus hinter den Tresen und schob ihn
in das angrenzende Büro, ging sicherheitshalber hinter ihm
her. Dieses Mal schloss er die Tür. Heidi sorgte sich um unsere
Stimmung und wollte uns etwas Gutes tun.

»Nachtisch, nochmal Wein oder vielleicht Kaffee?«

Das ginge aufs Haus, sagte sie und bat um Verständnis
für ihren alten Großvater. Der habe halt nur noch dieses eine
Thema im Kopf und nerve damit. Er lebe mehr und mehr in
der Vergangenheit, sei leider auch schon etwas verwirrt und
bringe manches durcheinander. Bei der Ardennenoffensive sei
er beispielsweise nicht dabei gewesen, behaupte aber gern das
Gegenteil. Manchmal besuche er Schwester Martha. Sie ließe
ihn reden. Sie mache mit ihm Spaziergänge in den ansteigenden Forst hinter dem Klostergut. Da beschwöre der Großvater
die Ereignisse des Kriegs-Winters vierundvierzig herauf. Martha sagt, er sehe manchmal berstende Panzer und brennende
Soldaten, die sich schreiend auf dem Boden wälzen. Sie sagt
auch, man müsse ihn gewähren lassen, und dass das gut für

ihn sei. Aber hier im Gasthaus könnten sie seine Geschichten nicht dulden, das vertriebe die Gäste.

»Das verstehen wir, aber wir haben damit kein Problem,« beruhigte Paul seine schöne Wirtin. »Ich selbst bin an deutscher Geschichte sehr interessiert, habe leider in der Schule so einiges verschlafen und will mich gerne informieren. Außerdem bin ich Fotograf und möchte eine Reihe wichtiger Bilder machen. Das Schicksal der damals betroffenen Männer darf nicht in Vergessenheit geraten. Ein Portrait Ihres Großvaters mit seinen persönlichen Eindrücken aus jener schrecklichen Zeit, wäre ein kostbarer Beitrag zur Erinnerungskultur der gesamten Region. Ich hörte aber, dass viele private Initiativen genau dieses Ziel verantwortungsbewusst verfolgen und gegen das Vergessen kämpfen.«

»Ja, viele Verantwortliche haben Plätze des Gedenkens eingerichtet, sogar ein Museum entstand. Es gibt geführte Wanderrouten auf den Spuren der Schlacht und einen jährlichen Gedenkmarsch zu Ehren der gefallenen Soldaten. Da ist Großvater als Veteran immer dabei und vorneweg.«

Heidi, ich spürte und sah es, begann für meinen Paul sichtlich zu erglühen. Ein Fotograf saß an ihrem Wirtshaustisch, der sich nicht am Verhalten ihres Großvaters störte, sondern dessen außergewöhnliche seelische Belastung verstand und achtete. Noch einmal sollten wir uns eine aufs Haus gehende Zugabe wünschen. Wir entschieden uns für ein weiteres Glas Wein und machten ihr damit eine echte Freude.

Paul bat sie an unseren Tisch, da die meisten Gäste sofort nach dem Essen gegangen waren, und sie uns freudig signalisierte, sie habe nun endlich Zeit um durchzuatmen. Der Abend wurde etwas länger als geplant. Heidi erzählte von ihrem Leben als Wirtin, von ihren Eltern, dem Tod der Mutter, dem Autounfall ihres Vaters, bei dem er ums Leben gekommen war. Vor zwei Jahren sei das passiert, seither mussten sie das Haus eigenständig führen, was nicht immer einfach wäre.

Über Hans-Peter sprach sie nicht. Vorsichtig begann sie, meine und Pauls Beziehung zueinander abzuklopfen. Ob wir verwandt miteinander wären? Paul sagte nichts dazu und überließ die Antwort mir. Du bist dran, sagte sein Schweigen.

»Nein, verwandt sind wir nicht, aber wir führen zusammen eine Kunstgalerie.«

»Oh«, sagte Heidi, nur oh. Zusammen eine Galerie zu betreiben war nach ihrem Verständnis wohl gleichbedeutend mit dem Begriff zusammen zu sein. Zusammen ein Gasthaus zu führen, hieß, verheiratet sein. Sie schien verwirrt.

Paul entschied sich, auf das Feuer in Heidis Gemüt keine weiteren Kohlen zu legen, was ein Leichtes für ihn gewesen wäre. Aber Paul war ein fairer Mensch und liebte sein gutes Gewissen mehr als jedes Abenteuer. Müde sei er und müsse jetzt ins Bett. Er legte den Kopf etwas schief auf seine gefalteten Hände, wie ein Kind das schlafen möchte und klappte dabei beide Augen zu. Dann stand er auf und ich mit ihm.

Ach Paul, dachte ich, nie würde die arme Heidi jemals diese anrührende Geste vergessen, mit der du soeben deinen Wunsch nach einem bequemen Bett zum Ausdruck brachtest. Das wusste ich, irgendwie.

Zum Frühstück überraschte uns Heidi in einem grün-weiß karierten Sommerkleid und mit einer Aura aus Maiglöckchenduft. Ich kannte das Parfüm, vor einigen Jahren hatte ich es selbst benutzt, doch Mark wünschte sich damals eine exotischere Note, und er sorgte dafür. Heidis sportliches Aussehen im blauen Hemdblusenkleid, hatte sich zu Gunsten eines romantischeren Stils gewandelt. Rosa war heute ihr Band in den dunklen Locken und rosa eine kleine Halbschürze, die, in der schmalen Taille stramm gebunden, diese betörend betonte. Die Wahl ihrer Farben ließ mich weniger an Maiglöckchen, als an zarte Apfelblüten denken, trotz des eindeutigen Duftes, den Heidi verströmte. Sie sah bezaubernd aus, und das wusste sie. Paul setzte die Ellbogen auf den Tisch und hielt die Hände vor den Mund. Er versteckte ein Lachen. Dann sah er mich an, mit Fragezeichen in den Augen.

Ich zog die Schultern hoch. »Genieß es einfach«, riet ich ihm und ließ offen, was ich damit meinte, denn auch das Frühstück erfüllte alle unsere Wünsche.

Weitere Frühstücksgäste trafen ein, Ehepaare in taufrischer Kleidung, das Haar eines Mannes noch feucht vom Duschen. Heidi lief hin und her, von Tisch zu Tisch, in halbhohen grünen Lackschuhen, die mich an eine andere junge Dame erinnerten. Grüne Schuhe hatten mich zu einer alleinstehenden Frau gemacht, aber nein, die Schuhe waren unschuldig, und mein jetziger Familienstand alles andere als trostlos. Ich trank mit Genuss meinen Kaffee und löste mit dem Messer eine kleine weiße Kappe von meinem weichgekochten Ei. Paul griff nach geräuchertem Schinken, bekam von Heidi drei Spiegeleier mit Schnittlauchspreu dazugelegt, inklusive eines liebevollen Blickes, den leider nur ich zu bemerken schien. Pauls Haare hingen wieder einmal vor seinen Augen. Er konzentrierte sich auf seinen Teller und sah nicht über dessen Rand.

Dann kam Hans-Peter aus dem Büro und wünschte den Gästen einen guten Morgen. Sein Blick hing an Heidi, seiner schönen Frau. Jede ihrer Bewegung verfolgte er mit offensichtlichem Stolz. Für uns hatte er ein dünnes Fotobändchen in seinem Bücherregal entdeckt. Der Förderverein der Eifelschützer habe einen Führer herausgebracht, der Beispiele der Zerstörung, aber auch einer gelungenen Aufforstung zeige.

»Sie dürfen es gerne behalten, wenn es Sie interessiert. Ich kann es mir jederzeit wieder besorgen, ich bin ja aktives Mitglied im Eifelschutz«, sagte er und schlug das Büchlein schon mal auf.

»Sehen Sie, so sah es nach dem Waldbrand im heißen Sommer siebenundvierzig hier aus, da brannten die Wälder wie Zunder in einem höllischen Inferno nieder, verursacht von explodierenden Munitionsrückständen.«

Paul nahm das Buch und besah sich ein Foto, das Hans-Peter für ihn ausgesucht hatte. Er gab das Buch wortlos an mich weiter. Ich legte mein Messer und das halbe Brötchen, das ich mit Butter bestreichen wollte, in den Teller zurück und blickte auf verkohlte Baumstämme, die wie eingerammte Masten aus einem Boden ragten, der einmal Lebensraum für Pflanzen, Tiere und Menschen gewesen war. Die einstige Wanderregion war zur Todeszone geworden, in der noch viele Jahre später sterbliche Überreste von Gefallenen für Erschrecken sorgten. Ich dachte an Miriam. Der Wald war verboten, hatte sie zu Michael gesagt.

»Vielen Dank, wir nehmen das Geschenk gerne an«, sagte ich zu Hans-Peter, der aufmerksam unsere Reaktion auf sein solides und brav gestaltetes Informationswerk beobachtete. Vielleicht hatte er Wesentliches zur Realisierung der Schrift beigetragen?

»Sie sind Aktivist im Naturschutz? Ich bewundere sehr, dass Sie neben ihren Pflichten als Gastwirt noch Zeit für die Belange der Umwelt finden. Das ist nicht selbstverständlich«, sagte ich und überlegte gleichzeitig, welchen Beitrag ich selbst zum Erhalt unserer gefährdeten Natur leistete. Dazu fiel mir wenig ein, außer dass ich, was sowieso Bürgerpflicht war, meinen Müll trennte und seit dem Umzug in den Vorort Ökostrom bezog.

»Wenn man so wie ich in einer Gegend aufgewachsen ist, die mit einem Trauma lebt, hat man eine viel intensivere Beziehung zur Fragilität des Ökosystems,« sagte Hans-Peter und bekannte, dass er vor seiner Heirat Biologie und Ökologie studiert habe. »Ich wäre am liebsten Landwirt geworden, Gastwirt wurde ich der Liebe wegen«, sagte er und wurde tatsächlich rot.

»Also das verstehe ich«, meldete sich Paul, strich sich das Haar aus der Stirn und deutete auf Heidi. Die beiden lachten, Hans-Peter um einiges lauter als Paul.

Schwester Martha erwartete uns bereits im Gästezimmer, das wir, auf die Minute pünktlich, betraten. Die Tür stand einen Spalt breit offen, trotzdem klopften wir an. Sie saß nicht in den Untiefen einer der bequemen Sessel, sondern ging auf ihren Stock gestützt im Zimmer zügig auf und ab.

»Ich muss mich bewegen, das tut mir gut«, sagte sie an Stelle einer förmlichen Begrüßung. Sie wollte auch nicht wissen, wie gut oder schlecht wir geschlafen hätten. Es interessierte sie nicht. Ohne Umschweife kam sie auf die Verladung der Schachteln zu sprechen. Sie sei heute Morgen bereits auf dem Speicher gewesen und habe die Kartons entstaubt. Das sei bitter nötig gewesen, da seit Jahren niemand mehr dort oben geputzt habe, also, der Fußboden würde schon mal gefegt, zu Ostern und Weihnachten, aber auf den herumstehenden alten Kommoden und Kartons lag eine ordentliche Staubschicht.

»Packen wir es an und bringen es hinter uns, ich hoffe, sie hatten ein kräftiges Frühstück«.

Wir stiegen über die breite Holztreppe im Eingangsbereich in den Oberstock. Martha ging voran und musste auf dem Treppenabsatz kurz Atem schöpfen. Sie stützte sich mit beiden Händen auf den Stock, schloss für einen Augenblick die Augen.

»Gleich bin ich wieder fit«, versprach sie aus Erfahrung.

Im Oberstock gab es nur einen einzigen Raum, welcher der gesamten Breite des Gebäudes entsprach, den Festsaal. Licht fiel durch hohe Fenster und zauberte auf einen stumpf gewordenen Parkettboden einige Sonnenflecken. Den Wänden entlang hatte man Stühle ineinander gestapelt, die bei entsprechendem Anlass aufgestellt wurden, hässliche Stapelware aus grauem Kunststoff, vielleicht zum Sonderpreis erstanden, oder womöglich eine Schenkung? Ein dunkelgrüner Vorhang verbarg eine Theaterbühne an der Schmalseite des Saales. Am anderen Ende des tiefen Raumes, führte eine Wendeltreppe aus schwarzem Eisen zu einer Tür unterhalb der Saaldecke. In

der ornamentalen Gestaltung des Eisengeländers erkannte ich
ein seltenes Treppenexemplar des Jugendstils, das vermutlich
die marode Holzkonstruktion der Originaltreppe ersetzt hatte.

»Wir müssen dort hinauf.« Martha zeigte mit ihrem Stock
nach oben. Sie ging voraus, Paul hinter mir her. Schwindelfrei
sollte man sein, um diese Stufen zu erklimmen, dachte ich und
wunderte mich über die plötzliche Leichtfüßigkeit der Schwester. Ihr Stock schlug auf den Metalltritten einen fröhlichen
Takt, es klang, als schlüge ein kleiner Hammer eine dumpfe
Glocke. Allerdings, während sie den Schlüssel ins Schloss der
niederen Tür stecken wollte, zitterte ihre Hand derart, dass sie
das Schlüsselloch erst nach einigem Herumstochern traf. »Na
endlich«, sagte sie erleichtert und öffnete.

Martha drückte den Lichtschalter. Kleine Dachgauben war-
fen zu wenig Licht in den riesigen Speicher, um sich zwischen
einem Arsenal aus Schränken, alten Bettgestellen, beschä-
digten Heiligenfiguren im Nazarenerstil mit abgeschlagenen
Armen oder Nasen zurecht zu finden. Aufeinander gestellte
Kommoden, kleinere Kästchen standen auf größeren, türm-
ten sich stockwerkartig auf. Max Koch wäre hier am richtigen
Platz und hätte seine Freude am Suchen und Finden so einiger
Exponate, die ich im Vorbeigehen auf Stühlen, Tischen und
Schränken versammelt sah. In einer Ecke sah ich eine Pyramide dunkelgrauer Schachteln. Mein auf Bild- und Rahmenfor-
mate geschultes Auge erkannte eine fast durchgängige Kar-
tongröße von DIN A2. Wenige Schachteln waren kleiner, und
ich zählte weit mehr als vier bis fünf Exemplare, wie Martha
zunächst behauptet hatte.

Martha deutete auf die Pyramide. »Da sind sie«, sagte sie
und setzte sich auf einen Hocker. Die Besteigung des Dachbo-
dens hatte sie mehr angestrengt als sie zugeben wollte. Außerdem hatte sie denselben Weg erst vor drei Stunden bewältigt.
»Das zehrt an den Kräften«, erklärte sie ihre Kurzatmigkeit.
Meinen Hinweis auf ihr Alter ließ sie nicht gelten. »Nein, nein,

mit dem Alter hat das nichts zu tun, ich bin etwas unsportlich, war es schon immer gewesen, das schlägt jetzt zu Buche.«

Ich öffnete eine der kleineren Schachteln. Sie enthielt Bleistiftzeichnungen, von denen Martha erzählt hatte. Zuoberst lag jene Skizze mit drei kleinen Mädchen, die Miriam vor der Steinbank kniend gezeichnet hatte. Ich war ergriffen, mir kamen die Tränen. Mit einem liebenden Blick hatte das elfjährige Kind die Kleinen wiedergegeben. Sie spielten mit Puppen, fütterten sie mit winzigen Babyflaschen und waren so in ihr Spiel vertieft, dass sie ihre heimliche Beobachterin nicht bemerkten. Ob Miriam hier ihre unerfüllten Wünsche auf Papier gebracht hatte? Niemand im Heim wollte mit ihr spielen. Niemand hatte Lust gehabt, sich mit ihr anzufreunden. Dass sie durch ihr Verhalten selbst dazu beitrug, war ihr nicht klar gewesen. Sie wäre auch niemals in der Lage gewesen es zu verändern. Kinder können ihr eigenes Verhalten nicht reflektieren und daraus Schlüsse ziehen. Auch Erwachsene sind manchmal nicht dazu fähig, auch nicht nach der hundertsten Therapiestunde. Doch Miriam hatte ihre Sehnsucht nach Liebe auf Papier übertragen, als Kind, als Heranwachsende, ein Leben lang, wie sich nach Durchsicht aller Kartons noch zeigen sollte.

Die Zeichnung selbst, bedachte man das Alter der jungen Künstlerin, lebte bereits von Miriams sicherem Strich und der sich andeutenden Genialität jener späteren Arbeiten, die auf ihren Jagdzügen mit Michael entstanden waren. Erst jetzt wurde mir klar, welche Bedeutung für Miriam die Freundschaft mit Michael gehabt haben musste, nach allem, was uns Martha über das Kind berichtet hatte. Ich reichte Paul die Zeichnung. Vorsichtig, fast ehrfurchtsvoll hielt er sie in den Händen, aus Respekt vor dem Alter des Blattes und der besonderen Begabung eines einsamen Kindes. Er legte das Blatt in die Schachtel zurück auf einen Stapel weiterer Skizzen, die wir uns in Ruhe zu Hause anschauen würden. Auf diesem Dachboden fehlte das Licht, die Zeit und der große Tisch um es zu tun.

Außerdem musste ein Transportproblem gelöst werden. Nach meiner Schätzung passten nicht alle Schachteln in unser Auto.

»Was meinst du, Paul, bekommen wir alles ins Auto, oder müssen wir wiederkommen?«

»Wenn wir geschickt laden, müsste es klappen. Der Van ist schließlich auf größere Transporte eingerichtet. Wir versuchen es jedenfalls. Klappt es nicht, besorge ich einen Leihwagen. Hans-Peter hat da sicher einen guten Tipp für uns.«

Es war mir wichtig, Miriams Lebenswerk heute noch aus diesem Speicher herauszuholen, es aus seinem Dornröschenschlaf zu erwecken, zu retten, zu schützen, zu bewahren, damit es nicht in falsche Hände gerät, wenn Martha einmal nicht mehr darüber wachen konnte. Keinen Tag länger sollte es ein Dasein in dieser Versenkung fristen, unbeachtet oder geringgeschätzt von Leuten, denen der Blick für das Einmalige dieser Arbeit fehlte, die sogar daran dächten, die alten Schachteln samt Inhalt zu entsorgen. Martha hatte ähnliche Gedanken.

»Am besten Ihr nehmt alles auf einmal mit, das wäre eine große Beruhigung für mich, denn ich werde mich nicht ewig darum kümmern können.«

Die Wendeltreppe sandte Klopfzeichen, jemand stieg nach oben. Der Heimleiter stand in der Tür des Speichers.

»Ah, die Entrümpelung schreitet voran, wie ich sehe. Das freut mich. Ich möchte hier oben für einen geplanten Meditationsraum Platz schaffen. Einiges konnten wir bereits los werden, aber die Entsorgung der Gipsfiguren scheitert stets am Einwand der Schwestern.«

Erst jetzt entdeckte Herr Reimer Schwester Martha, die noch immer auf ihrem Hocker saß. Peinlich schien ihm seine Äußerung aber nicht zu sein.

»Heiligenfiguren verlieren nichts von ihrer Segenskraft, nur weil ihnen die Nase abgeschlagen wurde. Jahrelang beteten wir vor ihnen, sie sind getränkt mit unseren Bitten. Nun stehen sie im Gerümpel und warten auf ihren Abtransport, wer weiß wohin. Dabei könnte man sie restaurieren, mit wenig Aufwand. Ein beschädigter Mensch ist ja auch ein wertvoller Mensch, selbst wenn er ein Bein verloren oder nur noch eine Niere hat, und man tut alles, um sein Leben zu retten.« Martha schlug empört mit ihrem Stock auf den Boden.

»Nun, die Figuren sind aus Gips, Menschen hingegen aus Fleisch und Blut, da sehe ich einen kleinen Unterschied«, sagte Reimer, raffiniert argumentierend. Zwischen den beiden schien ein Grundsatzstreit zu schwelen, den der Heimleiter nicht vor uns austragen wollte. Er bemühte sich daher, die alte Schwester nicht weiter zu verärgern.

»Ich höre mich nach einer Keramikwerkstatt um, versprochen, und das unter Zeugen.« Er blinzelte mir zu. »Eine fehlende Nase lässt sich sicher neu aufbauen, bei einem Arm wird es schwieriger. Da braucht es einen erfahrenen Unfallchirurgen, der sich aufs Gipsen versteht, vielleicht im Aachener Klinikum?«

Niemand lachte, sein Witz prallte gegen die Wand. Einen Versuch hatte er noch.

»Die Schwestern dürfen gerne sämtliche Statuen, mit oder ohne Nase, in ihrem Klausurbereich platzieren, wenn Sie, wie Sie sagen, die Segenskraft der Figuren derart hochschätzen. Ich habe es Ihnen schon mehrmals vorgeschlagen, nicht wahr Schwester Martha?«

»Es geht um die Kartons«, sagte Paul jetzt mit ungewöhnlicher Strenge. Die herablassende Art des Heimleiters gefiel ihm nicht.

»Wir werden die Fracht morgen Vormittag in unser Auto verladen und jetzt einmal schauen, ob wir alles unterbringen. Wenn das geklärt ist, möchte ich Schwester Martha bitten, uns heute Nachmittag auf einen kleinen Ausflug zu begleiten, selbstverständlich als unser Gast. Was meinen Sie, Schwester?«

Paul richtete seine Einladung direkt an Martha mit seinem gewinnendsten Lächeln, ohne den Leiter zu beachten.

»Da komme ich gerne mit. Ich genieße ja seit kurzem Entscheidungsfreiheit und muss niemand mehr um Erlaubnis fragen. Das war nicht immer so.« Sie lachte laut und befreit.

»Gut«, sagte Reimer und trat den Rückzug an. »Ich sehe, Sie kommen hier zurecht. Falls Sie einen Träger brauchen, schick ich Ihnen unseren Hausmeister. Sie melden sich, alles klar?«

Er hob eine Hand, spreizte die Finger. »Man sieht sich«, und weg war er.

»Ach, der Herr Reimer«, sagte Martha, weiter nichts. Sie stand auf.

»Was ist, legen wir los, der Wind hat sich gelegt.« Energiegeladen rieb sie sich die Hände. Der Stock lag auf dem Boden. »Wir könnten die Schachteln schon mal in den Festsaal schaffen, dann ist der Rest morgen schnell erledigt, und einen besseren Überblick bekommt Ihr auch. Ich schließe den Saal ab, ich habe neben dem Leiter als einzige die Schlüsselgewalt, da er zum Kloster und nicht der Jugendhilfe gehört.

»Was ist mit dem Speicher?« fragte Paul.

»Gehört zum Kloster. Die Jugendhilfe zahlt für das ganze Altgebäude Miete, für das Grundstück eine Pacht, der Neubau gehört der sozialen Einrichtung, die Kirche wieder uns. Es ist ein bisschen kompliziert. Aber unsere kleine Gemeinschaft lebt davon. Die Einrichtung eines Meditationsraumes erlaubten wir auf Reimers ständiges Drängen. Ein solcher Raum sei heutzutage unentbehrlich, geradezu lebenswichtig, wolle man in einer Einrichtung wie dieser sinnvolle Arbeit leisten. Damit lag er uns wochenlang in den Ohren.«

Ich sah ein, dass es heute nicht möglich war, Miriams Hinterlassenschaft in unser Auto zu packen, wenn wir mit Martha unterwegs sein wollten. Und das wollten wir. Miriams Geschichte war noch nicht zu Ende erzählt, Martha sollte auf einer Fahrt ins Umland bei Kaffee und Kuchen dazu Gelegenheit bekommen. Paul würde seine Fotos machen. Wir trugen die Schachteln ohne Sicht auf die steile Treppe hinunter in den Saal, unter Marthas Aufsicht und ihren guten Ratschlägen.

»Zählt die Treppenstufen, dann wisst Ihr, wann die letzte kommt, ihr könnt ja nicht nach unten schauen.« Sie stand auf der engen Plattform vor der Speichertür und zitterte um jeden Karton. Sie betete, schlug ein Kreuz, als Paul mit der letzten Schachtel auf seinen ausgestreckten Armen auf dem Saalboden gelandet war. Acht große und mehrere kleinere Kartons mit schwergewichtigem Inhalt, nicht nur den Kilos nach, stapelten sich nun in einer Ecke des Saales, nahe der Tür. Martha schloss die Speichertür hinter sich zu und arbeitete sich Stufe um Stufe nach unten, eine Hand am Geländer, die andere am Stock, mit dessen Spitze sie wie eine Blinde die Trittkanten ertastete.

Wir verließen den Festsaal. Zweimal drehte sie den Schlüssel um. Das mache sie immer, sagte Martha, denn sicher sei sicher. Wir verabredeten uns für vierzehn Uhr. Das sei keineswegs zu früh, einen Mittagsschlaf brauche sie schon längst nicht mehr, nur manchmal eine kurze Liegepause vor dem Abendessen, doch nur des Rückens wegen. Aber heute, heute sei das etwas anderes, und die Freude auf den Ausflug stärke sie.

Beim Mittagessen in der Sonne vermissten wir Heidi.

»Sie ist mit Großvater zum Arzt gefahren. Sein Blutdruck ist heute Morgen gespenstisch hoch gewesen, da hat sie sich Sorgen gemacht.« Hans-Peter servierte Kalbsbraten mit Spätzle. Für seine Pilzsoße verwende er Zuchtchampignons, aber nicht aus der Dose, sondern vom Züchter selbst. Den kenne er persönlich.

»Sie kochen selbst?«, sagten Paul und ich wie aus einem Mund.

Hans-Peter lachte. »Ja, klar, ich koche sehr gern. Am liebsten für meine Gäste, nur so kann ich sie mit den besten Zutaten verwöhnen.«

»Das schmeckt man wirklich«, lobte ich den Koch. »Ich denke, die Leute wissen das überregional zu schätzen, wie man sieht.« Das Restaurant war auch am Werktag gut besucht.

»Ich kann nicht klagen«, sagte Hans-Peter. Die Gäste kommen sogar von Aachen zum Mittagessen, obwohl ich nur zwei Gerichte zur Wahl biete. Aber sie wissen, die sind gut. Manche rufen morgens an, fragen, Hans-Peter, was gibt es heute und reservieren einen Tisch.«

Er musste zurück in die Küche. Ein junges Mädchen aus der Nachbarschaft bediente heute, wohl nicht zum ersten Mal.

Wir tranken Espresso. Paul hatte sich gestern Abend in seinem Notebook über ein Museum informiert, das sich mit zahlreichen Restbeständen der Wehrmacht und Fundstücken aus dem Krieg dem Andenken der Gefallenen widmete. Schautafeln erklärten den Verlauf der Kämpfe, Fotos illustrierten die Geschehnisse, Waffen und nachgestellte Kampfszenen ließen die Vergangenheit lebendig werden. Paul hätte es gerne besucht.

»Für ein Museum brauchen wir Zeit«, gab ich zu bedenken, »vor allem bei einer geschichtlichen Aufarbeitung dieses Themas. Martha würde sich von einer Texttafel zur anderen gewissenhaft durcharbeiten, wir sicher auch, und ehe er begonnen hätte, wäre der Nachmittag zu Ende, doch Miriams Geschichte nicht. Die können wir aber nur aus erster Hand von Martha erfahren und nicht im Internet oder in einem Geschichtsbuch nachlesen.«

»Du hast recht«, sagte Paul, »wir sind Miriams wegen hier.« Er beschloss, sein mangelhaftes Wissen über die Westfront durch gut informierte Historiker aufzufrischen und den Nachmittag unserer Schwester Martha und ihrer Erzählung zu widmen. Nach einem schönen Café wollte er Hans-Peter befragen, er habe sicher einen Tipp für uns.

»Geht ins Wald-Café bei Klimmach. Auf der Veranda sitzt man geschützt vor Wind und Sonne, der Ausblick ist herrlich, und die Kuchen sind hervorragend.«

4

Martha wartete vor dem Hofeingang des Klosters. Sie trug einen kleinen Rucksack. Praktisch sei das, erklärte sie und begünstige eine aufrechte Haltung, außerdem habe sie dadurch eine freie Hand. Sie demonstrierte diesen Vorteil sehr anschaulich, indem sie mit einer Hand vor ihrem Gesicht herumwedelte. Sie trug feste Wanderschuhe, denn es ginge schließlich in die Wälder, hoffe sie jedenfalls. Paul schoss das erste Foto seiner Eifelserie, wie er sie nannte, und bat Martha um ein freundliches Lächeln. Das schenkte sie ihm.

»Jetzt alle beide, Felizitas, stell dich bitte neben Schwester Martha und lächle«, befahl der Fotograf. Martha hängte sich bei mir ein wie eine gute alte Freundin. Wir gaben unser Bestes, lächelten.

»Paul, jetzt bist du dran, zeig dich von deiner schönsten Seite.«

Paul überließ mir den Fotoapparat und legte seinen Arm um Marthas Schulter. Er blickte ebenfalls lächelnd auf sie nieder. Die kleine, zierliche Nonne reichte ihm nur bis zur Brust. Wie ein frischverliebtes Mädchen schaute sie zu ihm auf. Ich bekam ein wunderbares Foto der beiden mit Seltenheitswert.

Martha saß neben Paul, dem Fahrer. Das Rucksäckchen hatte sie abgenommen und hielt es mit beiden Händen fest auf ihrem Schoß. Der Stock lag im Kofferraum. Ich saß auf dem Rücksitz mit Blick auf Marthas Haube, die, auch aus dieser

Perspektive besehen, keinen Hinweis auf ihre Befestigung zuließ. Ich wandte mich daher der Betrachtung der Landschaft
zu, sah aus dem Fenster und in die Weite eines Hügellandes,
das zwischen offenen Weide- und Ackerflächen und ausge-
dehnten Waldgebieten in einer ausgewogenen Anordnung
wechselte. In einiger Entfernung ein größerer Ort, Vossenack.
Wir fuhren jetzt auf einer wenig befahrenen Straße durch ein
grünschimmerndes, hohes Blättergewölbe. Ein Hinweisschild
kündete einen Wanderparkplatz an, den Paul kurzentschlossen ansteuerte.

»Wir könnten hier einen Spaziergang machen und anschließend in Klimmach Kaffee trinken. Was haltet ihr davon?«, wollte er wissen.

»Ich bewege mich gern«, sagte Martha, »und außerdem
kenn ich hier einen Gedenkplatz, den wir uns ansehen sollten.«

»Ich schließe mich an, der Vorschlag klingt gut.« Ein Spaziergang zwischen Mittagessen und Kaffee war ganz in meinem Sinn.

Wir stiegen aus. Ich half Martha in die Träger ihres Rucksacks. Paul reichte ihr den Stock. Die Schwester hob den Kopf,
atmete tief ein, und blies das Eingeatmete mit vorgeschobe-
nen Lippen kräftig wieder aus. Sie tat es mehrmals. »Oh, diese
wunderbare Luft.«

Paul studierte eine Infotafel mit Wegskizzen. Ein kurzer
Pfad führte zu einer Waldlichtung, die mit mehreren Kreuzen
markiert war. Er wandte sich an Martha.

»Ist das der Gedenkplatz, von dem Sie sprachen?«

»Ja, genau der. Ich kenne ihn. Wir müssen da lang,« sagte
Martha und zeigte mit ihrem Stock in Richtung des schmalen
Weges, den Paul auf der Karte entdeckt hatte.

Beherzt schritt sie aus, konnte aber nach wenigen Metern
ihr Tempo nicht mehr halten. Wir passten uns an, ich ging an
ihrer Seite, Paul voraus. Manchmal bog er Äste zur Seite, die
in den Weg hingen, sagte bitte, meine Damen, und verbeugte

sich. Martha lachte. Wir machten sie glücklich, diese alte Frau. Wir machten sie glücklich mit so wenigem wie einem Spaziergang zu dritt.

Der Weg mündete in eine Waldlichtung. Ein hoher Findling markierte die Mitte eines Platzes, der von fünf Bänken in halber Runde begrenzt wurde. Zwanzig kleinere Findlinge schlossen das Halbrund zu einem Kreis. Wollte man den Platz betreten, suchte man sich eine Lücke zwischen den Steinen. Martha setzte sich auf eine Bank und stützte sich auf ihren Stock. Paul entzifferte die Namen auf dem hohen Stein in der Mitte.

»Ein Gedenkstein ist das für gefallene Soldaten. Diese fünf Namen gehören den fünf Identifizierten, die restlichen zwanzig blieben anonym«, sagte Martha. »Fünf Bänke für die bekannten, zwanzig Steine für die unbekannten Soldaten. Diese Idee gefällt mir sehr.«

»Sie sind hier begraben?«, fragte ich bestürzt.

»Sie waren hier auf jeden Fall begraben, ob sie es noch sind, weiß ich nicht, da müsste man nachfragen. Aber es gibt hier diesen Gedenkplatz, und Julius Erasmus, der Totengräber vom Hürtgenwald, begrub die Leichen anfangs direkt am Fundort, wie an diesem hier, das ist historisch belegt. Er fertigte genaue Lageskizzen seiner Gräber an. Vielleicht hat man die sterblichen Überreste später auf den Soldatenfriedhof überführt. Erasmus wird in der Region sehr verehrt. Man setzte ihm ein eigenes Denkmal auf dem Soldatenfriedhof in Vossenack. Er war ein mutiger Mann, verhalf unzähligen Toten zu einer letzten Ruhestätte. Nach Kriegsende hauste er im Hürtgenwald und begann, die Toten der Schlacht zu bergen. Er tat es aus eigenem Antrieb, allein und ohne Auftrag. Nach und nach gesellten sich Helfer dazu. Es war eine gefährliche Arbeit wegen der vielen Minen. Es gab Opfer unter den Helfern. Erst der Feuersturm 1947 vernichtete einen Großteil der Munition und der Minen, die noch in den Wäldern lagen und explodierten, aber er zerstörte auch den gesamten Wald.«

Ich setzte mich neben Martha. Sie nahm meine Hand und hielt sie für einen Augenblick in ihrer.

»Ja«, sagte sie, »hier herrschte das Grauen.«

Paul las die Inschrift laut, er nannte fünf Namen, las von zwanzig unbekannten Soldaten, die an diesem Ort gekämpft hatten und gefallen waren.

Er setzte sich zu uns. Wir schwiegen. Es war ein ruhiger Platz, genau der richtige, um stellvertretend allen Gefallenen dieser Hölle zu gedenken, der Amerikaner wie der Deutschen. Ich war froh hier zu sein. Martha sprach ein Gebet. Paul erhob sich dazu, legte seine Hände ineinander. Martha ging zum Stein und legte eine Hand an dessen Seite.

»Ruht euch aus«, sagte sie zum Stein.

Wir gingen zum Parkplatz zurück.

»Kein Foto, Paul?«

»Kein Foto. Ich lasse die Bilder dort, wo sie hingehören, im Hürtgenwald.«

Wir fuhren nach Klimmach, eine halbe Autostunde von unserer ersten Einkehr entfernt.

Das Café stand auf der vorspringenden Nase eines Höhenzuges, an dessen Fuß die Ortschaft Klimmach lag. Von der Terrasse des Hauses sahen wir über Dorf und Tal und auf die sanft ansteigenden Waldhänge der gegenüberliegenden Talseite. Wände und Glasdach der tiefen Terrasse vermittelten mir das Gefühl, in einem Gewächshaus zu sitzen. Oleanderbüsche in mächtigen Kübeln verstärkten diesen Eindruck und ließen an den Süden denken. Es war warm, Martha nahm ihr Schultercape ab und legte es sorgsam über ihre Knie. Ich staunte, denn ich hatte geglaubt, Cape und Kleid seien untrennbar miteinander verbunden. Da saß sie nun in ihrem schlichten grauen Kleid, das Oberteil im Schnitt einer Hemdbluse, verschlossen mit schwarzen kleinen Knöpfen bis zum schmalen Rundkragen dicht am Hals, und wartete auf ihre Sahnetorte. Sie hatte Tee bestellt, Paul und ich Kaffee.

Der Verzehr der mächtigen Torte war für Martha eine Sache der Konzentration. Durch nichts ließ sie sich stören. Wenn sie aß, dann aß sie. Ein Gespräch war nicht möglich. Paul lächelte mir zu. Wie schön, dass es ihr schmeckt! Schweigend tranken wir unseren Kaffee, aßen dazu Eis mit Sahne. Eis hätte ihr auch geschmeckt, die Wahl war Martha schwergefallen. Sie könne beides essen, erst die Torte dann das Eis, hatte Paul schließlich vorgeschlagen und Martha von ihrer Entscheidungsqual erlöst.

Martha lehnte sich im Stuhl zurück.

»Das war der beste Kuchen seit langem«, sagte sie und prüfte den Sitz ihrer Haube.

Ich glaubte ihr gern, dachte ich doch an den staubigen Sandkuchen im Marienheim. Die Bedienung kam vorbei und fragte, ob es geschmeckt habe. Die leeren Teller nehme sie schon mal mit, wenn es recht wäre.

Martha zeigte jetzt Gesprächsbereitschaft.

»Schön ist es hier«, sagte sie und sah sich um. »Ich habe selten Besuch, in Wahrheit nie. Meine Restfamilie ist klein und lebt in Thüringen, eine Nichte, die mich gar nicht kennt. Das hier mit euch ist ein sehr schönes Erlebnis für mich.«

Ich hakte hier ein. »Schwester Martha, sagte ich Ihnen schon, wie wir Sie gefunden haben?«

»Ich weiß nicht, nein, ich glaube nicht.« Sie überlegte.

»Ich erzählte Ihnen doch gestern von einer Familie Bund. Das Ehepaar hatte Miriam auf einer Parkbank entdeckt. Auf Bitten ihres gelähmten Sohnes hatten sie Miriam mitgenommen. Michael bekam Zugang zu ihr und brachte sie zum Reden. So erfuhr er etwas aus ihrer Vergangenheit, vor allem, dass sie in einem Erziehungsheim aufgewachsen war, bei Nonnen. Sie verriet aber nicht, wo sie gelebt hatte, nur dass der Wald verboten war. Tote gäbe es dort und Waffen. Michael war ein schlauer Kopf. Er recherchierte, kam auf den Hürtgenwald, zuletzt auf die richtige Adresse.«

»Ja«, sagte Martha, »ich erinnere mich. Den Kindern war es
verboten, in den Wald zu gehen, der ja unmittelbar hinter unserem Gelände beginnt. Es war nach wie vor gefährlich dort,
nicht alle Sprengkörper waren entdeckt und entschärft worden oder im großen Brand explodiert. Immer wieder hörten
wir von Minen, die Menschenleben kosteten.«

»Und Miriam, hat sie das Verbot beachtet?«

»Ich glaube schon, aber ich weiß es nicht. Mein Kontakt zu
ihr, nachdem sich die Pflegeeltern von ihr getrennt hatten, war
dürftig. Sie zog sich von allen im Haus zurück, niemand wusste
was sie dachte, wie es ihr ging. Sie beendete die Volksschule und begann eine Kochlehre im Haus. Unsere Köchin war
mit ihr zufrieden. Anstellig sei sie und fleißig, aber sie rede
kaum, sage manchmal weiß ich oder mach ich. Das berichtete
sie bei den wöchentlichen Mitarbeitersitzungen. Miriam war
groß und stand immer gebückt am Herd oder vor den Arbeits-
tischen. Unserer Köchin tat das leid. Sie würde irgendwann
Rückenprobleme bekommen, sorgte sie sich in unserer Bera-
terrunde. Sie forderte Miriam auf, sich beim Kartoffelschälen
und Gemüseschneiden zu setzen, doch sie tat es nicht. Geht
schon, habe Miriam gesagt. Ordinäre oder unflätige Ausdrücke
habe sie in der Küche von Miriam nie gehört. Da erzählten die
Heimkinder anderes. Sie beschwerten sich regelmäßig über die
Küchenhexe, wie sie Miriam nannten. Sie fürchteten sich vor
ihr, wichen ihr aus, erzählten Gruselgeschichten über sie. Mit
einer Zange renne sie hinter ihnen her, um sie zu zwicken, stelle ihnen ein Bein oder wünsche sie zum Teufel. Sie sage, dass
sie in die Hölle kämen, klagten einige der besonders frechen
Mädchen, die Miriam hänselten und sie nicht in Ruhe ließen.
Regelmäßig legte ich Zeichenpapier vor ihre Zimmertür. Sie
bewohnte als Lehrling ein eigenes kleines Zimmer. Ich legte
es gegen Abend dorthin, damit sie es nach der Arbeit fände.
Sie muss es an sich genommen haben, denn es war jedes Mal
verschwunden, wenn ich am Abend an ihrer Tür vorbeiging.

Was sie hinter dieser trieb, wusste kein Mensch. Erst als wir vor vier Jahren ihr Zimmer räumten, wurde es klar. Ich hatte richtig vermutet. Sie hat das getan, was sie immer getan hatte, sie hat ein Leben lang gezeichnet. Ihre Arbeiten wuchsen wie Stalagmiten vom Boden ihres Zimmers nach oben.«

Martha deutete mit dem Zeigefinger zur Glasdecke der Veranda. Sie schüttelte den Kopf in Erinnerung an die aufgetürmte Hinterlassenschaft.

»Unser Hausmeister und der damalige Heimleiter wollten sofort den Unrat, wie sie die Ansammlung nannten, abtransportieren. Ich kämpfte darum und versprach, innerhalb weniger Stunden das Zimmer zu räumen. Ich schaffte alles auf den Speicher, stieg unzählige Male nach oben. Zwei ältere Mädchen halfen mir dabei. Unbesehen packten wir die Papiere in die leeren Kartons und stellten sie auf die anderen, in denen die frühen Kinderzeichnungen lagen. Ja, und nun habt ihr beide das Vermächtnis wieder nach unten befördert, und ich bin euch sehr dankbar dafür.«

Paul winkte der Bedienung, bestellte Wasser und Orangensaft. In unserem Glasgehäuse war es sehr warm geworden. Martha bat die Bedienung, die Markise weiter auszufahren, die bis jetzt nur einen kleinen Teil des Daches bedeckte. Es kostete die Frau nur einen Knopfdruck an der Wand, um Marthas Wunsch zu erfüllen.

»Besser so?«, fragte die Frau.

»Ja, danke, sehr gut«, sagte nicht nur Martha, auch andere Gäste bedankten sich über die Abschattung ihres Kaffeetisches.

»Wie kam es denn dazu, dass Miriam eines Tages auf einer Parkbank gelandet ist. Lief sie denn weg aus dem Heim? Herr Bund sagte mir, sie habe keinen Pass besessen, sie habe ihn angeblich verloren.«

»Eine Woche nach ihrer Volljährigkeit war sie verschwunden. Sie hatte einen Personalausweis, da bin ich mir sicher. Dafür sorgt grundsätzlich das Heim. Die Köchin schlug Alarm, weil Miriam nicht zur Arbeit erschienen war. Wir klopften an ihre Tür, schlossen sie auf, doch sie war nirgends. Sie hatte ordentlich ihr Bett gemacht und alle Zeichnungen im Kleiderschrank versteckt. Damals waren es noch nicht so viele gewesen. Ich konnte sie leicht zu mir nehmen, sie nach und nach in die Kartons verpacken. Wir hörten nichts von ihr, und wir suchten sie auch nicht. Sie war erwachsen geworden und konnte tun, was sie wollte. So sah es die Leitung des Hauses. Ich war anderer Ansicht, aber was hätte ich tun können. Ich wusste, Miriam war zwar sehr eigenwillig, aber nicht dumm. Ich hoffte, sie würde sich zu helfen wissen. Ihr Weggang passte irgendwie zu ihr, so ohne Abschied, ohne Aufsehen. Auf eine geregelte Art hätte sie ihn nicht geschafft. Ich hoffte, er enthielte für sie auch eine Chance zur Selbständigkeit. Ich dachte viel an sie, wartete auf Lebenszeichen, doch die kamen nicht. Nach sieben Jahren kam sie selbst. Eines Abends stand sie vor meiner Tür. Bin da, sagte sie, mehr war nicht von ihr zu erfahren. Ich war traurig und glücklich zugleich. Ich hätte ihr ein Leben außerhalb des Heimes gewünscht als selbständige Frau, die Ihre Begabung pflegen und Erfüllung in ihrem Können finden würde und in manch anderem auch. Aber ich hatte Miriam überschätzt. Ihre offensichtlich autistische Veranlagung versperrte ihr einen solchen Weg. Sie konnte nur im Schutz unseres Hauses existieren, mit den täglich gleichen vorhersehbaren Arbeiten, die ihre inzwischen deutlicher gewordene Verstörung berücksichtigte. Ich freute mich natürlich, dass sie wieder in meiner Nähe war, denn ich hatte mich jahrelang um sie gesorgt. Zweimal versuchte die Jugendhilfe, sie in ein auswärtiges Arbeitsverhältnis zu vermitteln, als Köchin und Haushaltshilfe. Ein halbes Jahr war sie in Hamburg bei einer Arztfamilie, sechs Wochen in Aachen bei Geschäftsleuten, die täglich außer Haus waren, und deren sechsjährige Zwillingstöchter sie zu beaufsichtigen hatte. Dass Miriam dieser Aufgabe nicht gewachsen wäre, ist mir klar gewesen. Doch man hatte mich nicht nach meiner Meinung gefragt. Aus beiden Stellungen kehrte sie zurück. Sie sei nicht anpassungsfähig, störe die familiäre Atmosphäre, lauteten die Begründungen. Danach blieb sie bei uns und entwickelte sich zu einem kuriosen und gefürchteten Hausgeist, den die Kinder mit freudigem Grausen akzeptierten. Oft warteten sie auf Miriam, bis sie in den Keller stieg, um Kartoffeln zu holen. Sie kommt, sie kommt, tönten die Warnrufe durch das Treppenhaus. Aus sicherem Abstand schrien sie ihr hinterher. Küchenhexe, Küchenhexe, hu, hu, hu. Haut ab, schrie Miriam, wenn es ihr zu bunt wurde, was die Kinder besonders begeisterte. Meistens tat sie aber so, als höre sie nichts und ging stumm ihrer Wege. Gerüchte spukten durch das Haus. Die Kinder erzählten sich, die Küchenhexe schleiche durch den Wald und rede mit Toten. Ja, Miriam ging in ihrer Freizeit oft in den Wald, das stimmte. Aber ich weiß, dass sie dort zeichnete. In einer großen selbstgenähten Umhängetasche aus Leinenstoff, trug sie Papier und Stifte mit sich. Von weitem hatte ich sie einmal auf meinem Spaziergang gesichtet, war ihr aber nicht nahegekommen. Ich wusste schließlich, dass Abstand für sie so wichtig war wie die Luft zum Atmen.«

Paul rechnete nach. »Fünf Jahre hatte sie bei Familie Bund verbracht, kam aber erst nach sieben Jahren nach Mariental zurück. Wo war sie in der Zwischenzeit?«

»Ich weiß es nicht«, sagte Martha. »Sie hat es mir nie erzählt.«

»Vielleicht geben uns die Zeichnungen darüber Auskunft, sie dokumentierte ihr Leben ja unbeabsichtigter Weise über ihre Kunst. Worüber sie nicht sprach, erzählte sie dem Papier«, sagte ich und hoffte auf des Rätsels Lösung.

»Sie sagten, Miriam habe erst vor vier Jahren das Heim dann doch noch endgültig verlassen. Was war passiert, warum tat sie das, und weiß man etwas über ihren Verbleib?«, fragte Paul.

Martha nickte. »Ja, ja, das hat sie getan und ließ sich nicht davon abhalten, obwohl sie schon ziemlich krank war, als sie uns verließ. Sie konnte nicht mehr aufrecht stehen oder laufen, eine Verkrümmung der Wirbelsäule machte ihr zu schaffen. Ich vermutete auch noch ein weiteres Leiden, über das sie nicht sprach. Sie war nie zu einem Arzt gegangen, hätte niemals eine gynäkologische Untersuchung akzeptiert. Manchmal drückte sie ihre Hände an den Unterleib und atmete heftig. Sie sprach nicht darüber, doch ich sah den Schmerz in ihrem Gesicht. Sie arbeitete weiterhin in der Küche, als benötige sie die Arbeit zur Rechtfertigung ihrer Existenz, trotz ihrer offensichtlichen Erkrankung. Die Köchin gab ihr leichte Aufgaben. Viele Stunden saß sie am Küchentisch und trennte gute von schlechten Linsen, wie Aschenputtel im Märchen. Oder sie schnitt Karotten, und das mit Leidenschaft. Die Kinder jener Zeit ließen sie in Ruhe. In deren Augen war sie eine gebrechliche ältere Frau, von der man nichts zu befürchten hatte. Eigentlich hatte sie endlich Ruhe im Haus gefunden. Man hatte sich an sie gewöhnt, sie gehörte dazu, man ließ sie so sein, wie sie war, und ich liebte sie schon lange. Dann kam ein Schreiben vom Nachlassgericht. Sie hatte es gelesen und fand sich im Amtsdeutsch nicht zurecht. Sie klopfte an meine Tür und hielt mir wortlos das Blatt entgegen. Ich las.

»Miriam, deine Eltern sind gestorben, sie haben dir ein kleines Haus auf dem Land hinterlassen. Du musst dich erklären, ob du das Erbe antreten möchtest. Bei dem Wort Eltern war sie blass geworden. Ohne Kommentar griff sie nach dem Papier, faltete es klein und ging. Am nächsten Tag kam sie wieder. Ich mach das, sagte sie und drückte mir das Schreiben in die Hand. Ich setzte mit ihr eine Einwilligungserklärung auf. Nach einigen Wochen wurde sie zur Testamentsannahme gebeten. Ich fuhr mit ihr im Zug nach Aachen, begleitete sie ins Amtsgericht und staunte. Miriam war absolut in der Lage, ihre Angelegenheit zu regeln. Sie sagte hallo, gab dem Beamten die

Hand, stellte Fragen, knapp wie immer, sagte wieso oder warum, sagte versteh ich nicht, und ließ sich jeden zweiten Satz nochmal erklären. Sie strapazierte die Ausdauer des Mannes, der drei- viermal auf seine Armbanduhr blickte. Nach einigen Wochen erklärte sie, in das ererbte Haus ziehen zu wollen.

Ich will da hin.

Ich erschrak. Du willst in dem Haus wohnen?

Es gehört mir.

Abhalten ließ sie sich nicht. Ich beschwor sie, hier zu bleiben, schon ihrer angeschlagenen Gesundheit wegen.

Wie willst du dich versorgen mit einem kranken Rücken, einkaufen gehen, Wäsche waschen, einen Garten pflegen, ein Haus sauber halten?

Ich kann das, sagte sie.

Das waren ihre letzten Worte in dieser Angelegenheit. Zwei Tage später war sie verschwunden, wieder einmal und zum letzten Mal. Wir hörten nichts mehr von ihr, forschten auch nicht hinter ihr her. Ich wusste, wenn sie es wollte, würde sie wiederkommen. Vor einigen Wochen erhielt ich vom Nachlassgericht eine Benachrichtigung vom Ableben einer Miriam Weier, die den Schwestern vom Heiligen Kreuz ihr Haus vererbt habe, zu Händen von Schwester Martha Baum. Ich möge mich erklären, ob ich das Erbe antreten würde. Natürlich nahmen wir das Erbe an, auch einige Habseligkeiten, welche die Polizei in Miriams Haus sichergestellt hatte.«

Marthas letzte Sätze waren nicht mehr zu mir durchgedrungen. Ich glaubte, Watte in den Ohren zu haben. Außerdem sah ich etwas, das sich undeutlich und schemenhaft verzogen auf mich zubewegte, größer und kleiner dann wieder breiter und schmaler wurde und allmählich schärfere Konturen bekam.

»Sie hatte Eltern?«, hörte ich mich sagen.

»Ja, aber man hatte sie ihren Eltern damals weggenommen. Der Vater hatte das Mädchen misshandelt und missbraucht.

Das war von einer Ärztin seinerzeit einwandfrei festgestellt
worden. Er saß mehrere Jahre im Gefängnis. Die Mutter hatte
sich wegen verletzter Aufsicht mitschuldig gemacht, war aber
mit einer Bewährungsstrafe davongekommen. Eine Chance,
ihre Tochter zurück zu bekommen, gab es nicht. Vor dem
Richter hatte sie behauptet, Miriam habe sich alles nur ausge-
dacht, um ihrem Stiefvater zu schaden. Das hat kein gutes Bild
auf ihre Beziehung zu dem Kind geworfen.

»Er war nicht ihr leiblicher Vater?«, fragte Paul.

»Nein, Miriams leiblicher Vater ist unbekannt. Miriam ist
nach ihrer Mutter benannt, Gertrude Weier. Die heiratete Al-
fons Untermatter, als ihre Tochter vier Jahre alt war.«

Mir fiel das Glas aus der Hand, aus dem ich trinken wollte. Wasser flutete den Tisch und tropfte auf meine Hose. Paul
schaufelte mit beiden Händen die Pfütze zum Tischrand und
verhinderte ihre Ausbreitung. Die Bedienung kam mit einem
Lappen und wischte auf. Ich entschuldigte mich.

»Ach, das passiert immer wieder«, sagte sie gelangweilt.
»Ist ja nur Wasser.« Vielleicht hätte sie gerne einmal etwas
Aufregenderes erlebt als solch ein kleines Missgeschick?

Ich horchte dem Namen Untermatter wie einem verklin-
genden Ruf hinterher. Ich sah das Haus, den Garten, in dem
Viola gestanden hatte, ich sah eine gebeugte Frau in ihrem
Haus verschwinden, ich sah Viola, ich sah Miriam. Ich schaute
Paul an, dann Martha.

»Ich kenne Miriam«, sagte ich. »Ich kenne sie. Ich sah sie,
aber nur von hinten, sie wohnte in einem kleinen Haus in unserer Straße. Sie lebt nicht mehr, ich habe ihr einen Grabstein
besorgt.« Ich zitterte.

Martha verstand gar nichts. Paul verstand. Er nagte an seiner Unterlippe, strich sich unentwegt die Haare aus der Stirn.
Wir schwiegen alle drei und sahen uns an. Martha ratlos, Paul
und ich bestürzt. Was war das nur für eine Geschichte, die es
so doch gar nicht geben konnte, in einem Roman vielleicht,

doch nicht im wirklichen Leben. Da suchte ich auf Umwegen nach einer Frau, dabei hatte diese nur einige Häuser entfernt von mir gewohnt. Es kam mir vor, als wäre ich die ganze Zeit im Kreis gelaufen und hätte doch nur wenige Schritte in dessen Zentrum gehen müssen, um an mein Ziel zu kommen. Paul fasste sich zuerst. »Moment mal«, überlegte er, »Viola, hieß sie nicht Viola, deine Miriam?«

»Natürlich, sie hieß Viola Untermatter, nicht Miriam«. Schnellstens wollte ich einen Irrtum berichtigen.

»Oh«, sagte Martha, »Viola kenne ich, das war ihr zweiter Name. In ihrer Akte stand, Miriam Viola Weier.«

Die Schwester hatte allerdings noch immer nicht so recht begriffen, um was es tatsächlich ging. Sie erfuhr es bei einem Abendessen in der Sonne, zu dem wir sie nach einem überstürzten Aufbruch im Waldcafé eingeladen hatten. Auf Eis hatte sie nicht mehr bestanden, etwas Deftiges wie Wurstsalat könne sie sich jetzt eher vorstellen, und der sei in der Sonne außer Konkurrenz. Dort bediente uns das Mädchen, das uns das Mittagessen serviert hatte. Es hieß Ingrid, einige Gäste riefen sie mit ihrem Namen. Hans- Peter und Heidi waren nicht im Haus, zu Marthas Leidwesen, doch ihren Wurstsalat bekam sie trotzdem, dazu Bier, und das war im Augenblick dann doch das wichtigste. Nach Aachen sei der Wirt gefahren, dem Opa ginge es nicht gut. Eine Aushilfe arbeite in der Küche, daher gebe es am Abend nur einfache Gerichte, Vesperplatten oder heiße Würste, sagte Ingrid.

Als diese Umstände geklärt waren, erzählte ich Martha meine Geschichte von Viola. Ich erzählte von einem verwilderten Garten, von abgesägten Bäumen und einem erleuchteten Giebelfenster unter dem Dach des kleinen Hauses, das von Knöterich umschlungen war. Ich beschrieb eine Frau, die weit vorgebeugt den Garten fluchtartig verlassen hatte und in dem Haus verschwunden war nach meinem freundlich gemeinten Hallo.

Martha hielt sich an ihrem Bierglas fest und nickte.

»Das ist sie, ja das ist sie, das ist typisch Miriam.«

Ich erzählte von der Frau, die mir den Rücken zugewandt und in ein Buch geschrieben hatte.

»Sie hat gezeichnet, nicht geschrieben«, sagte Martha.

Wir konnten am nächsten Morgen alle Kartons in unserem geräumigen Van unterbringen, nachdem wir die Ladefläche durch umgelegte Sitze zusätzlich vergrößert hatten. Martha ging, auf ihren Stock gestützt, unruhig im Hof auf und ab und verfolgte den Abtransport ihrer Sorgenpakete. Sie war sehr bewegt.

»Ist alles gut, Martha?«

»Ja, ja, alles gut, macht euch keine Sorgen.«

Die machte ich mir nicht, Gedanken schon. Jahrelang hatte sie Miriams Arbeiten gesammelt und bewacht, ihnen dadurch eine Wertschätzung erwiesen, die sie von niemand sonst auf der Welt erfahren hatten. Den künstlerischen Aspekt der Blätter hatte Martha wohl nicht interessiert, deren Qualität nicht erkannt. Sie hatte vielmehr die Ausdrucksmöglichkeit eines Kindes ernst genommen, ebenso der Heranwachsenden und erst recht der älter werdenden Frau, der es nicht gelungen war, sich aus ihrem Kokon zu befreien. Martha hatte diesen einsamen Menschen mit ihrer Sorge begleitet, ihm Wärme gegeben, symbolhaft mit einer gestrickten Mütze samt Schal. Aus welchem anderen Grund als diesem wäre Miriam wohl in die Marienhilfe zurückgekehrt? Martha hatte sie vermutlich vor einem Leben als Obdachlose bewahrt, sie von der Straße geholt, ohne ihr nachgelaufen zu sein. Allein der Gedanke an die Ordensfrau hatte Miriam wieder nach Hause geführt, auch wenn dieses Zuhause ein anderes war als das, was die meisten Menschen darunter verstehen. Spät hatte sich Miriam für ein Leben in Selbstständigkeit entschieden. Warum tat sie das nach all den Jahren im Heim? Wir würden es wohl nie erfahren, auch Martha wusste es nicht. Sie mutmaßte aber, suchte auch jetzt noch nach einer Erklärung.

»Was glaubt ihr, hat sie vielleicht den Ort wiederfinden wollen, von dem sie als Kind von einer Stunde auf die andere weggeholt worden war, könnte das sein?«

»Könnte ich mir gut vorstellen«, sagte Paul.

»Oder Eigentum bedeutete ihr mehr, als ich ahnte«, sagte Martha. »Es gehört mir, hatte sie gesagt. Etwas zu besitzen war ihr bisher fremd gewesen. Nun war ein Platz für sie aufgetaucht, der ihr von Amts wegen zustand. Eine Erbin war sie geworden, mit Grund und Boden und einem Haus auf diesem Grund. Diesem neuen Lebensgefühl hatte sie vielleicht nicht widerstehen können. Ich gönnte ihr dieses Gefühl und freute mich über ihren Mut, obwohl ich mir große Sorgen um sie machte.«

Martha stieß ihren Stock auf den Boden und sah schnell ziehenden Wolkenfetzen hinterher. Heute trennte sich die Schwester vom heimlichen Lebenswerk einer Frau, die ihr auf besondere Weise nahegestanden hatte. Sie trat vor die hochstehende Heckklappe und legte eine Hand an die aufgetürmte Ladung.

»Diese Schachteln hielten Miriam und mich zusammen, sie bildeten ein Band zwischen uns, seit sie die Marienhilfe verlassen hatte. Ich wusste ja, dass das wichtigste in ihrem bisherigen Leben hier geblieben war. Ihr ganzes Fühlen und Denken war in den Kartons eingeschlossen, so wie es in ihrem Wesen versteckt gewesen war. In ihren Zeichnungen war sie also immer noch hier, ihr Geist war noch hier«, sagte Martha zu Paul, als er die letzte Packung in das Auto geschoben hatte, dicht unter das Dach unseres Van. Jetzt ließ sie Miriam gehen, übergab sie Pauls und meinem Schutz, und weiß Gott, wir würden alles für ihr Mädchen tun, das hatten wir versprochen.

Paul legte vorsichtig die Heckklappe über die dichte Ladung. Sie schnappte ein, ohne etwas zu beschädigen. Er hatte

gut geschichtet, nichts würde rutschen, mit Augenmaß hatte
er die Gewichte verteilt.

»So«, sagte er zu Martha, »das hätten wir, es ging besser als
befürchtet.«

Martha bat uns noch einmal ins Haus. Sie habe noch etwas für uns, das sie nicht zwischen Tür und Angel übergeben
wolle. Sie denke auch nicht an das Gästezimmer, in dem man
nicht ungestört sitzen könne. In die Kirche sollte es gehen, dahin verirre sich so gut wie niemand, schon gar nicht an einem
Werktag wie heute. Ungern ließen wir den vollbepackten Wagen stehen.

»Steht denn die Fracht hier im Hof sicher?«, sorgte ich
mich.

»Aber ja, wer klaut schon ein Auto voll alter Schachteln«,
beruhigte mich Martha und lachte plötzlich über ihren unbe-
absichtigt gelungenen kleinen Witz, den ich selbst erst nach
kurzer Überlegung verstand. Paul legte nach.

»Manch einer nimmt alte Schachteln gern in Kauf, wenn
ihn das Auto lockt.«

Martha lachte aufs Neue und klagte: »Ach, was mach ich
denn nun ohne euch, selten erlebte ich so erfrischende Tage
wie diese. So dürfte es für mich gerne weitergehen. Der fröhliche Paul ist ein rechter Herzerwärmer, und Sie, Felizitas, sind
eine liebenswerte Gefährtin«.

Paul und ich sahen uns an. Ein schöneres Kompliment
hatte noch keiner von uns bekommen, noch dazu von einer
kleinen alten Frau, die es mit der Wahrheit sehr genau nahm.
Wir gingen durch den Garten zur Kirche hinüber, umrundeten sie auf dem Andachtsweg, der von schmalen Steinsäulen,
den Kreuzwegstationen gesäumt wurde. Alles war so, wie
Martha es in ihrer Erzählung beschrieben hatte. Eine verwit-
terte Steinbank vor dem Kreuz zeigte Spuren, die die rauen
Eifelwinter hinterlassen hatten, doch der Kies in dem sie stand,
schien frisch aufgeschüttet und leuchtete weiß vor einer saftig

grünen Buchsbaumhecke, die den kleinen Platz kreisförmig einfasste.

»Wir mussten die Rosen entfernen. Sie litten schwer unter Mehltau und faulten an den Wurzeln. Ihre Pflege war zu aufwändig geworden, niemand fand sich, der sich dauerhaft kümmern wollte. So pflanzten wir Buchs, ein anspruchsloses Gehölz, dazu immergrün und schnitttauglich. Wer hier in Ruhe meditieren möchte, tut es geschützt vor den Blicken anderer.«

Für einen flüchtigen Augenblick sah ich ein Kind vor dieser Steinbank knien, ein mageres Mädchen mit einer Mütze auf dem Kopf. Wie schön, dass ich hier stehen konnte, es war, als würde ich Viola ein zweites Mal in meinem Leben treffen. Ich würde diese Momentaufnahme bewahren wie die Zeichnung, die auf dieser Bank entstanden war, wie alle anderen Arbeiten, die mir in die Hände gelegt worden waren. Es war, als bitte mich Viola heute ganz persönlich, ihr Fortleben zu sichern, nicht im physischen Sinn, sondern im Erhalt ihres Werkes. Ich spürte, dass ich an ein Ziel gekommen war. Das Ende meines Weges hatte mich zu dessen Anfang geführt, hier vor dieser Bank im Kies.

Wir betraten die Kirche. Martha schloss die schwere Holztür rasch hinter uns zu. Licht fiel durch bilderbuchbunte schmale Fenster und streute Farbschnipsel über Bänke und Boden. Ein mit vergoldeten Schnitzereien im neugotischen Stil verzierter Altar stand in der erhöhten Apsis, ein schlichter Volksaltar unmittelbar vor einigen Reihen von Kirchenbänken. Martha schlug ein Kreuz vor ihrer Brust, machte, auf ihren Stock gestützt, die Andeutung einer Kniebeuge und setzte sich in die vorderste Bank. Sie winkte uns zu sich.

Aus einer Rocktasche zog sie ein Kuvert und entnahm ihm ein in der Mitte gefaltetes Blatt Papier.

»Ich habe mir um die Rechtslage einer Schenkung Gedanken gemacht. Sie beide wissen ja, dass ich eine kaufmännische Ausbildung habe und lange Zeit die Finanzen des Hauses regelte. Ich weiß, wenn etwas nicht schwarz auf weiß vermerkt ist, hat es im Ernstfall keine Gültigkeit. Nun überlasse ich Ihnen einen Berg Zeichnungen, für die sich all die Jahre niemand interessierte, die sogar als Müll bezeichnet und beinahe vernichtet worden wären. Kein Mensch wird jemals nach ihnen fragen, niemand wird sich an den Schachtelberg erinnern. Doch das könnte sich schnell ändern. Eines Tages wird Miriams Werk Öffentlichkeit erfahren. Sie sind Galeristen, da liegt es nahe, die Arbeiten auszustellen. Die Jugendhilfe jedenfalls sollte nicht im Nachgang von etwas profitieren dürfen, das sie jahrelang verschmähte. Ich erkläre Sie beide daher zu alleinigen Besitzern von Miriams künstlerischem Nachlass und habe ein Testament in Absprache mit meinen Mitschwestern notariell beglaubigen lassen.«

Martha reichte mir das Papier. Ich überflog das Dokument mit flatterndem Blick, dann gab ich Paul das Blatt.

Diese kleine Nonne überraschte mich. Ähnlich wie Max hatte sie uns glauben lassen, nichts vom Wert der Arbeiten zu verstehen. Dieses Testament zeigte uns allerdings, dass sie alles andere als ein ahnungsloser Laie war. Sie war zwar eine herzensgute, doch auch schlaue Frau, die es all denen, die sich abfällig über Miriams Müllberg geäußert hatten, zeigen wollte. Ich liebte sie dafür. Ich liebte sie für ihre Intelligenz, ihre Sorge um Miriam, ihren Humor und ihre Ehrlichkeit, für ihre Freude an Wurstsalat und Bier und für ihre rätselhaft befestigte Haube. Ich umarmte sie. Paul küsste ihre Wangenfältchen.

»Jetzt bin ich eine große Sorge los und kann für den Rest meines Lebens sicher wieder besser schlafen«, sagte Martha. Sie griff nach ihrem Stock und stand auf. Vor dem Altarstein stehend verbeugte sie sich wie eine höfliche Asiatin vor ihrem Gast, indem sie die freie Hand an ihre Brust legte. Diese Geste gefiel mir besser als der demütige Kniefall, den ich selbst seit langem beim Betreten einer Kirche vermied.

Paul machte einige Fotos. Die Apsis mit Goldaltar, einige Buntglasfenster und eine Muttergottes aus Gips mit buntem

Blumenkranz auf ihrem Schleier, hatten es ihm angetan. Er fotografierte Details der Außenfassade, bat Martha und mich auf
der Steinbank Platz zu nehmen. Ich legte meinen Arm um die
Schwester, wir lächelten. Paul entdeckte eine niedrige Tür in
der Gartenmauer. Sie war verschlossen. Martha kramte in den
Tiefen ihrer Rocktasche nach ihrem Schlüsselbund und öffnete das kleine Tor. Paul musste sich bücken um seinen Kopf zu
schützen. Wir standen am Rand eines dichten Waldes, der das
Tal nach dieser Seite hin begrenzte und nach wenigen Metern
einen Steilhang gegen Erdrutsch sicherte. Ein gut sichtbarer
Pfad führte in Stufen in die Höhe. Holzgeländer sorgten für
seine gefahrlose Begehung. Paul ging einige Meter nach oben,
richtete die Kamera auf den dunklen Forst, schoss eine Bilder-
kette von beachtlicher Länge. Hier war er endlich, der Hürtgenwald, den er suchte, der seiner Vorstellung entsprach, was
Dichte und Unwegsamkeit des vor ihm liegenden Geländes
betraf. Dann beugte er sich über das Geländer, hielt den Su-
cher nach unten und erfasste Martha und mich. Wir winkten.

»Noch einmal bitte«, schrie er. Wir winkten wieder. Er ließ
die Kamera über Kirche, Garten und weitere Gebäude der Einrichtung schweifen, und richtete sie zuletzt auf das offene Tal
im Hintergrund der Anlage. Dann sprang er die steilen Stufen
zu uns herab.

»Diese Waldtreppe hat Miriam oft erklommen«, sagte
Martha. »Ich glaube, sie hat sich im Forst sehr gut ausgekannt,
sie war eine richtige Waldläuferin, und wenn sie ging, dann
mit langen Schritten. Das sah seltsam aus. Ich selbst ging auf
einem anderen Weg in den Wald. Es gibt eine Schneise, die in
weitem Bogen in das Gelände und gemächlicher auf die Höhe
führt. Dort ging ich oft mit Hubertus, dem Sonnenwirt.«

Ich nickte. »Heidi hat mir davon erzählt.«

»Dieses Waldgebiet war hart umkämpft«, sagte Martha.
Man fand noch lange Zeit Reste von Munition und immer
wieder Skelettteile. Die kleine Tür in der Mauer blieb daher

stets verriegelt. Die Kinder durften nur in Begleitung von
Erziehern einen Waldspaziergang machen. Aus Gewohnheit
und anderen Gründen schließen wir den Garten auch heute
noch ab. Die Sicherheit im Haus geht vor.«

Paul war mit seiner kleinen Fotoserie zufrieden. Diese hatte jetzt vor allem persönlichen Charakter. Das hatte sich so
ergeben. Auf den Spuren der Schlacht ließ er andere wandeln,
denn alles, was es darüber zu sehen und zu lesen gab, war abgebildet oder beschrieben worden. Statt einer großen Eifelfo-
toserie, die ihm bei Reiseantritt vorgeschwebt hatte, begnügte
er sich mit Motiven, die vor allem in einem Zusammenhang
mit Miriam standen. Er dachte dabei an das Buch, das Miriams
Werk und sie selbst bekannt machen sollte.

Wir gingen durch den großen Garten, standen an einem
Teich, an dessen Ufer einige Erlen Schatten auf das Wasser
warfen. Ein schwimmendes Floß am Rand des Teichs war
durch eine Kette mit dem Land verbunden. Mehrfach war sie
um einen hohen dicken Holzpfahl geschlungen und mit einem schweren Schloss gesichert.

»Ohne Aufsicht dürfen die Kinder hier nicht baden, es
wäre zu gefährlich«, sagte Martha. Paul ging einmal um den
Teich und fotografierte Erlen, die sich im Wasser spiegelten,
Enten die am Rand des Teiches im sumpfigen Uferschlamm
gründelten und dabei lautstark schnatterten, und noch einmal
Martha und mich. Wir hatten uns auf eine Bank unter die Bäume gesetzt. Wieder kramte sie in ihrer Tasche und zog einen
kleinen Zettel hervor.

»Ich habe Ihnen zwei Adressen aufgeschrieben, die für Sie
wichtig sein könnten. Es sind alte Adressen von jenen Famili-
en, bei denen Miriam kurze Zeit in Stellung gewesen war. Die
Aachener Familie betrieb damals eine Eisenwarenhandlung,
die es noch gibt. Eines der Zwillingsmädchen, die Miriam zu
betreuen hatte, war mit ihrem Mann in den Betrieb eingestiegen, ihr Sohn hatte ihn später fortgeführt. Die Telefonnummer

hat sich wahrscheinlich im Lauf der Jahre geändert, aber das dürfte kein Problem sein. Ob die Arztfamilie unter dieser Adresse noch erreichbar ist, weiß ich nicht. Sie hatten zwei Söhne, zehn und zwölf Jahre alt. Ich dachte, ich besorge Ihnen die Adressen für alle Fälle, in unserem Archiv kenne ich mich schließlich aus.«

Sie drückte mir den Zettel in die Hand und erhob sich.

»Gleich kommen die Kinder aus der Schule, dann wird es hier ziemlich ungemütlich. Ich denke, wir verabschieden uns zuvor in aller Ruhe. Unserem Reimer möchte ich jetzt auch nicht in die Arme laufen. Zum Mittagessen wollte er im Haus sein, nach wichtigen Besprechungen mit einem Aachener Architekten. Sie wissen ja, der Meditationsraum steht an.«

Klein und ein bisschen traurig stand sie unter dem Torbogen der Hofmauer, als wir mit unserer kostbaren Ladung losfuhren. Ich hielt meinen blauen Seidenschal aus dem Fenster, ein Fähnchen, das zum Abschied heftig flatterte. Martha winkte mit ihrem Stock, stieß seine Spitze mehrmals nach oben, als ramme sie Löcher in die Luft. Wieder einmal wurde mir schwer ums Herz. Würde ich die kleine schlaue Nonne jemals wiedersehen?

Paul fuhr durch Anderstall, schwieg rücksichtsvoll. Er wusste, Gefühle müssen sich setzen wie Kaffeesatz im Filter.

»Ich sehe sie ja auch nicht wieder, nimm es als Trost«, sagte er endlich.

»Ja, wir werden sie wohl nicht wiedersehen. Sie sah nicht so aus, als strotze sie vor Gesundheit.«

»Ich meinte nicht Martha, sondern Heidi«, räumte Paul ein. Wir fuhren soeben an unserem Gasthof Sonne vorbei, ohne noch einmal dort einzukehren.

»Das ist aber schon etwas anderes, meinst du nicht?«

»Das finde ich nicht. Liebe bleibt Liebe, ob zu Wirtinnen, Nonnen, Hunden oder Katzen, und ein Verlust bleibt immer das, was es ist.«

»Was ist es denn, mein lieber Paul?«

»Das weiß ich auch nicht so genau, jedenfalls könnte man gerne darauf verzichten, oder?«

»Verlust setzt immer Besitz voraus. Da fällt mir ein, wolltest du hier nicht ein Haus kaufen, heute, jetzt gleich?«

»Ich habe es mir anders überlegt.«

»Ach, schade. Was hat dich umgestimmt?«

»Violas Hütte. Ich denke an ihr Haus zwischen den abgesägten Bäumen.«

»Du willst Violas Haus kaufen?«

Ich glaubte, Paul mache Spaß. »Da wirst du mit Martha reden müssen, sie ist die Erbin.«

»Ist schon passiert«, sagte Paul.

»Und?«

»Sie wird es mit ihrer Ordensoberin besprechen müssen. Eine Nonne hat keinen materiellen Besitz, alles gehört dem Kloster. Sie selbst hätte aber nichts dagegen einzuwenden.«

»Wirklich Paul, du denkst ernsthaft an den Kauf dieses Hauses, hast du es denn schon einmal gesehen?«

»Nein, bis jetzt noch nicht, aber das hole ich nach. Martha sagte, ich solle mir die Liegenschaft erst anschauen, dann könnten wir weiter darüber reden.«

»Wann hast du denn mit ihr darüber gesprochen, du warst doch nie mit ihr allein?«

»Doch, das war ich, denk mal nach. Als ich Martha gestern nach unserem Abendessen in der Sonne nach Mariental zurückfuhr, bist du nicht mitgekommen. Du hattest bereits einen kleinen Stich, ein weiteres Glas Wein bestellt und wolltest offenbar versumpfen. Du erinnerst dich hoffentlich, oder?«

»Ich war so aufgewühlt gestern Abend von all den Neuigkeiten«, sagte ich.

»Das ist ja auch kein Wunder, bei dieser Geschichte. Martha hatte sich im Auto Sorgen um dich gemacht. Sie hatte befürchtet, du würdest dich zutrinken. So nannte sie dein stilles Besäufnis.«

»Ach, Martha«, sagte ich.

Wir gerieten auf der Heimfahrt in eine Diskussion über Verlustangst und Besitzgier, trennten zwischen materiellem Besitz und menschlicher Beziehung, die niemals durch noch so heiße Versprechen, ausgetüftelte Verträge oder Heiratsurkunden restlos befestigt werden könne. Menschen kann man nicht besitzen wie Häuser oder Autos, stellte Paul fest. Ich führte als Beispiel meine Scheidung an. Schließlich erkannten wir in Marthas Lebensweise die beste Daseinsform, die man wählen konnte, um ein wirklich freier Mensch zu sein.

»Da ist etwas dran«, sagte Paul. »Ohne Besitz kann man nichts verlieren, und im Kloster hast du alles was du zum Leben brauchst, außer…«

»Außer?«

»Außer Liebe. Ich meine nicht diese allgemeine, empfohlene und vielpraktizierte Nächstenliebe, sondern die persönliche Liebe, die dich ganz ausfüllt oder überwältigt.«

»Ich glaube, dass Martha sie erlebte. Doch sie ist eine Meisterin des Loslassens, eine Lebenskünstlerin innerhalb streng gesetzter Regeln. Ihre Liebe zu Miriam war eine Liebe auf Abstand, aber deshalb eine nicht weniger starke. Sie liebte auf ideale Weise, gab was sie konnte, forderte nichts, vielleicht vergleichbar mit Mutterliebe in ihrer besten Art.«

»Genau die, welche Miriam nie erfahren hat«, sinnierte der kluge Paul. »Eltern sind Glückssache, nicht alle Kinder starten gleich gut ins Leben. Miriam hatte diesbezüglich Pech, zum Glück für sie gab es Martha.«

»Und Michael, nicht zu vergessen«, sagte ich. »Ich denke, der war das eindrücklichste Erlebnis in Miriams Leben, von dem wir wissen. Ob ihr noch andere Menschen etwas bedeuteten, erzählen uns vielleicht die Zeichnungen. Wir werden sehen«.

5

Die nächsten Wochen gehörten der Durchsicht von Miriams Werk. Paul versuchte, die Fülle der Blätter zunächst in Themenbereiche zu ordnen. Kindermotive häuften sich neben Szenen auf Straßen und in Parks. Menschen am Rand der Gesellschaft hatten sie besonders interessiert. Ihre Hamburger Zeichnungen hatte sie nach Mariental mitgenommen. Ein halbes Jahr war sie dort in Stellung und schien abends regelmäßig unterwegs gewesen zu sein. Sie hatte sich nicht gefürchtet, Prostituierte zu zeichnen oder sie im Vorbeigehen ins Auge zu fassen. Sie war Zeugin einer Schlägerei gewesen. Eine Bildergeschichte auf zwanzig Blättern stellte eine Keilerei zwischen drei Männern dar, die ein blutiges Ende nahm. Auf einer Trage wurde das verletzte Opfer in den Krankenwagen geschoben, Polizisten zwangen die beiden anderen in einen Polizeiwagen. Eine verängstigte bis neugierig erregte Menschenversammlung hatte das Geschehen verfolgt.

Martha hatte uns von Miriams fotografischem Gedächtnis erzählt, das sie befähigte, einmal Gesehenes genauestens wiederzugeben. Vielleicht hat sie diese Geschichte aus der Erinnerung gezeichnet? Sie hat sich jedenfalls eindeutig auf der Reeperbahn herumgetrieben, ganz sicher nicht, um sich diversen Vergnügungen hinzugeben. Paul ordnete die Szenenfolge nach seinem eigenen Verständnis, legte eine Bildfolge auf, die die Geschichte glaubhaft wiedergab.

»Diese Miriam, die ist mir schon eine. Redet nicht, aber gönnt sich so einiges, mitten auf der Reeperbahn, nachts um…, na ja, die Uhrzeit wissen wir nicht, auf jeden Fall nach Dienstschluss.« Er lachte.

»Miriam hat nur eine einzige Leidenschaft gekannt, die des Zeichnens«, sagte ich mit Überzeugung.

»Karotten schneiden kam aber gleich hinterher,« bemerkte Paul.

Miriam musste, nachdem sie Nelli und Bruno verlassen hatte, zwei Jahre lang obdachlos gewesen sein. Szenen unter Brücken verrieten ihre Zugehörigkeit zu einer Gruppe, die sie bevorzugt darstellte. Man winkte ihr zu, schwenkte Bierflaschen. Sie hat vermutlich mit diesen Leuten gelebt. Einen der Männer hat sie öfter gezeichnet, er stellte sich bereitwillig als Modell zur Verfügung, saß gerne auf einer Bierkiste und lachte sie an. Ich vermutete auf Grund seiner noch gut erhaltenen Kleidung, dass er einmal ein besseres Leben gekannt hatte als das unter Brücken und auf der Straße.

Rasch lande man dort durch eine Verkettung unglücklicher Umstände, stellte der Sprecher in einer Fernsehdokumentation fest. In logischer Folge nannte er die Stufen des Niederganges. Der Arbeitsplatz geht verloren, die Familie wendet sich ab, die Frau lässt sich scheiden, Schulden können nicht mehr getilgt werden, Wohnung oder Haus gehören der Bank. Der Film schilderte eindrücklich die Spirale des sozialen Abstiegs. Ein Betroffener war bereit, über seinen persönlichen Absturz zu sprechen. Mark und ich hatten uns diesen Film noch gemeinsam auf dem Sofa sitzend angeschaut. Plötzlich dachte ich an ihn. Wie es ihm wohl gehen mochte?

Vielleicht war Miriam mit einer älteren Frau befreundet, die in einem Kinderwagen Schlafsack und prallgefüllte Plastiktüten stapelte und ihren kleinen Hausstand auf diese Weise mit sich führte. Ein Beschützerhund war am Wagen angeleint und hielt Wache. Diese Frau porträtierte sie besonders oft, den Hund in allen Stellungen, sitzend, liegend, bellend, schwanzwedelnd, fressend.

Sie interessierte sich für Abrisshäuser und Schutthalden, für Straßenzüge, durch die man nicht freiwillig ging, wenn es sich vermeiden ließ. Doch auch zwischen Nobeladressen kam sie dem Elend auf die Spur. Geparkte Autos der Luxusklasse bildeten einen beklemmenden Hintergrund zu jungen Frauen, die ihre finanzielle Misere nicht mehr verbergen konnten. Apathisch zogen sie zwei oder drei Kinder hinter sich her, die müde dahintrotteten. Rudel junger Männer versteckten sich unter tief ins Gesicht gezogenen Kapuzen. Der Kontrast zwischen arm und reich, das Verlorene, Trostlose, Verkommene, Kaputte zog sie an. Schönheit ließ sie anscheinend kalt, langweilte sie. Nur bei Kindern machte sie eine Ausnahme. Ihnen schenkte sie offensichtlich ihre uneingestandene Liebe. Den Liebreiz kleiner Mädchen und Jungen fing sie mit heimlicher Freude ein, bewies dabei oft unvermuteten Humor. Sie, die mit ruppigem Ton genau diejenigen erschreckte, denen sie gerne nahe gewesen wäre, schuf Kinderbilder von überwältigendem Zauber.

»Paul, was meinst du, sollten wir nicht ein Buch herausbringen, das sich nur Miriams Kindern widmet?«

»Ich glaube, das sollten wir,« sagte Paul.

Stundenlang hatte er sich wieder über Miriams Zeichnungen gebeugt, sie eingescannt, nummeriert. Jetzt streckte er sich, verschränkte die Arme hinter dem Kopf, blies sich Strähnen aus der Stirn.

»Zuvor sollten wir aber essen gehen, sonst schrumpfe ich auf Minimaß, etwa so«, mit einem Abstand von einem Zentimeter zwischen Daumen und Zeigefinger zeigte er mir, wie klein er ohne baldige Nahrungszufuhr demnächst sein würde.

»Nein, nur das nicht, bitte, nicht jetzt«, bettelte ich. »Was sollte ich ohne dich anfangen.«

Wir aßen im Bistro Ponte, und Paul schrumpfte nicht, er

schien sogar zu wachsen, als wir über die Idee einer Extraausgabe der Kinderzeichnungen sprachen.

»Zeigte ich dir schon die Zwillingsserie?«, sagte er zwischen Hauptgang und Espresso.

»Nein, die hast du mir vorenthalten.«

»Du hattest Kundenbesuch, warst stundenlang drüben in der Ausstellung. Aber ich legte sie griffbereit für dich beiseite. Ich vermute, dass es sich um die Aachener Zwillingsmädchen handelt, die Miriam einst versorgen sollte. Die Eisenwareneltern hatten sie jedoch zurückgeschickt, wegen Untauglichkeit, wie Martha sagte. Ich zeig Dir die Zeichnungen nachher, du wirst staunen.«

Ja, ich staunte. Zurück in der Galerie, breitete Paul die Zwillingsserie vor mir aus. Zwei kleine Mädchen trieben es bunt auf Miriams Blättern. In dem mir schon vertrauten Strich mit schwarzer Tinte aus Michaels Füller kühn auf Papier gesetzt, beschrieb Miriam das Treiben ihrer Schutzbefohlenen. Anscheinend taten die Kleinen unter Miriams Aufsicht, was sie wollten. Statt sie zu betreuen, hatte Miriam ihnen alles erlaubt, was den Kindern gefiel. Sie hopsten auf mächtigen Polstersofas als wären diese Trampoline, streuten Konfettis über Tische und Grünpflanzen, über die Tasten eines Klavieres, auf Sofakissen und Fußboden.

Regelmäßige Spaziergänge mit den Mädchen hatten zu Miriams Aufgaben gehört. Auf einem Spielplatz saßen sie auf der höchsten Sprosse eines Klettergerüstes, hielten sich keineswegs ängstlich fest, sondern wedelten ausgelassen mit beiden Armen. Sie wirbelten über eine Wiese, dass ihre Haare flogen, jagten Tauben, setzten im vermutlich elterlichen Garten mit einem Schlauch sich selbst und eine edel möblierte Terrasse unter Wasser.

Doch es gab auch andere Bilder. Engelgleich saßen sie vor dem Klavier und drückten ihre kleinen Hände in die Tasten. In Wellen fielen ihre langen Haare über zarte Schultern, auf denen tellerartige Rüschenkragen lagen. Auf jedem Köpfchen thronte eine übergroße Schleife. Solche Schleifen kannte ich. Meine Mutter hatte mich selten ohne dieses Schmuckstück in meinen Kinderalltag entlassen.

Die Gesichter der beiden waren völlig identisch. Große dunkle Kulleraugen richteten den Blick konzentriert auf die Tasten. Beide hatten ihren kleinen Mund wie zu einem staunenden Oh geöffnet. Ob sie wirklich spielen konnten, dazu vierhändig? Ich bezweifelte es. Nach Marthas Aussage waren sie sechs Jahre alt gewesen.

Und dann standen sie nebeneinander vor einem Fenster mit einer aufwändig gefalteten Vorhangdekoration und hatten ihre Lockenköpfe aneinandergelegt. Die Zeichnung des Hintergrundes, den Faltenwurf des Vorhangs hatte Miriam nur linear angedeutet, die Kinder dagegen mit feinsten Strichen meisterhaft ausgearbeitet. In dieser Art gab es noch weitere Motive. Sie hielten Puppen im Arm und saßen zusammen auf einem Bett, von bauschigen Kissenbergen umrahmt. Sie schliefen zusammengekuschelt auf einer Decke im Gras, malten eifrig mit Stiften, blätterten gemeinsam in einem Bilderbuch.

Vielleicht waren ihr die Zwillingsmädchen während der kurzen Zeit im Eisenwarenhaus ans Herz gewachsen? Dafür sprach vieles. War ihr im Umgang mit den Mädchen vielleicht auch ihre eigene Kindheit ins Bewusstsein geraten? Die Arbeiten ließen erahnen, dass sie die heile Kinderwelt dieser beiden verwöhnten Prinzessinnen bewunderte und auch für sich gewünscht hätte. Indem sie sich davon ein Abbild schuf, glaubte sie vielleicht, ein Stück dieser Welt für sich zu gewinnen. Darüber sprach ich mit Paul.

»Natürlich«, sagte er, »das kann man so sehen. Mir geht es mit meinen Fotos ähnlich. Gefällt mir etwas, schieß ich ein Foto, und schon besitze ich das Objekt meiner Begierde, zumindest auf Papier. Denk an die Fotos von Martha und dir vor dem Marienheim.« Er duckte sich, als erwarte er ein Geschoss aus meiner Richtung.

»Wir waren Objekte der Begierde für dich?«, tat ich erstaunt.

»In gewisser Weise schon. Denk doch mal nach. Zwei Frauen, altersmäßig wie Mutter und Tochter, eine schöner als die andere, tagesfüllend um mich zu haben, war für mich ungewohnt und verwirrend gewesen.«

»Du warst verwirrt?«

»Bin ich noch immer.«

»Das wusste ich gar nicht.«

»Jetzt weißt du es.«

Dann flog es doch noch, das Geschoss. Mit einer Hand fing Paul den gelben Softball auf, den ich nach ihm warf, ein Werbegeschenk einer Rahmenfirma, das gerne über meinen Schreibtisch kullerte.

Wir benötigten drei Monate, um aus der Fülle des vorhandenen Materials eine Auswahl zu treffen, welche die Grundlage für eine erste Ausstellung bildete. Oft konnten wir uns nicht entscheiden, welchem Blatt wir den Vorzug geben sollten vor all den anderen, die uns ebenso sehr gefielen. Unsere Galerie war zwar geräumig, Miriams Arbeiten nicht großformatig, doch zu dicht sollten die Bilder nicht hängen, jedes profitierte von der Distanz zum anderen.

Paul hatte Themengruppen erarbeitet. Das half uns, die Wahl der Motive einzugrenzen. Gleichzeitig ergab sich für ihn aus dieser Arbeit das Konzept für sein geplantes Buch, für das er sich mehr Zeit nehmen wollte als für den Katalog zur Ausstellungseröffnung. Neben diesem plante vor allem ich, die Kinderbilder bereits zur Vernissage in einem großzügig gestalteten Kunstband anzubieten. Wir hatten daher reichlich zu tun und ernährten uns von dem, was uns Alberto im Bistro Ponte täglich auf die Teller legte.

Über Miriams Haus sprachen wir nicht mehr. Martha wusste von Pauls Wunsch und würde sich melden, sobald die Schwestern sich geeinigt hätten, was mit der Immobilie geschehen soll. Anscheinend hatten sie noch keine befriedigende Lösung gefunden oder Wichtigeres zu tun. Das Haus lief ihnen nicht davon, der Grund schon gar nicht. Inzwischen stand es verschlossen in seiner Wildnis und träumte einen Dornröschenschlaf unter dem immer stärker um sich greifenden Schlinggewächs. Meine Nachbarin beschrieb es mir als ein langsam verschwindendes Hexenhaus.

»Immer, wenn ich an Violas Haus vorbeigehe, denke ich mir aus, wie sich später die Leute einmal eine Geschichte erzählen würden, die wie ein Märchen begänne: Vor vielen Jahren lebte hinter diesen überwucherten Mauern eine große, alte Frau, die zeitlebens mit niemand gesprochen hatte, denn sie bewahrte ein Geheimnis in ihrem Herzen, von dem niemand erfahren sollte. Kein Mensch sollte wissen, dass sie eine verzauberte Prinzessin sei.«

Auch ich wollte ein Geheimnis bewahren. Ich sprach mit Hedwig vorerst nicht über meine Entdeckung, dass Viola eigentlich Miriam hieß und eine herausragende Künstlerin gewesen war. Ich erschrak fast bei der Vorstellung, wie nahe Hedwig der Wahrheit war. Sie traf mit ihrem Gedanken den Nagel auf den Kopf. Nie hätte ich es besser ausdrücken können als meine offensichtlich fantasiebegabte Nachbarin. Sie hatte recht, ohne es zu wissen. Was war Viola denn anderes gewesen als eine verzauberte Prinzessin? Ihre Krone hatte sie unter Mützen und alten Hüten versteckt, ihren Liebreiz hinter abweisenden Worten und entstellender Kleidung. Der Prinz, der sie hätte erlösen können, war ferngeblieben. Oder war er gestorben, am Ende einer Nacht?

Hedwig ging immer wieder auf ihrem Weg zum Supermarkt an Violas Garten vorbei und schüttelte über die fortschreitende Verwahrlosung verständnislos den Kopf.

Meinen Vorschlag, das Haus wenigstens von außen zu besichtigen, hatte Paul abgelehnt. Solange über Verkauf oder Behalt keine Entscheidung getroffen wäre, würde er es nicht sehen wollen.

»Ich möchte mich nicht mit etwas beschäftigen oder auf etwas hoffen, das nicht geklärt ist. Damit verschwende ich Energie, die ich jetzt für anderes benötige«, entschied Paul und legte eine Zeichnung in den Scanner.

Ich bestellte schmale, weiß lasierte Holzrahmen mit Lichtschutzglas bei meinem Lieferanten, der mir das Bällchen geschenkt hatte, das so gerne über meinen Schreibtisch rollte. Wir hatten uns für alle Zeichnungen, ob groß oder klein, auf ein einheitlich großzügiges Rahmenformat geeinigt. Franz und Christof traten an und begannen, die ersten Zeichnungen zu rahmen. Für diese Arbeit war unser Büro zu klein geworden. In einem der Ausstellungsräume schufen wir daher mit weißen Stellwänden eine komfortable Arbeitsecke, hinter denen das Hängeteam sein Werk begann. Wir wussten alle, was Passepartout und Rahmen für eine Zeichnung leisten konnten. Wie ein schönes Kleid eine Frau noch bezaubernder aussehen ließ, als sie ohnehin war, verlieh der passende Rahmen einem Bild den optischen Firnis. Miriams Kunst war allerdings nicht auf die Wirkung der Rahmen angewiesen. Es schien eher so, als dass sie diesen eine Ehre erwies. Gut gesichert und auf Linie gebracht, durften sie das großartige Werk einer noch unbekannten Künstlerin den Besuchern vor Augen halten und eine Sternstunde der Kunstszene miterleben. Das Team arbeitete mit Hingabe. Hingerissen standen wir vor den ersten fertigen Bildern, die Franz und Christof vorlegten.

Im Ponte deckte Alberto von nun an für vier Personen den Tisch. Die Espressi gingen stets auf sein Haus. Eine Ehre sei es ihm, für unser Wohlbefinden zu sorgen, bekannte er mit einer etwas missratenen Verbeugung, für die er seine Leibesfülle verantwortlich machte. Er klopfte sich auf den Bauch. »Was soll man machen, ist halt so.«

Immer wieder blickte ich in diesen Wochen auf Marthas Zettel, auf denen zwei Adressen mit Telefonnummern standen. Längst hatte ich sie in meinem Computer abgespeichert, doch der Zettel bedeutete mir mehr als nur ein inzwischen nutzlos gewordenes Stück Papier. Würde ich eine der Telefonnummern wählen, wollte ich Marthas Notiz in der Hand halten. Eine magische Hilfe? Vielleicht. Eines Tages wählte ich die Nummer der Eisenwarenhandlung Schweizer in Aachen. Eine Frauenstimme meldete sich in etwas abgehetztem Ton.

»Ja, bitte?« Sie vergaß sich vorzustellen, überließ es mir, das zu tun.

»Galerie Ganter«, sagte ich, um dem Gespräch eine eher geschäftsmäßige Basis zu geben. »Bin ich hier richtig bei Eisenwaren Schweizer?«

»Ja, was gibt's?« Im Hintergrund hörte ich Stimmen. Ich wunderte mich. Ich war selbst eine Geschäftsfrau, die es manchmal ziemlich eilig hatte, doch auf Anrufe reagierte ich professionell freundlich, schon aus eigenem Interesse.

Ich nahm erneut Anlauf. »Spreche ich mit der Chefin des Hauses? Wenn nicht, wären Sie so freundlich, mich mit ihr zu verbinden?« Ich horchte ins Stimmengewirr einer offenbar größeren Verkaufshalle.

»Moment bitte.« Eine mir unbekannte, beruhigende Melodie drang in mein Ohr.

»Schweizer, Sie wünschen?« Die Stimme klang heiser. Sie gehörte einer vermutlich erkälteten Frau, die jetzt erst einmal ordentlich hustete.

Ich nannte meinen vollen Namen und fragte, ob ich sie um eine Auskunft bitten dürfe. »Gerne«, sagte die Stimme, »wenn ich weiß um was es geht.«

Ich sagte, es ginge um eine junge Frau, die vor vielen Jahren bei Eisenwaren Schweizer ein Zwillingspaar gehütet habe, sechsjährige Mädchen.

Stille im Telefon. Ich wartete, hörte die Frau husten.

»Eines der Mädchen bin ich, die Bettina, meine Schwester hieß Isabella.«

Ich signalisierte Paul, der am Computer saß, einen Volltreffer, hob den Daumen nach oben. Paul antwortete mit einem Sieges-V, spreizte Zeige- und Mittelfinger.

»Oh«, freute ich mich, »was für eine gute Nachricht, wie schön, Sie gefunden zu haben. Meine Frage ist, können Sie sich an eine Frau erinnern, die kurze Zeit als Nanny bei Ihnen gearbeitet hat? Sie hieß Miriam und war sehr groß.«

Kurze Stille, Husten.

»Das kommt jetzt ein bisschen überraschend für mich. Meine Erinnerung ist nicht mehr die beste, außerdem war ich die letzten Tage krank und bin deshalb momentan auch nicht in der Firma. Isa wäre die bessere Informantin für Sie, sie hatte lebhafte Erinnerungen, aber sie ist letztes Jahr gestorben.«

»Das tut mir sehr leid«, sagte ich und das tat es wirklich. Ich hatte gehofft, beide Frauen aufzufinden.

»Ja«, sagte Bettina Schweizer, »das war ein harter Schlag für mich. Wissen Sie, Zwillinge hängen schon sehr aneinander, auch wenn das Leben sie trennt.« Sie hustete. Dann kramte sie doch einige Erinnerungsfetzen hervor, vielleicht auch aus Erzählungen ihrer Eltern.

»Meine Eltern sprachen noch Jahre danach über diese unzumutbare Person, welche sie nach wenigen Wochen wieder dahin zurückgeschickt haben, woher sie gekommen war.«

»Ihre Eltern waren mit dieser Miriam nicht zufrieden gewesen?«

»Nein, das weiß ich noch sehr gut. Sie waren über ihr Aussehen befremdet und hatten nicht erwartet, dass sie kaum sprach. Wir nannten sie Miri, meine Schwester und ich. Miri war eine seltsame Person, ging nie ans Telefon, wenn es läutete, als fürchte sie sich vor dem Apparat. Die Wohnungstür öffnete sie zwar, erschreckte aber alle durch ihr Aussehen und ihren ruppigen Ton. Meistens sagte sie keiner da und schlug den Leuten die Tür vor der Nase zu. Daran konnte sich Isa gut erinnern, auch dass wir uns über diese ungewöhnliche Abfertigung der Leute diebisch gefreut haben. Meine Eltern waren allerdings anderer Meinung. In einem Geschäftshaus ginge das nicht, haben sie erklärt und Miri immer wieder deswegen ermahnt, denn es hagelte Beschwerden über unser unfreundliches Kindermädchen. Mein Vater kündigte ihr, und eine Nonne hat Miri eines Tages abgeholt. Wir hörten nie wieder von ihr. Uns hat ihr Weggang leid getan, denn wir fanden Miri unterhaltsam. Ihre Anwesenheit sorgte für aufregende, spannende Tage. Ich glaube, wir nutzten ein bisschen ihre Beschränktheit aus und folgten ihr nicht. Wahrscheinlich hat sie es recht schwer mit uns gehabt, das tut mir heute natürlich leid.« Sie hustete. Ich wartete.

»Lebt die Miri noch?«, wollte Frau Schweizer jetzt wissen.

»Nein, sie ist vor einigen Monaten gestorben.«

»Ach«, sagte Bettina Schweizer. »Und wo hat sie eigentlich gelebt?«

»Sie arbeitete zeitlebens in Mariental bei Anderstall in der Eifel. Von dort war sie zu Ihnen gekommen, dahin ist sie wieder zurückgekehrt.«

»Ach«, sagte Bettina Schweizer wieder, »sie lebte dort die ganze Zeit?«

»Ja, die ganze Zeit.«

Dass Miriam ihre letzten Lebensjahre im Elternhaus verbracht hatte, brauchte der verbliebene Zwilling nicht zu wissen. Ich überlegte. Sollte ich von den Zeichnungen sprechen, die Miriam im Hause Schweizer geschaffen hatte? Die Eltern der Zwillinge hatten Miriam für beschränkt gehalten und diesen Eindruck auch an die Kinder weitergegeben. Ich wollte es wissen.

»Erinnern Sie sich daran, dass Miriam ab und zu gezeichnet hat?«

»Ab und zu ist gut«, lachte Frau Schweizer. »Sie hat die ganze Zeit herumgekritzelt. So nannten es meine Eltern. Sie haben ihr vorgeworfen, sie vernachlässige dadurch ihre Arbeit und die Aufsicht der Kinder, und es sei nicht vereinbart worden, dass sie bei uns ein Hobby pflegen dürfe. Sie regten sich noch Jahre später darüber auf, was die Klosterfrauen ihnen mit dieser Person zugemutet hatten. Empört schilderten sie das Verhalten ihres ehemaligen Kindermädchens im Bekannten- und Familienkreis. Meine Schwester und ich hörten zu, machten uns darüber aber keine Gedanken. Wahrscheinlich waren wir aber mitschuldig an ihrer Entlassung. Wir hatten Miri angeschwärzt, gejammert, dass sie nicht mit uns spiele, sondern lieber Bildchen male. Was sie da gemalt hat, weiß ich nicht, Miri hat uns ihre Bilder nie gezeigt, auch wenn wir noch so sehr darum bettelten. Vielleicht haben wir sie deshalb verraten, das könnte gut sein, wir waren nämlich zwei ganz verwöhnte kleine Biester, die es nicht ertrugen, Wünsche nicht erfüllt zu bekommen.«

Frau Schweizer lachte, dann hustete sie, diesmal sehr lang und heftig. Ich wunderte mich über ihr aufsteigendes Erinnerungsvermögen.

»Miriam hat Portraits von Ihnen und ihrer Schwester gezeichnet. Ich fand sie in ihrem Nachlass.«

Eine Zeitlang sagte Frau Schweizer gar nichts, dann »Ist das wahr?«

»Ja«, sagte ich, »das hat sie getan.« Ich horchte, wartete, horchte.

»Dürfte ich die Zeichnungen einmal sehen«, sagte sie fast schüchtern und offensichtlich sehr bewegt.

»Freilich, das können Sie, ich gebe Ihnen Bescheid, sobald ich die Durchsicht des Nachlasses abgeschlossen habe, in zwei, drei Monaten vielleicht.«

Von einer Ausstellung sprach ich nicht. Ich würde ihr eine Einladung zur Vernissage schicken, dort bekäme sie die Gelegenheit, ihrer beschränkten Nanny einiges abzubitten.

»Bitte, vergessen Sie mich nicht«, bat eine etwas verstörte Bettina, die in den kommenden Tagen vermutlich von Erinnerungen bedrängt sein würde, die sich soeben aus dem Dunkel der Vergangenheit auf den Weg gemacht hatten.

»Ich melde mich«, versprach ich, wünschte gute Besserung und legte auf.

Für den Anruf ließ ich mir Zeit. Miriam hatte ein halbes Jahr in der Arztfamilie verbracht. Ich würde vermutlich, falls ich auf Zeitzeugen stieße, mehr Zeit für ein Gespräch benötigen. Doch diese wurde im Hinblick auf die Ausstellung allmählich knapp. Ich entwarf den Text der Einladungskarte, besah zusammen mit Paul das Layout des Katalogs, und er übermittelte der Druckerei die Daten für den Andruck. Miriams Schwarz-weiß-Grafiken zeigten schon auf dem Bildschirm eine kontrastreiche Präsenz. Wieviel stärker erst musste ihre Wirkung auf jenem hochwertigen, mattgestrichenen Papier sein, das Paul ausgesucht hatte. Wir freuten uns auf das Druckergebnis.

Ein Bildband mit Miriams Kindermotiven wurde bereits hergestellt. Paul hatte zu Hause und in zusätzlicher Nachtarbeit an seinem Notebook ein Layout geschaffen, mit dem er mich überraschte, und das alle meine Erwartungen übertraf. Die Aachener Zwillinge und weitere Kinderszenen waren in einer berührenden Bilderfolge zu sehen. Ohne erklärende Kommentare, einzig durch die Intensität des künstlerischen Ausdrucks, traf sie ins Herz des Betrachters.

»Möchtest du für das Buch ein Vorwort schreiben?«, fragte mich Paul.

Ich schrieb über eine traurige Kindheit der Künstlerin, über ihre Verschlossenheit und ihr Unvermögen sich mitzuteilen. Wörtlich schrieb ich:

Kontakt zu ihren Mitmenschen gelang ihr über ihre künstlerische Hochbegabung, menschliches Drama und Gewinn zugleich. Ihr Leben vollzog sich auf dem Papier, dem sie sich anvertraute. Für Miriam Weier bedeutete künstlerischer Ausdruck Annäherung, Hingabe, Selbsterfahrung und letztlich

Lebensrettung. Nur wenige Menschen waren ihr nahegekommen und dies nur mit kluger Beachtung einer Distanz, die sie benötigte. Was die vorliegenden Arbeiten dieses Buches aber zeigen, tröstet den, der an ihrem Schicksal Anteil nimmt. Wir erkennen in den Kinderszenen vor allem eines, sie liebte die Kleinen wie sonst nichts auf der Welt. Ihre Arbeiten können wir nun bewundern, ihr Schicksal bedauern. Was bleibt ist ein Lebenswerk, das, bisher unentdeckt, seinen Platz in der Kunstwelt finden wird.

Paul fand das Vorwort ganz passabel, nein hervorragend sei es, habe er eigentlich sagen wollen, nur sei ihm das richtige Wort dafür nicht spontan eingefallen. Er grinste, umarmte mich, das Hängeteam stand an um dasselbe zu tun.

Christof und Franz rahmten zügig Bild um Bild und stellten die fertigen Exponate vor die Wände, an denen sie später hängen würden. Paul und ich begannen mit der Zuordnung.

Ich verschickte Einladungen. Eine Flut von Zusagen landete auf meinem Schreibtisch. Der Text des Schreibens hatte die Neugier der Interessenten geweckt. Kunstkritiker meldeten sich an. Ich kannte sie alle. Galerie Ganter hatte also ihre Anziehungskraft nicht verloren, trotz der verhalten besuchten Gedächtnisausstellung zu Ehren eines einheimischen Landschaftsmalers. Martha schrieb, sie käme in Begleitung von zwei Mitschwestern und übernachte in einem Gästehaus der Pfarrei St. Elisabeth, in dem eine Marienschwester ihres Ordens arbeite. Die Pfarrei befände sich zwar am anderen Ende der Stadt, aber man käme mit Auto. Meiner Nachbarin Hedwig überbrachte ich die Einladung persönlich, ohne sie über die Identität der Künstlerin aufzuklären. Ich fand, das hätte noch Zeit. Hedwig versprach zu kommen.

»Klar komme ich«, sagte sie, »ich verstehe zwar nichts von Kunst, aber ein schöner Abend wird das allemal.« Sie freue sich darauf.

Mark antwortete, er gratuliere mir zu meinem Mut, ein unbekanntes, bereits verstorbenes Talent zu präsentieren und

wünschte mir zahlreiche Besucher. Er unterstütze gerne den
Eröffnungsabend durch sein Kommen. Er käme allein, Antonia befände sich zurzeit auf Modeltour in New York.

Wenige Tage vor der Vernissage bekam ich plötzlich Gürtelrose. Ich erkannte die Anzeichen der Erkrankung. Sie waren
mir nicht fremd. Schon einmal, vor zehn Jahren, litt ich unter
dieser schmerzhaften Entzündung der Nervenenden. Sofort
war mir klar, was der stechende Juckreiz auf meiner rechten
Schulter, die roten Flecken, der beschleunigte Herzschlag und
eine wachsende Unruhe zu bedeuten hatte. Ich weinte vor
Aufregung, als ich Paul davon erzählte.

»Alles ein bisschen viel für dich.« Er nahm mich in den
Arm. Ich weinte noch heftiger und begann zu zittern. Auch
ein Symptom der Krankheit. Es wollte nicht enden, ich war
vollkommen verzweifelt. Ich legte mich auf das Sofa im Büro,
Paul breitete eine leichte Decke über mich, rief meinen Hausarzt an und vereinbarte mit der Sprechstundenhilfe einen Notfalltermin. Es hieß, ich könne sofort kommen. Paul begleitete
mich. Er fuhr den Wagen aus der Tiefgarage zum Eingang
der Galerie, wo ich unter der Aufsicht von Franz und Christof
wartete.

»Mach dir keine Sorgen, Feli. Wir kennen uns aus und halten den Tanker auf Kurs«, sagte Christof.

»Bis zur Vernissage hast du das Schlimmste hinter dir,
rein rechnerisch und mit einem Virostatikum. Lass dir einen
ordentlichen Vitamincocktail servieren«, riet mir Franz. Er
schien sich in der erforderlichen Therapieform auszukennen.
Sie schoben mich ins Auto, winkten.

Warum weinte ich schon wieder? Es war, als wären meine
Nerven nicht nur entzündet, sondern in Auflösung begriffen.
Aber ich weinte auch, weil meine Freunde mich mit so viel
Aufmerksamkeit umsorgten, aus Rührung und noch mehr, als
Paul seine Hand auf meine Schulter legte.

»Diese Seite ist nicht betroffen, oder?«

»Nein«, schluchzte ich wie ein kleines Mädchen.

»Also, da haben wir ja wieder einmal echtes Glück, was meinst du, Feli? Nur eine Schulter statt zwei, die nehmen wir im Handstreich, und ehe noch der Morgen graut, haben wir den Feind geschlagen. Meine schöne Galeristin hisst die Flagge zum Zeichen des Sieges über den Angriff der Viren und ihre erfolgreiche Vernichtung. Unter dem Jubel der geladenen Gäste hält sie Einzug in die ruhmreiche Halle der Kunst, wo deren Anbeter, Sekt und Häppchen auf sie warten.«

Ich lachte, weinte, lachte, putzte mir die Tränen von den Wangen und schnäuzte ins Papiertaschentuch.

»Na, geht es wieder?«

»Ach Paul, was finge ich nur ohne dich an.«

»Das frag ich mich auch.«

Er klopfte mir vorsichtig auf die nicht betroffene Schulter und ergatterte den einzigen freien Parkplatz vor dem Haus, in dem mein Arzt praktizierte.

Am Abend hatte ich Zeit, über meinen Zustand nachzudenken. Paul hatte in der Praxis auf mich gewartet, mich anschließend nach Hause gefahren, mir Tee gekocht. Jetzt rührte er in einer Fertigsuppe, schnitt frische Tomaten klein, kippte sie in den Kochtopf und verfeinerte das Ganze mit Petersilie, die auf dem Fensterbrett in Töpfen wuchs. Da stand er nun in meiner Küche, steckte Weißbrot in den Toaster, schnitt die knusprigen, quadratischen Brotscheiben in Dreieckige zu und richtete sie auf einem Teller an. Wir aßen an meinem Küchentisch die beste Suppe meines Lebens, so jedenfalls erschien sie mir in Pauls Gesellschaft und im Anblick seiner blonden festen Strähnen, die ihm wie immer weit in die Stirn hingen. Die gemeinsame Mahlzeit beruhigte mich.

»Nimm jetzt die Tabletten«, mahnte Paul und reichte mir die Blisterpackung. Ich drückte die erste Kapsel aus der Folie. »In zwei Stunden folgt die nächste. Dein Arzt zettelt hier eine scharfe Attacke an, das ist gut. Vergiss das Bonbon nicht und schlaf erst anschließend ein. Kann ich mich darauf verlassen oder sollte ich dich vorsichtshalber telefonisch kontrollieren?«

»Bitte, kontrollieren, denn ich bin hundemüde und lege mich auf jeden Fall auf mein Sofa,« sagte ich und verfolgte Pauls kleinen Abwasch unserer Teller, die er noch zusätzlich in die Spülmaschine stellte.

»Also, was meinst du, Feli, kann ich dich deinem Sofa anvertrauen oder brauchst du Rundumbetreuung mit Schlaflied? Ich würde jetzt gerne noch einmal in die Galerie fahren und Franz und Christof nerven, denen geht es schließlich viel zu gut verglichen mit deinem Leiden.«

»Ich leide nicht mehr, und nerve du nur, die beiden können es ertragen.«

In eine Decke gehüllt, lag ich auf meinem Sofa wie auf einem treibenden Floß, das in einer leichten Brise schwankt. Zu meiner Sicherheit hielt ich die Arme über der Brust verschränkt. Ich fühlte mich erschöpft, fiebrig und leider sehr verlassen. Paul war gegangen. Eine Lücke, die mich befremdete. Ich entdeckte, dass ich mich an seine Gegenwart viel zu sehr gewöhnt hatte, um seine Abwesenheit nicht als einen Verlust zu empfinden. Seine Aufmerksamkeit genoss ich seit meiner Trennung von Mark. Gut verstanden hatten wir uns längst davor. Ich hatte ihm eine Teilhaberschaft angeboten, er hatte angenommen. Natürlich bedeutete das Angebot für ihn eine sichere Existenz und einen interessanten Arbeitsplatz, aber genoss er meine Nähe nicht ebenso, wie ich die seine? Wäre ich in seinem Alter oder jünger als er, würde ich mir Paul als Lebenspartner wünschen. Einen besseren gäbe es nicht. Ich fühlte mich zwar immer noch jung, aber nicht in Gesellschaft junger Leute. Ich überschritt gerade eine Schwelle, die den Abstand zu den Dreißigjährigen nicht messbar doch gefühlt in beängstigendem Tempo vergrößerte. Ich würde Paul auf meinem Weg zurücklassen. Der Gedanke machte mich traurig. Die

Jahre nach fünfzig vergehen schneller als die der Dreißigjäh-rigen. Meine Zukunft konnte nicht die seine sein, auch wenn wir beruflich noch lange zusammenarbeiten würden. Wenigs-tens war unsere gemeinsame Arbeit eine mehr als glückliche Verbindung für mich. Mehr konnte ich nicht erhoffen.

Was redest du denn, liebe Feli, würde Paul sagen. Natürlich darfst du mehr erhoffen, zum Beispiel einen grandiosen Aus-stellungserfolg, ein Ende des Virenkrieges und immer wieder eine schöne Runde im Ponte.

Ich konnte zufrieden sein, mein Leben war aufregend, mei-ne Tage voller Überraschungen. Ich kannte Kunstfreunde in al-ler Welt. Sie waren meine Kunden, sie suchten meinen Rat, ich verdiente gut, hatte stattliche Rücklagen. Ich lebte zwar allein, doch umgeben von wenigen mir nahestehenden Freunden, und Paul war der Beste von allen. Er ließ mein Handy lange klingeln, denn ich war tatsächlich auf meinem Sofa eingeschlafen.

»Feli, aufwachen, Tablette schlucken. Ich bleib dran und kontrolliere den Einwurf. Sag mir, wenn sie gelandet ist, erst dann darfst du weiterschlafen, einverstanden?«

»Einverstanden.« Ich nahm die zweite Tablette und spülte mit reichlich Wasser nach.

»Das war's«, sagte ich und fiel noch auf dem Sofa in einen tiefen Schlaf.

Mein Team verordnete mir zwei Tage Schonzeit. Paul kam jeden Abend vorbei, hatte eingekauft, warf Gemüse und ge-schnetzeltes Fleisch in die Pfanne und ließ es asiatisch minima-listisch garen. Wir aßen zusammen und besprachen die Details des Tages und der Vernissage.

»Ich würde statt der Partytische gerne angenehme Sitz-ecken einrichten, damit sich ältere Leute bequem setzen kön-nen«, schlug ich vor.

»Du denkst an Leute wie Martha und ihre Mitschwestern«, erriet Paul.

»Ja, ich möchte, dass sie sich wohlfühlen und sich nicht an Stehtische klammern müssen.«

»Wenn du Martha etwas Gutes tun willst, dann stell einen alten Küchenstuhl auf«, schlug Paul vor.

Wir einigten uns auf Partytische und Sitzecken, zusätzlich aufgestellt zu unseren schwarzen, mobilen Ledersesseln. Die Räume boten viel Platz, denn die Bilder hingen schließlich an den Wänden. Die Cateringfirma war längst informiert, Häppchen sollte es geben dazu ein warmes Stroganoff, das in kleinen Porzellanschalen serviert würde. Ich entschloss mich, in Erinnerung an Marthas Freude über die Sahnetorte, im Kaffeehaus Werther Petits Fours zu bestellen, kleine französische Kuchen, eine Spezialität des belgischen Konditors. Das wäre eine kulinarische Premiere, dem Anlass entsprechend.

»Kuchen wären wunderbar.« Paul verdrehte begeistert die Augen.

Es ging mir dank des Medikaments schnell besser. Die schmerzende Rötung ging rasch zurück, das Fieber auch, die Unruhe verschwand. Am Vortag der Vernissage stand ich wieder in der Galerie. Franz und Christoph hatten hervorragende Arbeit geleistet. Die Bilder hingen in gutem Abstand zueinander und waren in Themengruppen erfasst. Paul hatte schmale Schrifttafeln gestaltet, die die Inhalte verdeutlichten und kurze Hinweise auf Miriams Leben und Schaffen gaben. Langsam gingen wir durch die Ausstellung. Alle vier erwarteten wir, dass hier am nächsten Tag etwas Besonderes geschehen würde. Wir hatten einem verborgenen Kulturgut ins Leben verholfen. Ein kleiner Teil dieses Gutes würde morgen in diesen Räumen für Erstaunen sorgen, das gesamte Werk vielleicht in noch anderen Metropolen dieser Welt. Wir sprachen nicht, es gab darüber nichts mehr zu sagen.

»Stoßen wir an, wir haben uns einen guten Schluck verdient«, sagte ich etwas später. Christof ließ einen Korken knallen. Wir saßen in einer der Sitzecken auf strammer Bespannung, die auch Martha mühelos wieder würde verlassen können. Paul klopfte auf das feste Polster, das ein mobiles, aus Alurohren bestehendes Stecksystem abdeckte. Mit wenigen Handgriffen hatte eine Leihmöbelagentur die Sofas zusammengebaut. Sie wirkten elegant, waren praktisch und erfüllten ihren Zweck. Ich war begeistert. Ich war erleichtert. Auf einer Empfangstheke lag der frischgedruckte Katalog, das Buch der Kinder daneben. Beide Bücher zeigten Brillanz. In ihnen zu blättern war ein Genuss. Man vermisste die Farbe nicht.

Noch ein Abendessen im Ponte mit Franz, Christof und Paul. Die Anspannung der letzten Wochen fiel von uns allen ab. Alberto gratulierte. Er würde gerne zur Vernissage kommen, wolle gerne Bilder sehen, aber das Restaurant. Was sollte er machen. Er spendierte jedem von uns zum Espresso ein Tartuffo, die süße, verführerische, kalorienreiche, italienische Nachspeise. »Gut für eure Nerven, macht sehr glücklich und erfolgreich, gut für eure Ausstellung, ihr werdet sehen.« Wir glaubten ihm.

Ich fuhr am anderen Morgen zeitig in die Galerie, kam vor Paul und dem Hängeteam an. Im Büro legte ich meine Jacke ab und wechselte die Schuhe. Aus bequemen Sportschuhen schlüpfte ich in elegante Pumps mit hohem Absatz. Deren hochrotes Leder passte zu meinem cremefarbenen, schmalgeschnittenen Kleid, das durch einen zinnoberroten Matrosenkragen ins Auge stach. Das Kleid war mir vor einigen Wochen ans Herz gewachsen, einen roten Matrosenkragen hatte ich zuvor noch nie gesehen. Die exklusive Boutique lag in gefährlicher Nähe zur Galerie. Die Anprobe des Kleides war eine kurze Affäre in der Mittagszeit gewesen, der Kauf die unausweichliche Folge, passende Schuhe ebenso. Einen Teil meines kräftigen, dunkelblonden Haares, in das sich zunehmend einzelne graue Fäden verirrten, hatte ich aus der Stirne nach hinten gekämmt und

am Hinterkopf mit einer klassischen Hornspange zusammen-
gefasst. Die etwas mädchenhafte Frisur sollte den Bezug zum
Matrosenkragen betonen. Die Länge meiner Haare passte jedoch zu meinem Alter, da fiel nichts über Schultern und auf
Kragen, sondern endete in einem raffinierten Schnitt wenige
Zentimeter darüber. Ich fühlte mich wohl bei einem Blick in
den Spiegel, der mir sagte, ich sei noch immer eine sehr schöne Frau.

Langsam schritt ich noch einmal die Front der Bilder ab.
Mein Herz klopfte. Was hatten wir hier angerichtet? Zielsicher, geradezu beharrlich hatte ich, nachdem ich bei Max die
erste Zeichnung von Miriam gesehen hatte, eine Vision verfolgt, die nun in dieser außergewöhnlichen Ausstellung real
geworden war. Eine Menge Arbeit lag hinter uns, und ich hatte mich auf Helfer verlassen können, die meine Begeisterung
teilten. Selten war ich von einer Sache so überzeugt gewesen
wie von dieser, nun hoffte ich, dass andere meiner Überzeugung folgen würden. Auch Dirk Feldstein war ein unbekannter Künstler gewesen, als Mark ihn der Kunstwelt präsentier-
te. Am Abend der Vernissage hatte er gut verkauft. Doch ein
dauerhafter Erfolg hatte sich für ihn nicht eingestellt. Schnell
war er wieder in Vergessenheit geraten. Zu groß, allenfalls de-
korativ, aber nichtssagend, hatten sich seine Bilder nicht lange
dem Gedächtnis der Fachwelt eingeprägt.

Für Miriam wünschte ich mir mehr. Die Zeichnungen waren
vorerst allesamt unverkäuflich, nur die Bücher konnten erwor-
ben werden. Ein Verkaufserfolg war nicht das Ziel des heutigen
Abends. Heute sollte Miriam Bekanntheit erlangen, der Fachwelt präsentiert werden und wie ein neuer Stern am Kunst-
himmel erscheinen. Ich würde sie feiern, sie in den Mittelpunkt
stellen, ihr den Platz an diesem Himmel verschaffen, der ihr
gebührte. Ich zweifelte keine Sekunde daran, dass dies gelänge.

Paul traf ein. Über einer erkennbar neuen Jeanshose trug er
ein perfekt geschnittenes schwarzes Jackett, darunter ein rotes

Hemd mit lässig geöffnetem Kragen. Ach, Paul. Mir gingen die Augen über.

Ich ging auf ihn zu. Er umarmte mich.

»Wir sind heute beide auf Rot gepolt, ein gutes Omen«, witzelte er, fuhr mit der Hand unter meinen Matrosenkragen und hob ihn etwas an. »Ein tolles Kleid für eine wunderschöne Frau.« Sacht strich er meinen Kragen wieder glatt, trat einen Schritt zurück, legte den Kopf schief und machte Schlitzaugen.

Blumen wurden geliefert. Mein Vorschlag, weiße Lilien unter Goldrute zu mischen, war von meiner Floristin mit Begeisterung aufgenommen worden. Ein toller Vorschlag sei das und absolut außergewöhnlich, edle Madonnenlilien mit gelben Bahndammgewächsen zu verbinden. Ob sie dieses Arrangement in ihr Angebot aufnehmen dürfe? Ich hatte nichts dagegen, denn ich arbeitete gerne mit Agneta Windbühel, einer gebürtigen Schwedin und kreativen Gärtnerin, zusammen. Ich verteilte die Sträuße in den Galerieräumen. Sie standen jetzt in hohen Milchglasvasen in unseren tiefen Fensternischen, weißgolden in den Farben edlen Porzellans. Die Wahl der Goldrute bezog sich auf Violas verwilderten Garten, die Lilien dagegen standen für ihre überragende Begabung und ihr, in meinen Augen heldenhaftes Leben, das sie im Verborgenen geführt und ertragen hatte. Ich ehrte sie mit diesen beiden Pflanzen. Sie waren mein ganz intimes und persönliches Geschenk für meine Heldin.

Paul machte Fotos, nutzte die Ruhe vor dem Sturm. Er fotografierte die Bilder, die Sträuße, die Räume in ihrer eindrücklichen Tiefe, er fotografierte mich, wich mir nicht von der Seite und behinderte mich fröhlich gelaunt bei meinem Tun.

»Bitte, stell dich noch einmal neben den Lilienstrauß, liebe Feli, gut so, doch gelb müsste dein Kragen sein, gelb wie die Goldruten, dann wäre der Bezug zu den Sträußen perfekt«, sagte der Gestalter, der Fotograf.

Das Telefon stand nicht still. Paul schoss Bilder der Galeristin an ihrem Schreibtisch, die geduldig letzte Anfragen zur Ausstellung beantwortete, hielt fest, dass sie sich dabei die roten Schuhe von den Füßen streifte und die Beine auf den Schreibtisch legte.

»Ich muss die Stunden heute genau protokollieren, denn unsere Welt wird morgen womöglich eine andere sein«, orakelte er hellsichtig.

Franz und Christof trafen ein. Sie brachten Fertigpizzen mit. Wir aßen gemeinsam im Büro, verzichteten auf Messer und Gabeln und nahmen die vorgeschnittenen Stücke in die Hand. Zum Schutz meines Kleides hatte ich eine Kittelschürze übergezogen, die ich dauerhaft hier deponierte. Das Hängeteam war bequem, aber gut gekleidet. Zu schwarzen Jeans trugen die beiden schwarze Langarm-T-Shirts eines namhaften Herstellers. Paul hatte sein Jackett ausgezogen und verkleckerte sein rotes Hemd zum Glück nur mit einer kleinen Tomatenscheibe. »Rot bleibt rot«, sagte er und wischte ein bisschen an der betroffenen Stelle herum, prophezeite, der Fleck würde sowieso unter seinem Kittel verschwinden. Er sagte Kittel, nicht Jackett.

Franz und Christof kontrollierten noch einmal die Ausrichtung der Bilder. Alles war so geblieben, wie sie es gestern verlassen hatten. Die Kaffeemaschine lief, wir tranken ihn im Stehen, gingen mit unseren Bechern immer wieder vor den Exponaten auf und ab. Gegen Abend würden wir uns alle vier um die Gäste kümmern müssen und keine Zeit mehr für die eigentlichen Hauptdarsteller der Veranstaltung finden.

Paul und ich hatten als Begleitmusik Gitarre ausgesucht. Eine unaufdringliche, vergleichsweise bescheidene Untermalung des Abends, von Pausen unterbrochen, käme Miriams Wesen am nächsten. Zwei Gitarrenkünstlerinnen, die ich für den Abend engagiert hatte, waren bekannt für ihre besonderen Klangvariationen, die perlend aus den Saiten ihrer

Instrumente rieselten. Plötzlich standen die beiden mit ihren Instrumentenkoffern an der Theke und warteten. Gudrun und Veronika trugen lange, folkloristisch bunte Kleider. Farbige Bänder waren in ihre langen Zöpfe eingeflochten. Ich ging auf sie zu und begrüßte sie, bot ihnen Kaffee an. Den tranken sie schwarz und sehr gern. Später saßen sie auf einem der Sofas und übten, spielten ein luftig schwebendes Duett, das einen musikalischen Hochgenuss für den Abend versprach. Ich war mir sicher, diese Musik würde Miriam gefallen.

Die Kuchenlieferung nahm Paul entgegen, wer sonst. Franz und Christof betreuten zwei Mitarbeiter des Catering Services, die jetzt neben der Theke ihre Kleinstküche aufbauten. Ein Stromkabel musste stolperfrei und unauffällig zur nächsten Steckdose verlegt werden, das wunderbar duftende Stroganoff sollte pünktlich auf den Siedepunkt kommen.

Ich ging im Büro noch einmal meine kleine Rede durch, mit der ich die Ausstellung eröffnen würde. Paul wollte dabei an meiner Seite stehen. Ein kompetenter Kunstkenner, der, wie es in der Regel üblich ist, Künstler und Werk vorgestellt hätte, war für uns beide nicht zur Diskussion gestanden. Über Miriam konnte nur reden, wer ihr nahestand. Mit akademischen Erläuterungen war es nicht getan. Martha, Nelly und Bruno hatten mir den Menschen Miriam, so gut sie konnten, vorgestellt, in sein Werk hatte ich mich auf den ersten Blick verliebt.

»Du bist die richtige Person, um über sie zu reden«, hatte Paul gesagt, und ich hatte ihm recht gegeben. Er kam ins Büro. »Feli, es geht los, die ersten Gäste treffen ein.«

Ich strich mein Kleid zurecht. »Dann wollen wir mal.«

Im Minutentakt trafen Besucher ein, geladene Gäste, aber auch einige unbekannte Leute, die durch eine Ankündigung im Kulturanzeiger der Stadt informiert waren. Mit Vorankündigungen hatten wir gespart. Heute war der Abend der geladenen Gäste, die Fachwelt hatte dabei den Vortritt. Ich begrüßte sie alle einzeln, bat sie, sich bis zur offiziellen Eröffnung die Bilder in Ruhe anzusehen, noch sei dies möglich, später schwieriger. Kritiker wichtiger Tageszeitungen benötigten meine Aufforderung nicht. Kaum begrüßt, stürzten sie sich auf die Bilder, notierten ihre Eindrücke in kleine Bücher, setzten Brillen auf, nahmen sie wieder ab, traten ein paar Schritte von der Wand zurück, stießen hinter ihnen stehende Besucher an, hauchten ein Pardon und fassten die Exponate erneut ins Auge. Es herrschte, das konnte ich jetzt schon erkennen, unter den Fachleuten bereits sichtbare Aufregung. Ich überließ sie ihrem auffälligen Treiben, denn ich hatte Martha entdeckt.

Da stand die kleine Nonne, auf ihren Stock gestützt, zwischen zwei jüngeren Mitschwestern und deutete auf Paul, der ihr entgegen eilte. »Das ist er«, rief sie und landete in Pauls Armen. Ihre beiden Kolleginnen lächelten verlegen. Paul hob Martha samt Stock in die Höhe, drehte sich mit seinem Leichtgewicht im Arm einmal um die eigene Achse und stellte die überrumpelte Klosterfrau wieder vorsichtig auf dem Boden ab. Martha richtete ihre Haube. Ihre Begleiterinnen begrüßte er mit Handkuss. Sie nannten ihre Namen, Maria und Rafaela. Einige Besucher klatschten Beifall.

Martha hatte anscheinend euphorisch vom Herzerwärmer Paul im Kloster Mariental erzählt, sodass sich dort eine wahre Legende um seine Person bildete. Die Schwestern betrachteten ihn mit Andacht. Ich durfte Martha auch umarmen, den Schwestern die Hand schütteln, doch dann war Paul die absolute Wunschperson der drei Frauen, und er schien die Auszeichnung zu genießen. Während er sie von Bild zu Bild führte, und Martha beglückt im Anblick von Miriams Arbeiten mit der freien Hand an ihre Brust schlug, begrüßte ich Max Koch, den eigentlichen Urheber dieser Schau. Ich ging mit ihm durch den ersten unserer Räume, der Zeichnungen aus Miriams Zeit im Hause Bund zeigte. Max stand vor jeder Arbeit einen Augenblick ganz still, nickte, fast sah es so aus, als verneige er sich.

»Gut, dass du den Kritzelkram übernommen hast«, sagte er, sonst nichts.

»Gut, dass ich ihn bekommen habe«, antwortete ich.

Es wurde Zeit für meine Rede. Das Gitarrenduo spielte eine Tarantella. Die Besucher versammelten sich im Foyer. Das Stroganoff duftete bereits dezent in nicht allzu weiter Entfernung. Paul hatte für Martha aus unserem Büro einen Klappstuhl besorgt und bat sie, sich zu setzen. Jetzt stand er neben mir. Wir warteten auf das Ende des Musikstückes, das in einem temperamentvoll angeschlagenen Akkord verklang. Man klatschte Beifall, die beiden bunt gekleideten Frauen erhoben sich kurz und bedankten sich. Es wurde still.

Ich begrüßte die Gäste, erzählte dann von Miriam, ihrem Leben, ihrer Einsamkeit, ihrer Eigenart. Ich schilderte eine Frau, die Großes geschaffen hatte, durch ihre psychische Verfasstheit aber nicht in der Lage gewesen war, ihr Werk zu offenbaren. Das solle nun endlich geschehen, heute Abend, in diesem Hause, in Anwesenheit aller Besucher, die unserer Einladung gefolgt sind. Ich sah auf Paul, er nickte mir zu.

»Sie, liebe Gäste, sind die ersten Zeugen einer Entdeckung, die ich Max Koch, Familie Bund und Schwester Martha von den Marienschwestern zum Kreuz verdanke. Sie halfen mir, einen kostbaren Schatz zu bergen und den geheimnisvollen Schöpfer dieses Lebenswerkes zu identifizieren. Es ist eine Schöpferin, ihr Name ist Miriam Viola Weier. Sie starb im Alter von sechzig Jahren vor wenigen Monaten, nicht weit von hier entfernt, nicht weit entfernt von meiner Wohnung, in einem Vorort dieser Stadt. Ich sah sie ein einziges Mal, nur von hinten, ihr Gesicht sah ich nicht. Ich wusste nicht, wer sie war. Heute weiß ich es und gebe mein Wissen gerne an Sie weiter. Es wird Sie bereichern.«

Ich wies, neben dem kulturellen Genuss, auf den kulinarischen hin, bat unsere Besucher zuzugreifen und wünschte einen interessanten Abend.

»Die Ausstellung ist eröffnet«, verkündete Paul und sprach damit das Schlusswort zu meiner knappen Rede. Noch einmal spielten die Gitarristinnen eine kurze, mittelalterlich anmutende Melodie, die an Tänze auf Burgen und festliche Gelage erinnerte. Anschließend wurde es laut. Junge Mädchen des Cateringservices gingen durch die Räume und boten auf Tabletts Häppchen und Sekt. Am Heißbüffet wurde Stroganoff serviert. Martha saß gut versorgt mit ihren Schwestern auf einem der Sofas. Konzentriert widmete sie sich ihrer Schale mit Rinderfilet in Sahnesoße und aß dazu Weißbrot. Ein Häppchen mit Schinken, Mayonnaise und Ei gönnte sie sich auch, Paul hatte es bereits für sie gerettet und auf einem kleinen Teller an ihre Seite gestellt. Etwas später versorgte er die drei geistlichen Damen mit Kuchen, kam dabei selbst auch nicht zu kurz.

Bernd Meinen, der Restaurator, schlich sich von hinten an und legte seine Hand auf meine Schulter. »Nicht erschrecken Felizitas, ich bin es, leider mit Verspätung, aber die letzten Worte deiner Rede habe ich noch gehört, einige Bilder schon gesehen.«

»Und, was sagst du?«

»Ich bin überwältigt, die Mühe hat sich wirklich gelohnt. Unglaublich, was du hier angezettelt hast. Motive, nicht gänzlich unbekannt, doch mit Augen gesehen und mit Händen gezeichnet, die mich glauben lassen, ich sehe diese Welt zum ersten Mal.«

»Das freut mich wirklich und bedeutet mir viel, wie du es siehst. Du beschreibst Miriams Arbeit sehr treffend. Zu glauben, man sehe die Welt zum ersten Mal im Anblick ihrer Bilder, gefällt mir sehr. So hat es vor dir noch niemand formuliert. Danke für diesen wunderbaren Gedanken.«

Bernd ließ sich nicht aufhalten, alles wollte er sehen, ohne Sektglas in der Hand, das könne warten, das Stroganoff auch.

Mir gelang es nicht, auch nur einen einzigen Bissen zu essen. Journalisten baten um kurze Interviews. Ich gab sie im Stehen oder am Rande eines Sofas sitzend. Fotos wurden

gemacht. Ich holte Paul an meine Seite als Gestalter des Buches der Kinder, wie er es genannt hatte. Er hielt das letzte
verbliebene Exemplar in die Kamera, da die Auflage innerhalb
einer halben Stunde vergriffen war. Vorsorglich hatte ich für
Martha ein Exemplar beiseitegelegt. Bettina Schweizer hatte
ich bereits eine Ausgabe geschickt. Sie konnte nicht kommen,
schrieb, es ginge ihr immer noch nicht gut genug, um die kleine Reise zu machen, was sie sehr bedaure, sie wolle die Ausstellung aber zu einem späteren Zeitpunkt besuchen.

Eine kleine, rundliche Frau mit sehr kurz geschnittenen,
tiefschwarz gefärbten Haaren, wartete darauf, mit mir sprechen zu können. Sie richtete ausnahmslos ihren Blick auf mich,
es kam mir vor, als habe sie eine bedeutungsvolle Botschaft
zu überbringen. Ich bemerkte sie während meines Gesprächs
mit einer Journalistin, die sich für die Schlachthausserie interessierte, insbesondere für das Bedürfnis einer Frau, sich mit
diesem Thema zu befassen. »Ja«, sagte ich, »Miriam Weier war
eben ein außergewöhnlicher Mensch, der sich dafür interessierte, was in den Hinterhöfen des Lebens passiert.«

Die Journalistin schrieb eifrig mit, bedankte sich für das
Gespräch. Ich begrüßte die verspätet eingetroffene Frau, die
ich nicht kannte, sagte Ganter, sie lächelte erwartungsvoll,
sagte nichts. Sollte ich sie kennen?

»Wir telefonierten miteinander.«

Ihre Augen glitzerten, ihr Mund stand offen. Na, klingelt
es, schien er zu fragen.

Ich telefoniere mit vielen Leuten weltweit, kenne manche
persönlich, viele traf ich noch nie, sprach oft nur ein einziges
Mal mit ihnen. Sich bekannt zu machen, gilt daher als respekt-
volle Gepflogenheit. Was war das hier, ein Ratespiel? Die Frau
machte es spannend, dachte nicht daran, ihren Namen zu nennen, was hilfreich gewesen wäre und eine Form der Höflich-
keit sowieso. Sie wusste, wer ich war, hatte Vorteil in unserem
Begrüßungsritual. Genoss sie ihn etwa?

»Tut mir leid«, sagte ich, »Sie müssen mir jetzt helfen, ich bin im Augenblick etwas abgelenkt, die vielen Besucher, Sie sehen ja.«

»Bettina, Bettina Schweizer«, fiel sie mir ins Wort und gab sich endlich zu erkennen, freute sich dabei wie über ein gelungenes Schach-Matt.

Ich ärgerte mich, hätte ich es mir nicht denken können? Doch diese Bettina hatte so gar nichts mit der kleinen Bettina im Buch der Kinder gemein. Oder doch? Hatte sie sich nicht selbst und ihre Schwester Isa als kleine Biester bezeichnet? Unsere Begrüßung war für sie ein harmloses Lustspiel gewesen, für mich eher eine unnötige Irritation. Die Überraschung war ihr aber durchaus gelungen, das wollte ich anerkennen. Ihre Schwiegertochter habe sie hergebracht, hole sie aber in zwei Stunden bereits wieder ab, erklärte sie mit Bedauern. Doch sie sei glücklich, wenigstens dabei sein zu können. In den letzten Tagen war es ihr plötzlich viel besser gegangen, so habe sie das Angebot der Schwiegertochter gerne angenommen. Ich freute mich über ihr Kommen und bat noch einmal um die Aufmerksamkeit der Besucher. Sie hatte nichts dagegen, als eines jener Zwillingsmädchen vorgestellt zu werden, welches im Buch der Kinder zu bewundern ist. Für kurze Zeit stand sie im Mittelpunkt des Interesses und wurde um ihre Unterschrift gebeten, die sie gerne auf der Vorsatzseite des Buches leistete. Ein Stück weit begleitete ich sie auf ihrem Gang durch die Ausstellung. Ich sah eine verwunderte, fast sprachlose Frau, die Mühe hatte, ihre Erinnerung an das Kindermädchen von damals mit einer Künstlerin dieses Ranges in Verbindung zu setzen. Dann überließ ich sie dem Interesse einiger Journalisten, die sie um persönliche Erinnerungen an ihre Nanny baten. Ich hoffte, sie würden diese nicht zum Hauptthema ihres Artikels machen. Zwei Stunden später verabschiedete sich Bettina. Ihre Schwiegertochter begrüßte mich mit einem knappen Hallo und drängte Bettina mit einem Blick auf ihre Armbanduhr zum Aufbruch.

Der Ausstellung schenkte sie keinen Blick. Das Milieu einer Galerie schien ihr beunruhigend fremd und mit der Nützlichkeit einer Eisenwarenhandlung nicht konkurrieren zu können.

Vertreter der Fachwelt, Kritiker und Kunsthistoriker, die der Einladung gefolgt waren, suchten im Lauf des Abends das Gespräch mit Paul und mir. Den Katalog in der einen, ein Glas Sekt in der anderen Hand, beglückwünschten sie uns. Es herrschte allgemeine Begeisterung über die gezeigten Exponate, auch unsere Arbeit als Galeristen fand große Anerkennung.

»Die Entdeckung eines neuen Talents, will gerne sagen eines Genies, gleicht der Entdeckung eines neuen Kontinents. Was Ihnen beiden gelungen ist, davon können Galeristen nur träumen«, lobte Harro van Dammen, ein gefragter belgischer Kunsthistoriker unser Engagement. »Sie leisteten wahre Forscherarbeit, ähnlich der eines Archäologen, der nach dem Fund einer Scherbe davon überzeugt ist, ein Königsgrab entdeckt zu haben.«

Über dieses Lob freute ich mich vor allem für Paul, der in dieser Welt nicht großgeworden war so wie ich, sich aber mit Intelligenz und Unbekümmertheit erfolgreich in sie einfügte.

Gudrun und Veronika spielten jetzt ein Potpourri französischer Volkslieder, das sie selbst zusammengestellt hatten. Elegische, weiche Töne wechselten sich dabei mit einem temperamentvoll stampfenden Rhythmus ab, einem Tanz, der am Fuß der Pyrenäen beheimatet ist, und der einigen Gästen Schwung in Hüfte und Beine jagte. Ein paar Frauen bewegten sich in halber Drehung hin und her, das Sektglas in ihrer Hand tanzte wie eine Meereswoge auf und ab. Ich stand dabei, lauschte der Musik und erholte mich von den vielen Begrüßungen und Gesprächen, die ich bis jetzt absolviert hatte. Paul kam und drückte mir ein Glas in die Hand.

»Lass uns auf den gelungenen Abend anstoßen, er gehört dir.«

»Er gehört Miriam«, sagte ich und nahm einen Schluck.

»Er gehört uns«, sagte Paul.

Er stellte unsere Gläser beiseite und legte seine Hand an meine Hüfte. Dann tanzten wir. Andere sahen zu, zögerten, schlossen sich an. Die Spielerinnen freuten sich und legten kräftig auf. Mit hämmernden Schlägen feuerten sie zu einem immer schnelleren Tempo an. Plötzlich zogen sie kreischende Akkorde aus den Saiten, zupften diese dann wieder zärtlich, als wollten sie ihnen Gutes tun und brachten uns in einen langsamen, wiegenden Schritt. Wir tanzten. Es ging mir gut. Ich war sehr glücklich in diesem Augenblick. So glücklich wie noch nie? Ich glaube schon.

Später, als sich die Räume bereits etwas geleert hatten, saß ich mit Martha und ihren Mitschwestern, mit Paul, Bernd, Max Koch und dem Hängeteam in einer der Sofaecken. Wir feierten unser ganz persönliches kleines Fest. Andere taten dies auch. Gegen elf Uhr verabschiedeten sich die meisten Besucher, doch in den Sitzecken hatten sich kleine Gesprächsgruppen etabliert, die Franz in regelmäßigen Abständen mit Rotwein und Sekt versorgte. Eine völlig entspannte Wohnzimmeratmosphäre, wie sie auf Veranstaltungen dieser Art selten erlebbar war, breitete sich aus. Gudrun und Veronika improvisierten virtuos auf ihren Gitarren gedämpfte Countrymusik, vermischten sie ungeniert mit Mozartarien wie Don Giovannis Liebeswerben. Sie saßen sich gegenüber, spielten, als gelte ihre Musik nur ihnen allein, sahen sich an, und sangen sich ihre Einsätze zu. »Reich mir die Hand, mein Leben«, warb Gudrun, »komm auf mein Schloss mit mir«, lockte Veronika. Eine eindrückliche Darbietung dieser beiden Frauen, die ein Paar waren und das auch gerne zeigten. Ich hatte den Eindruck, dass viele der Gäste, durch die Ausstellung inspiriert, sich in einer glücklicheren Stimmung wiederfanden als in der, die sie mitgebracht hatten. Ich schaute in strahlende Gesichter, viele bedankten sich überschwänglich für die unerwartete Freude, die ich ihnen, ihrer Meinung nach, bereitet hatte.

Auch Martha hatte es keineswegs eilig, heute in ein Bett zu kommen. Selbst ihre Mitschwestern dachten nicht an Aufbruch. Zu schön war dieser Abend, zu selten erlebten sie ein gesellschaftliches Ereignis wie dieses. Und dann dieser Paul! Die beiden jüngeren Schwestern beobachteten ihn verstohlen und hingen, wenn er sprach, an seinen Lippen. Martha lächelte vielsagend. Habe ich euch etwa zu viel versprochen, fragten ihre verdächtig funkelnden Augen.

Erst jetzt dachte ich an Mark, der nicht gekommen war, obwohl er seinen Besuch angekündigt hatte. Hatte ihn vielleicht der Mut verlassen, sich vor all diesen ihm gut bekannten Leuten zu zeigen? Ich wollte nicht darüber nachdenken, denn ich vermisste ihn nicht. Nelli und Bruno hatten bedauernd abgesagt. Bruno litt unter starken Hüftschmerzen und würde in den nächsten Tagen operiert werden. Auch ihnen hatte ich das Buch der Kinder geschickt, den Katalog würden sie demnächst erhalten. Hedwig, meine Nachbarin, fiel mir ein. Sie wollte kommen. Die Einladung hatte ich ihr persönlich überbracht. Doch erschienen war sie nicht. Seltsam. Sie wollte am Nachmittag den Bus in die Stadt nehmen. Ich hoffte, es ginge ihr gut. Morgen würde ich nach ihr sehen. Und Dirk, was war mit Dirk Feldstein? Er hatte eine Mail geschickt, geschrieben, dass er gerne käme und sich über die Einladung freue. Antonia hatte ich nicht eingeladen. Ihr Auftritt bei Dirks Ausstellung war mir in sehr schlechter Erinnerung geblieben. Das Anliegen, das ich mit Miriams Vernissage verband, hätte eine solche Selbstdarstellung nicht erlaubt. Zu Dirks belanglosen Bildern hatte ihr Theater irgendwie gepasst oder ihnen zumindest nicht geschadet. Dieser Abend hier aber war eine Angelegenheit von tieferer Bedeutung. Antonia hätte es geschafft, ihn auf irgendeine Art zu stören. Dieses Risiko war ich nicht eingegangen.

Ich sah in die Runde der Menschen, zwischen denen ich saß. Sie alle schätzten mich, waren mir zugetan. Ich fühlte mich wohl und war glücklich sie zu kennen. Es genügte mir, unter ihnen zu sein, zu wissen, dass sie Freunde sind, auf die ich zählen konnte. Ich weiß das schon lange, doch an diesem Abend erfuhr ich es auf eindringliche Weise. Ich war nicht allein. Ich war umgeben von Menschen, die auch meine Nähe suchten, nicht nur ich die ihre. Sie waren nicht nur Miriams Bilder wegen gekommen, sondern auch meinetwegen.

»Der Abend gehört uns«, hatte Paul gesagt, und dies nicht im Spaß.

Der Cateringservice hatte seinen Tatort geräuscharm und unauffällig geräumt, Gudrun und Veronika ihre Gitarren in den Koffern verstaut. Sie tranken ein Glas Wein mit uns und konnten sich nicht von uns trennen. Franz goss ihnen nach. Nur noch einen kleinen Schluck, sagten sie, mehr dürfe es nicht sein. Gudrun deutete mit dem Zeigefinger am Glas eine Füllmenge an, die Franz großzügig übersah. Wir lachten, Gudrun am lautesten. Van Dammen setzte sich zu uns, drei andere Kunstfreunde ebenso. Christof schob die mobilen Ledersessel in die Runde, die jetzt größer wurde. Die Musikerinnen schwärmten von dem herrlichen Abend und lobten die lockere Atmosphäre der Vernissage. Veronika fand, der Abend habe von einer guten Balance profitiert.

»Ich erlebte Vernissagen, auf denen die Leute an ihrer eigenen Steifheit beinahe erstarrten und so schnell wie möglich das Lokal verließen. Andere Veranstaltungen arteten geradezu aus und endeten in wüsten Saufgelagen. Heute aber habe ich eine Eröffnung erlebt, die die Besucher inspirierte und in eine andere Welt versetzte.« Sie suchte nach Worten, um noch besser zu beschreiben, was sie uns eigentlich sagen wollte. Da kam ihr van Dammen zu Hilfe.

»Zum Gelingen des Abends haben Sie beide allerdings Wesentliches beigetragen mit ihrer Musik. Selten kommen Gitarren zum Einsatz, die von ebenso schönen wie begabten Frauen in derart meisterlicher Weise gespielt werden. Wie könnten bei diesen Klängen Menschen erstarren oder über die Stränge schlagen wollen? Ihre Musik sorgte für die wunderbare Balance, von der sie eben sprachen.« Er stand kurz auf und erhob das Glas auf das Wohl der beiden Musikerinnen, die seiner Meinung nach einem Gemälde Van Dykes entstiegen sein mussten, wie er sich erlaube noch anzumerken. Er bekam Beifall. Das war er gewohnt. Er deutete eine Verbeugung an, ein kultivierter Mensch, weltweit unterwegs in Sachen Kunst und vertraut mit den Regeln guten Benehmens und der achtungsvollen Haltung gegenüber Anderen. Alte Schule, fiel mir ein dachte an Bruno Bund.

In aller Bescheidenheit meldete sich Schwester Maria zu Wort. Sie wolle, sagte sie, ihren Dank für den Abend bekunden, den sie, und sie spreche auch im Namen ihrer Mitschwestern, niemals in ihrem Leben vergessen würde. »So viel Freude durfte ich heute erleben, so wunderbaren Menschen begegnen und das Werk einer Frau entdecken, die ich zwar gekannt, aber stets unterschätzt habe. Ich habe Miriam einiges abzubitten und bin dankbar, dass ich heute dafür Gelegenheit bekommen habe.«

Bevor Marias Bekenntnis womöglich in einer Beichte endete, fuhr Paul dazwischen.

»Ich stelle mir vor auf Grund dessen, was ich weiß, dass es Miriam ihren Mitmenschen nicht gerade leicht gemacht hat, sie zu mögen. Und Sie, Schwester Maria, konnten nicht wissen, was in ihr vorging und was sie in ihrer Freizeit trieb. Sie hat es vor allen verheimlicht, weil es ihr Geheimnis war, das sie hüten musste um zu überleben. Schwester Martha hat es gekannt, doch das ist etwas anderes. Miriam hat ihr die Zeichnungen bereits als Kind selbst übergeben. Wer weiß, vielleicht war es damals Miriams ganzes Glück gewesen, der Schwester ihre Zeichnungen zu schenken. Ebenso ist es unser Glück, sonst lägen die Arbeiten heute auf dem Müll, und wir säßen nicht beisammen.«

Maria errötete. Sie fühlte sich von Paul freigesprochen. Sie würde diese Rede nie vergessen und den wundervollen Menschen, der sie gehalten hatte sowieso nicht. Sie sah ihn dankbar an. Das Stichwort Miriam war gegeben. Das Gespräch drehte sich nun vor allem um die geheimnisvolle Künstlerin, für die sich nicht nur Van Dammen, sondern sämtliche verbliebenen Gäste brennend interessierten.

Franz kochte Kaffee für alle, sogar die Schwestern sagten nicht nein. Dann erzählte Martha von ihrem Sorgenkind, und Maria und Rafaela unterstützten sie nach bestem Wissen. Dabei verrann die Zeit, es wurde spät. Erst nach ein Uhr brach man auf, ungern, denn alle noch Anwesenden fühlten sich plötzlich auf besondere Weise miteinander verbunden. Sie umarmten sich. Van Dammen küsste meine Hand.

»Ich danke Ihnen liebe Felizitas. Sie haben mein Leben bereichert. Das hatte ich nicht erwartet, als ich mich heute auf den Weg zu Ihnen machte.«

Er fuhr mit einem Taxi in sein Hotel. Ich hatte mehrere Wagen bestellt, die hintereinander vorfuhren. Nach kurzer Zeit waren wir mit den Schwestern allein. Martha gab Paul einen kleinen Schlüsselbeutel.

»Ich mache es jetzt kurz«, sagte sie. »Der Orden hat den Verkauf von Miriams Haus beschlossen. Werfen Sie einen Blick in die guten Stuben und geben Sie uns Bescheid, ob sie es übernehmen möchten. Uns würde es freuen, und über den Preis reden wir ein anderes Mal, heute ist es zu spät, ich muss nun wirklich dringend in ein Bett.«

Für mich kramte sie ein flaches Päckchen aus ihrer Tasche und gab es mir.

»Bitte, erst morgen öffnen, bei Tageslicht, am besten in Miriams Haus, es lohnt sich.«

Dann umarmte sie mich, umarmte Paul, der keine Worte hatte, was selten passierte, umarmte Franz und Christof und winkte ihren Schwestern, sich endlich von diesem Platz des weltlichen Vergnügens loszureißen. Zu viert begleiteten wir die Frauen in die Tiefgarage, standen Spalier für eine gelungene Ausfahrt, die Rafaela gekonnt in Angriff nahm.

»Habt ihr einen Hausschlüssel für St. Elisabeth, ihr Nachtschwärmer?«, rief ihnen Paul hinterher. Rafaela hielt an. »Ja, haben wir.« Sie winkte, dann fuhr das Fenster hoch, und die Schwester gab Gas, denn die Ausfahrtrampe stieg beträchtlich an.

Franz und Christof begannen Kaffeetassen und Weinflaschen einzusammeln. Ich wollte den Abend jedoch nicht mit Aufräumarbeit beschließen und schlug vor, diese auf den anderen Tag zu verschieben und den Laden erst einmal zu versiegeln.

Mein Vorschlag kam gut an. Ich hatte am wenigsten von uns vier getrunken und fuhr mein wunderbares Team in einer gemächlichen Nachtfahrt nach Hause. Franz und Christof hatten eine gemeinsame Adresse. Ich setzte sie dort ab. Paul wohnte in einem Hochhaus, nicht weit von den beiden entfernt. Ich hielt vor den Stufen zu seinem Hauseingang. Er stieg aus. Er ging zur Treppe, kam wieder zurück. Ich öffnete das Fenster, er beugte sich vor, eine Strähne fiel ihm in die Stirn. Er sah mich an, wollte etwas sagen, dann sagte er nichts.

»Ist schon gut Paul, ich weiß es auch so.«

Er nickte, sagte okay und wandte sich ab.

Ich fuhr los. Als ich wenig später das Auto in meine Garage fuhr, sah ich, dass in Hedwigs Schlafzimmer noch Licht brannte. Ich würde am nächsten Morgen nach ihr sehen.

6

Wir, das waren ein junger Polizist auf Streife und ich, fanden Hedwig in einem eleganten Kleid und mit wahrscheinlich gebrochenem Bein auf ihrer Treppe liegend, weit ab von ihrem Telefon, an das sie, wie sie unter Schmerzen berichtete, kurz vor Abfahrt des Stadtbusses eilen wollte. Das Telefon stand im Erdgeschoss, das Schlafzimmer lag im Obergeschoss. Dort hatte sie sich für die Vernissage angekleidet. Auf der Treppe war sie gestürzt und hatte die Nacht auf ihr verbracht. »Keinen Zentimeter konnte ich mich weiterbewegen, so höllisch weh tat mein Bein, und es wird immer schlimmer«, klagte sie unter Tränen.

Ich hatte gegen neun Uhr einen Notruf abgesetzt, nachdem in Hedwigs Schlafzimmer trotz strahlenden Sonnenscheins noch immer Licht gebrannt hatte. Ich hatte an der Haustür geklingelt, mehrmals, aber vergeblich. Am sinnvollsten war es mir erschienen, die 110 der Polizei zu rufen, da ich zu Hedwigs Haus keinen Schlüssel besaß, um einen Notarzt einzulassen. Richtig sei das gewesen, lobte mich der Polizist und öffnete mit einem Spezialinstrument, das er bei der Handhabung vorsorglich mit einer Hand vor meinen Blicken schützte, Hedwigs Haustür. Schon im Hausflur hörten wir ihr Stöhnen. Ich rannte ein paar Stufen nach oben und sah Hedwig auf der Treppe liegen. Sie weinte vor Freude, als sie mich sah. Der Polizist kam hinterher, überlegte nicht lange und rief einen Notarzt.

»Sie sind also gestürzt und waren dabei allein im Haus«, sagte er und schaute prüfend in alle Richtungen. Es könnte ja ein Fremdverschulden vorliegen. Beispiele kannte er genug. Gerade Treppen boten vielfältige Möglichkeiten, sich eines verhassten Partners zu entledigen.

»Ich war ganz allein, das ist ja das Problem«, jammerte Hedwig. Ich kniete mich neben sie und griff nach ihrer Hand.

»Der Arzt ist schon unterwegs, gleich ist er da«, tröstete ich meine hilflose Nachbarin.

»Also niemand im Haus«, bohrte der Polizist weiter und stellte eine sehr intime Frage. »Sind Sie verheiratet, und, wenn ja, wo befindet sich Ihr Mann?«

Hedwig reagierte verwirrt. »Ich bin doch längst geschieden«, sagte sie. »Oh, ich glaube, mir wird schlecht, ich muss brechen, was mach ich nur.«

Sie weinte wieder, erbrach sich aber nicht, sondern machte sich Sorgen. »Nimm dir meine Hausschlüssel, falls ich ins Krankenhaus komme. Sie sind in meiner Handtasche, die liegt unten an der Garderobe«, sagte sie. Ich versprach, nach ihrem Haus zu schauen, sie zu besuchen und nachzuliefern, was sie in der Klinik benötige.

Ich hörte das Martinshorn. Es kam näher, dann verstummte es. Drei junge Leute rannten durch die offenstehende Haustür, eilten auf Handzeichen des Polizisten die Treppe hoch und beugten sich über Hedwig. Ich machte Platz und stieg einige Stufen nach oben. Von dort hatte ich einen guten Blick auf das Geschehen. Der Polizist war ins Erdgeschoss ausgewichen. Einer der drei Sanitäter ertastete mit gezielten Berührungen Hedwigs Misere. »Keine Kleinigkeit, Oberschenkelhals«, sagte er zu den Kollegen. Er öffnete einen kleinen Koffer und zog eine Spritze auf. Er war der Arzt im Team.

»Gleich geht es Ihnen besser«, beruhigte er meine Nachbarin. Ruhig drückte er die Spritze durch, zog sie wieder hoch, presste einen Tupfer auf den Einstich und versorgte ihn anschließend mit Pflaster. »Fertig, wir können.« Einer der Sanitäter schob eine Trage über die Treppe. Mit raschem Zugriff wurde Hedwig angehoben und vorsichtig auf der Trage abgelegt. Die Betäubungsspritze hatte diese Bergung ermöglicht, die professionellen und eingeübten Handgriffe der Helfer ebenso. Ich war beeindruckt von ihrem Können und ihrer exakten Zusammenarbeit. Da saß jeder Handgriff, jedes Wort. Zum ersten Mal erlebte ich aus unmittelbarer Nähe ein Notarztteam in Aktion. Ich wusste, dass die Leute von einem Einsatz zum anderen rasen, und, aufeinander eingespielt, eine lebensrettende Arbeit leisten. Hochkonzentriert haben sie in kurzer Zeit die richtigen Entscheidungen zu treffen, und oft genug ging es dabei um Leben oder Tod. Ich bewunderte diese Jungen, die sich dieser Aufgabe verschrieben hatten. Langsam ging ich hinter ihnen her und sah zu, wie sie Hedwig in den Krankenwagen schoben. Sie befand sich in einem Dämmerschlaf, der sie für einige Zeit schmerzfrei halten würde.

»Wohin bringen Sie meine Nachbarin?«

»Ins Städtische«, sagte der Arzt und setzte sich an Hedwigs Seite. Einer der Sanitäter schloss die Türen. Dann stieg er ein und raste mit aufheulendem Martinshorn davon.

Ich ging zu Hedwigs Haus zurück, der Polizist erwartete mich. Noch trug er seine Dienstmütze auf dem Kopf.

»Es handelt sich nach meiner Beobachtung um einen häuslichen Unfall. Die Geschädigte war bei Bewusstsein und konnte nach eigener Angabe ein Verbrechen ausschließen. Meine Arbeit ist damit beendet. Sollten Sie eine andere Sicht des Vorganges gewonnen haben, bitte ich, diese zu Protokoll zu geben, nicht hier und jetzt, aber in Bälde im Büro meiner Dienststelle.«

Er gab mir die Hand und verabschiedete sich in locker freundlicher und gar nicht dienstlicher Haltung, jetzt mit der Mütze in der Hand.

»Nun erholen Sie sich erstmal von dem Schreck. Es wird schon wieder mit ihrer Nachbarin, machen Sie sich keine Sorgen.«

Er fuhr los. Ich stieg die Treppe hoch und löschte in Hedwigs Schlafzimmer das Licht. Eine glänzend geblümte, mit Rüschen gesäumte Tagesdecke lag auf einem Doppelbett älterer Bauart. Vor der Kopfwand des Eichenholzbettes saßen zwei dicke, rosengemusterte Kissen, die Hedwig mit einem kräftigen Handkantenschlag mittig beinahe zweigeteilt hatte. Drei weitere Kleider, die sie offensichtlich anprobiert hatte, hingen über der Fußwand des Bettes. Die Tür des Kleiderschranks stand offen. Ich hängte die Kleider über Bügel und zurück in den Schrank, schloss ihn ab. Im Hausflur auf einem kleinen Garderobentisch lag Hedwigs Handtasche. Ich nahm sie an mich und verließ das Haus, verschloss die Tür und ging.

Zurück in meiner Küche trank ich den Rest meines Kaffees, der mittlerweile kalt geworden war. Dabei überfiel mich das Gefühl vollkommener Verlassenheit, das ich kannte und fürchtete. Ich fragte mich, ob Hedwigs Unfall es ausgelöst haben könnte, und wenn ja, weshalb. Hedwig war nur eine Nachbarin. Ich sah sie nicht besonders oft, meine Arbeit ließ mir wenig Zeit für Begegnungen außerhalb der Galerie. Ich lebte im Grunde mehr in der Stadt als hier in diesem Haus, das mir zu groß und immer fremd geblieben war. Vielleicht war es dieses Haus, das meine plötzliche Verstimmung erklärte. Mark hatte es gefunden, er wollte unbedingt aufs Land ziehen, obwohl dieser Vorort hier immer noch dem städtischen Großraum angehörte und nichts mit einer ländlichen Idylle gemein hatte. Die war ihm, nachdem wir das Haus gekauft hatten, auch nicht mehr wichtig gewesen, denn nicht das kleinste Stück unseres neuen Gartens hatte ihn interessiert oder zu gärtnerischer Betätigung verführt. Der Garten gehöre halt zum Haus, hatte er irgendwann festgestellt. Er würde ihn bei Gelegenheit genießen und fürs Gröbste einen Gärtner beschäftigen. Heute weiß ich, dass ihm eine neue Liebe wichtiger gewesen war als ein Garten, von dem er jahrelang geschwärmt hatte. Jetzt saß ich hier in einer Küche mit meiner Einsamkeit, vor einer leeren Tasse und grübelte vor mich hin. Vielleicht hat mir einfach nur der kalte Kaffeerest geschadet, ich hätte ihn nicht trinken, sondern ins Spülbecken schütten sollen. Vielleicht hat dieser kleine schale Rest in meiner Tasse auch meiner labilen Stimmung noch den Rest gegeben, wie jeder Bissen zu viel in einem verdorbenen Magen?

Der ernüchternde Morgen nach einer beglückenden Nacht wie der gestrigen hatte natürlich eine Teilschuld an meiner aufziehenden Depression, das war mir klar. Und dann noch Hedwigs Sturz, ihre Hilflosigkeit auf den Treppenstufen. Für die Vernissage hatte sie sich in Schale geworfen, womöglich ewig vor dem Spiegel unter Entscheidungsnot gelitten, Kleider besichtigt und anprobiert, war dann ans Telefon gerannt und auf der eigenen Treppe gestürzt. Ich würde sie im Krankenhaus besuchen müssen, obwohl ich alles andere lieber tat als das. Alles andere? Mit einem Schlag wusste ich, woher es kam das Gefühl der Einsamkeit, des Alleinseins. Gestern Abend hatte ich es nicht gekannt.

»Der Abend gehört uns«, hatte Paul gesagt.

Ich vermisste ihn, und ich vermisste die Anspannung der vergangenen Wochen, das war es. In diesen waren wir durch unsere Arbeit einander unentbehrlich geworden. Alles hatten wir gemeinsam geplant und besprochen, nichts ohne den anderen entschieden. Gemeinsam hatten wir unser Königsgrab entdeckt, wie Van Dammen es nannte.

Unsere Eifelreise hatte uns Erlebnisse beschert, die wir teilten, über die wir gerne sprachen, unermüdlich und mit großem Bedarf. Die Reise war Vergangenheit, aber die Erinnerung daran gehörte uns gemeinsam. Er kochte Suppe in meiner Küche, wir aßen sie zusammen. Dass ich Paul bereits vermisste, nur wenige Stunden nach unserem Abschied vergangene Nacht, machte mir Sorgen. Ich wollte niemand vermissen, Gefühle dieser Art lähmten mich, kosteten Energie, fraßen sich gierig in mein Wohlbefinden. Ich durfte sie nicht wehleidig nähren. Außerdem, ich würde Paul wiedersehen, heute schon, in den kommenden Tagen und Wochen ebenso. Doch etwas Entscheidendes war geschehen. Der Entdeckerrausch war mit dem gestrigen Tag verflogen. Vor allem darin erkannte ich nun den Grund meines Absackens. Wir hatten das Ziel unserer inspirierenden Expedition erreicht, waren gelandet, hatten unsere Leuchtkugeln verschossen. Wie würde es jetzt weitergehen? Ich hielt mir vor Augen, dass es eine ganz natürliche Sache sei, wenn ich nach wochenlanger Hochspannung jetzt im Stand By Modus landete. Höhenflüge endeten nun mal mit einer Landung, notgedrungen und zum Glück für die Flieger. Oben blieb noch keiner, hatte mein Vater in weiser Einsicht gesagt. Was nun kam, wäre die Bodenarbeit, der Galeriealltag. Ich würde auch diesen mit Paul teilen, das wusste ich. Der Gedanke half mir. Ich stand auf und gönnte mir frischen heißen Kaffee.

Im städtischen Krankenhaus erfuhr ich von einer Stationsschwester, dass Hedwig noch im Aufwachraum läge und heute nicht mehr besucht werden könne. »Kommen Sie morgen wieder, da ist sie bestimmt ansprechbar.«

»Sie wurde bereits operiert?«

»Ja, aber genaueres kann Ihnen nur der Arzt sagen. Sie sind eine Verwandte?«

»Nein, die Nachbarin, aber ich fand sie heute Morgen auf ihrer Treppe liegend.«

»Da hat sie aber Glück gehabt. Gut, dass Sie von ihnen gefunden wurde. Mit diesem Bruch, in diesem Alter, da zählt jede Minute.«

»Oberschenkelhals, hatte der Notarzt vermutet.« Ich sah die Schwester fragend an, doch zu einer genaueren Auskunft ließ sie sich nicht erweichen.

»Kommen Sie morgen, dann wird es Ihnen die Patientin selbst erzählen können.« Die Schwester ließ mich stehen, sie hatte viel zu tun.

Mir war es nur recht. Hedwig war gut versorgt. In den Krankenhäusern bekommen Notfallkranke auf Station alles, was sie für den Augenblick benötigen, auch Zahnpasta und Bürste, falls sie überhaupt dazu in der Lage sind, diese zu benutzen. Erleichtert verließ ich den großen Parkplatz der Klinik und nahm die Stadtautobahn, um auf schnellstem Weg die Innenstadt zu erreichen. Es war Samstagnachmittag, und der ganz normale Einkaufswahnsinn des Wochenendes verhinderte ein zügiges Vorwärtskommen. Ungeduldig arbeitete ich mich von Ampel zu Ampel durch, fuhr endlich auf meinen reservierten Stellplatz in der Tiefgarage. Ich nahm den Fahrstuhl ins Erdgeschoss des Hauses, der sich exakt der Galerie Ganter gegenüber öffnete. Ich blieb stehen. Mir war etwas schwindelig. Dieses fürchterliche Herzklopfen, wieso hier und jetzt?

Ich konnte keinen Schritt weitergehen, als fürchtete ich mich vor der großen Glastür, durch die ich seit vielen Jahren unbekümmert gegangen war. Sie erschien mir jetzt unheimlich und dunkel, als habe jemand eine schwarze Folie an der Scheibe aufgezogen. Der Blick ins Foyer schien verwehrt. Was bedeutete das? Eine Vision entsetzte mich. Paul war heute Morgen auf dem Weg hierher Opfer eines Verkehrsunfalles geworden. Es konnte nicht anders sein. Hatte er ihn nicht überlebt? Ganz sicher nicht, denn Franz und Christof hatten die Scheibe zum Zeichen der Trauer verklebt und waren wieder nach Hause gegangen. Ich wusste, dass es so war, ich hatte es den ganzen Morgen lang gewusst und vor allem gespürt. Zudem hatte der Polizist Hedwigs Haustür in einer verdeckten geheimen Aktion geöffnet, die ich nicht hatte sehen dürfen, und Hedwig lag in keinem Aufwachraum der Klinik, sondern in einem Kühlfach der Pathologie. Und nun hatte man mir auch noch Pauls Tod verheimlicht und zeichenhaft die Glastür verdunkelt. Und das Licht in Violas Giebelzimmer ging soeben auch noch aus. Jetzt wurde es wirklich dunkel um mich.

»War wohl alles etwas zu viel für dich?« Paul stand vor dem Sofa in unserem Büro und sah mich an. Er zog die leichte Decke zurecht, die er über mich gelegt hatte.

»Was ist denn passiert?«, wunderte ich mich.

»Du hast die Glastür gerammt. Ich hörte einen Rumms und fand dich draußen auf dem Boden liegend. Aber keine Sorge, der Tür geht es gut.«

»Und wie komm ich auf das Sofa?«

»Damit.« Er streckte seine Arme aus und zeigte mir pantomimisch eindrücklich, wie er eine sehr schwere Last auf ihnen trug. Ich musste lachen, denn er bewegte sich wie ein völlig erschöpfter und geknechteter Mann.

»Und, tut es dir beim Lachen irgendwo weh, etwa in der Bauchgegend oder im Brustkorb?«

Ich setzte mich auf, bewegte die Beine, schüttelte die Arme, drehte den Kopf nach allen Seiten. »Nichts!«

»Nichts? Und inwendig? Atme mal tief ein und aus.«

Ich tat ihm den Gefallen. »Gar nichts«, sagte ich, »alles bestens, ich steh dann mal auf.«

»Vorsicht, Vorsicht«, mahnte Paul und beobachtete mich, als mache ich meine allerersten Gehversuche in dieser Welt. Er kam mir entgegen und umarmte mich.

»Du bist mir vielleicht eine! Wie ein Vogel bist du gegen die Scheibe geknallt, was war denn los mit dir?«

»Ich weiß es nicht«, sagte ich. »Allerdings war mir heute den ganzen Morgen so schwer ums Herz und auch leicht übel.«

»Aha«, sagte Paul, »schwer ums Herz.« Er tat, als überlege er angestrengt, was gegen Herzschwere zu tun sei. Er ließ mich los und drehte den Bildschirm in meine Richtung.

»Du kannst doch so gut lesen, wie ich hörte, jetzt lies mal das hier.«

Ich las zwei Mails. Eine bekannte Kunsthalle in Tokio interessierte sich für eine Ausstellung von Miriams Zeichnungen, ein weiteres Museum in Amsterdam ebenso. Noch in der

Nacht waren die Anfragen ins Netz gegangen, nachdem Fritz Rosenstein, ein Journalist, während der Vernissage mit einem bebilderten Kurzbericht die ihm bekannte Kunstwelt über seinen Verteiler informiert hatte.

»Und«, sagte Paul, »hilft das?«

»Gegen die Herzschwere schon, aber nicht gegen Hunger.« Mir fiel ein, dass ich heute nur Kaffee getrunken, aber noch nichts gegessen hatte.

»Da lässt sich etwas machen. Franz und Christof kommen um siebzehn Uhr wieder, der Tisch im Ponte ist bereits bestellt. Feli, wir müssen feiern, ist dir das klar? Gegen den gröbsten Hunger hätte ich aber hier noch eine Notfallbrezel für dich, magst du sie?«

Ich aß die Brezel, verlor einige Brösel, während ich gemächlich durch die Ausstellung ging. Unsere Arbeit würde also weitergehen, das hatte mir ein Blick auf den Bildschirm gezeigt. Meine Stimmung stieg von Bild zu Bild. Wie eine glückliche Verheißung hingen sie an der Wand.

Franz und Christof hatten mit Paul die letzten Spuren des Abends beseitigt. Die Leihsofas würden am Montag abgeholt werden. Die Lilien dufteten heute stärker als gestern. Ihre bleichen Kelche hatten sich weit geöffnet und schimmerten seidenmatt zwischen den farbstrotzenden Goldruten in den Fensternischen.

Paul saß am Computer und korrigierte den Text für seinen großen Bildband, der demnächst in Druck gehen würde. Es war ruhig in den Räumen, die Galerie für heute bereits geschlossen. Als einziges Geräusch hörte ich Pauls Finger klickend über die Tasten springen, als steppten sie einen Tanz. Mir fiel die Nähmaschine meiner Mutter ein, an der sie gesessen hatte, als ich ein Kind gewesen war. Das beruhigende Steppgeräusch der Nadel hatte mich meiner Mutter versichert. Solange sie nähte, war sie da. Für einige Augenblicke gönnte sich die sonst nervös rasende Zeit eine Pause und stand still.

Ich konnte spüren, wie sie die Ruhe genoss, sich bei mir an-
lehnte und wartete. Sie hielt den Atem an, um den Zauber des
Augenblicks nicht zu stören. Ich tat es auch.

Später feierten wir im Ponte mit Franz und Christof sowohl
unseren gestrigen Erfolg als auch den vielversprechenden
Ausblick in die Zukunft. Schon jetzt war klar, dass das Hängeteam reichlich Arbeit bekäme und langfristig mit weiteren
Rahmungen rechnen konnte.

Wir aßen Saltimbocca und tranken Weißwein. Ich trank
nur wenig, der Vorfall heute vor der Tür sollte sich nicht
wiederholen, auch wenn er nicht mit Alkohol in Verbindung
gebracht werden konnte. Doch jetzt ging es mir gut, diesen
Zustand wollte ich durch nichts aufs Spiel setzen. Alberto
gratulierte mit einem eigens für uns kreierten Tiramisu, einer
flambierten Variante, die er brennend auftrug. »Für Feliciana
und ihre Männer!« Wir lachten ordentlich laut, und Alberto
freute sich wie ein Kind über seinen kleinen Scherz. Wir mussten die Flämmchen niederpusten. Alberto bestand darauf, so
gehöre es sich und verlange es der Brauch.

Mein wunderbares Team beschenkte mich mit einem
handgroßen, ungeschliffenen Bergkristall, in dessen Spitzen
und Kanten sich das Licht der Kerze brach, die Alberto auf
unserem Tisch angezündet hatte. Dieser Stein machte mich
überglücklich. Ich hielt ihn mit beiden Händen, schaute in sein
Innerstes und blickte in Kammern wie aus Eis und Licht.

»Ich danke euch«, sagte ich und drückte den Stein an die
Brust. Ob sie wussten, wieviel mir dieses Geschenk bedeutete?
Paul sah mich an, sagte, na also, was immer das bedeutete.
Hatte ich ihm von meiner Liebe zu Bergkristall, dem Gestein
und Stifters Novelle irgendwann erzählt? Ich erinnerte mich
nicht daran.

Ich fuhr meine Männer nach Hause und verabredete mich
mit Paul zur Besichtigung von Miriams Haus auf den morgigen Sonntag. Ich würde am Vormittag Hedwig besuchen,

anschließend Paul abholen und mit ihm zu Untermatters Garten fahren. Ich nahm, um Grübeleien zu entkommen, eine Tablette, stellte den Wecker und ging schlafen.

Hedwig lag voller Zuversicht in ihrem Bett und freute sich über ihren Waschbeutel, den ich am Morgen in ihrem Badezimmer gefunden hatte. Ihre bestechende Ordnung im Haus hatte mir geholfen, die wichtigsten Utensilien wie Nachthemden, Schlüpfer und Kosmetikartikel schnell zu orten und einzupacken. Die Nachthemden brauche sie vorerst noch nicht, sie trage ein Klinikhemd mit Rückenöffnung, aber schön, dass ich sie schon mal mitgebracht hätte, lobte sie mich.

»Weißt du was«, sagte sie gut gelaunt, »man hat mir gleich ein neues Hüftgelenk eingesetzt. Bei älteren Leuten, sagte der Arzt, sei das die beste Lösung für einen gebrochenen Oberschenkelhals. Darum geht es mir bereits so gut. Ich fürchtete mich während meiner Nachtschicht auf der Treppe vor einem Gipsbett oder einer ähnlichen Folter, und jetzt das hier, schau mal.«

Sie schlug die Decke zurück und zeigte mir stolz einen einfachen Pflasterverband, der die Operationswunde schützte. »Das sind schon Kerle, diese Ärzte, das sag ich dir.«

Sie schwärmte geradezu von ihrem Notfallchirurgen. Ich staunte. Erwartet hatte ich eine völlig verzagte, ans Bett genagelte und mit ihrem Unfall hadernde Hedwig, stattdessen zeigte sie mir eine gymnastische Übung, die sie bereits heute vom Arzt persönlich verordnet bekommen hatte.

»Der kam schon früh zur Visite, wechselte den Verband und sagte, jetzt mal hoch mit dem Po und eine Brücke machen. Ich hatte schon ewig nicht mehr geturnt. Ausgerechnet jetzt nach meinem Sturz sollte ich es tun. Ich stemmte mich auf meine Ellbogen, hob den Po an, anscheinend nicht hoch genug, denn er forderte noch etwas mehr Raum zwischen Matratze und meinem Rücken. Etwa so, schau mal auf den Abstand, Felizitas.«

Ich bückte mich und begutachtete den beachtlichen Hohl-
raum zwischen Hedwigs Rücken und ihrer Matratze. »Und?«

»Hedwig, übertreib es nicht, die Brücke ist hoch genug.«
Mir wurde angst und bang. Endlich gab sie Ruhe und legte
sich gemütlich zurecht.

»Jetzt erzähl doch mal von der Vernissage, wir hatten ja
noch gar keine Gelegenheit darüber zu sprechen.«

Ich tat dies ausführlich, erzählte alles, auch dass Viola Untermatter Miriam Weier sei und meine, durch eine seltene Fü-
gung entdeckte Künstlerin.

»Die Viola, nein, ich glaub es nicht. Da spukt sie vier Jahre
lang in ihrem Haus herum, verweigert jeden Kontakt, wir tragen sie zu Grabe und wissen nicht einmal, wer sie ist. Ich glaub
es nicht. Wenn ich nicht schon flach läge, haute es mich um.«

»Sie war im Grunde immer ein und dieselbe Person«, sagte
ich, »aber die Leute hier im Ort nannten sie wohl Viola, weil
es der Stiefvater tat. Er hatte sie aber nicht adoptiert. In der
Schule war sie sicher mit ihrem Namen Miriam Weier erfasst.«

»Der Untermatter nannte sie Viola, Miriam war dem alten
Nazi wahrscheinlich nicht genehm gewesen«, vermutete Hedwig. »Er hatte auch nach dem Krieg aus seiner Gesinnung kein
Geheimnis gemacht, und es gab immer noch viele Genossen,
die ihn beklatschten. Wie seine Frau darüber dachte, weiß niemand hier. Sie war eine angepasste, unterwürfige Frau. Als
er im Gefängnis saß, behauptete sie, er arbeite in Argentinien
und hole sie später nach. Das glaubte ihr aber niemand, denn
die Sache mit der Viola war längst durchgesickert, und das
Kind war weg. Aber alle taten so, als wüssten sie es nicht.«

Hedwig hob das unbeschadete Bein unter ihrer Decke etwas an. »Bewegung tut mir gut«, sagte sie.

»Als er seine Strafe abgesessen hatte, war von Argentini-
en und der Auswanderung nicht mehr die Rede. Sie redeten
überhaupt nicht mehr mit den Leuten hier, verkrochen sich in
ihrem Haus und bewirtschafteten weiterhin ihren Garten, wie

Robinson sein Eiland. Alles wurde selbst gepflanzt und gezüch-
tet, Obst, Beeren und Gemüse. Nur Kartoffeln kauften sie nach
wie vor bei einem Bauern aus dem Umland, einem Kriegska-
meraden von Untermatter. Er lieferte mit seinem kleinen Trans-
porter regelmäßig an, was auch immer sie benötigten, vielleicht
auch Wild, sicher nicht nur Kartoffeln. Jedenfalls hielt der sich
stundenlang bei seinem Nazifreund auf. In einem kleinen Stall
hinter dem Haus hielten sie vier Geißen und tranken ihre Milch.
Und irgendwann sägte der Untermatter eines Nachts sämtliche
Bäume um und ließ die kahlen Stämme stehen. Niemand weiß,
warum er es tat. Manche vermuten, er habe es in einem schizo-
phrenen Anfall getan, habe sich vielleicht vor den eigenen Bäumen gefürchtet und geglaubt, es handele sich um eine feindliche
Division, die sich aufgestellt hatte. Man sah die danach nie wieder
in ihrem Garten, die beiden Untermatters, nur im Wald beim Pilze sammeln wurden sie gesichtet, aber weiträumig umgangen.«

Ich dachte an Hubertus, den Sonnenwirt. Auch er hatte mit
den Geistern der Vergangenheit gekämpft, oft im Wald in der
Obhut von Martha, auf ihren gemeinsamen Spaziergängen.

Mir wurde es fast unheimlich bei dem Gedanken, dass ich
bald mit Paul das Haus betreten würde, von dem hier die Rede
war. Ich überließ Hedwig ihrem Mittagessen, das eine Schwester servierte, mit bestem Gruß aus der Küche.

»Weißt du, Felizitas, ich kenne eine der Köchinnen hier,
die Tochter einer ehemaligen Schulkameradin von mir«, sagte
Hedwig stolz, deshalb der Gruß.«

Meine Nachbarin hatte es in der Klinik anscheinend bestens getroffen. Sie verfügte bereits über Kontakte zur Küche,
hob für ihren Chirurgen nicht nur den Po, sondern ginge auch
durch ein Feuer, wenn er dies verlange, und genoss die Ver-
wöhnung eines aufmerksamen Personals, von dem sie daheim
in ihrem Alltag nur träumen konnte. Unbesorgt konnte ich sie
daher diesen erfreulichen Verhältnissen überlassen und verabschiedete mich in beherrschter Eile.

»Meine Telefonnummer hast du ja, ruf an, wenn du etwas von zuhause brauchst.«

Natürlich hoffte ich, sie würde es nicht allzu oft tun.

Paul erwartete mich auf der Eingangstreppe des Hochhauses, in dem er wohnte. Kaum sah er meinen Wagen, übersprang er die letzten drei Stufen und kam mir entgegen. Er winkte mit seiner Jeansjacke und warf sie dann über die Schulter. Ich fuhr stadtauswärts, vermied den Autobahnring und ließ mir Zeit, dort anzukommen, wo ich im Augenblick gar nicht mehr sein wollte. Hedwigs Schilderung hatte mich erschreckt. Das Haus in meiner Straße war alles andere als eine begehrenswerte Immobilie, das wurde mir nun mehr als klar. War es schon von außen besehen eine verkommene, eingewachsene Behausung, musste es im Inneren eine äußerst unwirtliche Wohnstätte sein. Die Marienschwestern hatten ihr Erbe noch nicht einmal besichtigt und wollten es bereits verkaufen. Ich machte mich auf alles gefasst. Aufregend war, dass wir in Miriams Intimsphäre eindringen würden, die sie ein Leben lang standhaft gegen Zudringlinge verteidigt hatte. Ich kam mir vor wie ein Polizist, der sich auf den Weg zu einem Tatort macht. Eine Leiche war gemeldet, welche Spuren würde er dort vorfinden?

Auch Paul war still. Vielleicht empfand er Ähnliches. Ich fragte nicht nach. Wir würden etwas aufbrechen, das gut versiegelt gewesen war. Menschen hatten hier gewohnt, die dem Leben den Rücken gekehrt und sich eingeschlossen hatten. Sie hatten von niemand etwas verlangt oder erwartet und wollten in Ruhe gelassen werden, mehr nicht. Hatte Miriam sich dieses Verhalten bereits als Kind von ihren Eltern abgeschaut? Hatte sie geglaubt, dies sei der einzig mögliche Umgang mit anderen Menschen? Doch hatte in diesem Haus nicht auch ein Verbrechen stattgefunden, an einem Kind, einmal, mehrmals? War der Kartoffelbauer womöglich schon in Miriams Kindertagen ein gern gesehener Gast gewesen, der die Untermatters mit

Fleisch und Kartoffeln versorgte und dafür gerne etwas länger geblieben war?

»Paul, es ist kein leichter Gang.«

»Das ist es nicht, aber wir müssen ihn tun.«

Ich fuhr das Auto vor meine Garage. Zu Fuß gingen wir zu Untermatters Garten. Ich wollte, dass Pauls erster Eindruck derselbe sei, wie ich ihn hatte an jenem Tag, als Viola vor ihrem Haus stand und mir den Rücken zeigte.

»Das ist es«, sagte ich, obwohl mein Hinweis unnötig war. Auch ohne ihn hätte Paul dieses so oft von mir beschriebene Niemandsland sofort erkannt. Er starrte auf das Haus, das unter seiner grünen Blätterhaube fast nicht mehr zu sehen war, und in den großen, unbegehbaren Garten, in dem erst noch ein Pfad getreten werden müsste, um zum Haus zu gelangen.

»Ach du liebe Zeit«, sagte er, »das ist ja verrückter als in allen meinen Träumen.«

Die abgesägten Stämme profitierten von wildem Efeu, der freundlicherweise einen dicken grünen Verband über die längst ausgetrockneten Wunden der Geschädigten legte. Goldrute hatte im Kampf um Ausbreitung eindeutig gewonnen, wurde aber von wilden, bereits verblühten Akkeleikompanien aufs schärfste bedrängt.

»Der Garten gefällt mir irgendwie«, sagte Paul. Er rüttelte an der versteckten Eisentür und stieß sie auf, trotz heftiger Gegenwehr hoher Gräser und Wildstauden.

»Eigentlich ist das hier ein wahres Naturparadies, wie es wenige gibt.« Paul sah mit Augen, auf welche dieses verwilderte Stück Land lange gewartet hatte. Ich sah es, wusste es, diese beiden hatten sich gefunden, das Land und er.

»Komm, wir trampeln uns einen Pfad, ich trample voraus.«

Schmal sollte er sein, der Pfad, um möglichst wenig Pflanzen zu zertreten. Paul legte die Spur, ich folgte ihr. Mit seinen Händen strich er über die weichen Blütenbüschel der Goldruten, über hohe Gräser und Wildkräuter, als wolle er sie beruhigen. »Tut mir leid, aber wir müssen hier durch, anders geht es nicht«, sagte er laut und nicht zu mir.

Dann standen wir unter dem Vordach der Haustür. Eine kleine Fensterraute im oberen Drittel der altersschwarzen Holztür versteckte sich hinter einem dicht gewobenen Spinnennetz. Über der Tür hing an einem geschmiedeten Eisenbügel eine fünfeckige Buntglas Laterne mit einem Schirmdach aus Kupferblech. Sie erinnerte mich an ein Bilderbuch, das ich als Kind geliebt hatte. Ganzseitige farbige Illustrationen erzählten vom Leben der Zwerge, die in einem gemütlichen Häuschen wohnten. Ihre vornehmste Aufgabe war es gewesen, die heimelige Wohnstatt ordentlich und rein zu halten. Jeder hatte seine Aufgabe und war Teil eines wünschenswerten Ganzen. Der jüngste von ihnen trug Verantwortung für eine Laterne über der Haustür, die dieser hier zum Verwechseln ähnlich sah. Der kleine Zwerg stand auf einer Leiter und putzte sie hingebungsvoll, seine Backen glühten hochrot vor Eifer. Der Illustrator hatte der Laterne einen Strahlenkranz verpasst, den ich bewunderte. Das Buch hatte eindeutigen Erziehungscharakter. Es hieß Schaut her, wie es die Zwerge machen, und forderte Kinder auf, es ihnen gleich zu tun.

Paul kramte den Schlüssel aus dem Ledertäschchen und steckte ihn ins Schloss. Die Tür ließ sich widerstandslos öffnen. Wir betraten Miriams Haus. Ein vergittertes Fenster erhellte einen engen Windfang, in dem es nach feuchtem Keller roch. Paul schnupperte umher. »Nicht gerade einladend«, sagte er. Der Vorraum war vollkommen leer. Vor der Wohnungstür lag eine abgetretene Fußmatte in Form eines Schweines, an der sich die alten Untermatters den Schmutz von den Schuhen abgestreift hatten. Auch Miriam hatte es sicher getan, wir aber wagten es nicht. Paul öffnete die Wohnungstür. Respektvoll stiegen wir über die Schweinematte und standen in einem schmalen Flur, von dessen Stirnwand uns ein ausgestopfter Hirschkopf entgegen starrte. Sein Geweih war mächtig, doch schadhaft. An einige Stellen waren Geweihspitzen abgebrochen. Auch dieser Flur war leer. Dunkelgrünes Linoleum wölbte sich entlang der Wände und an zwei Schnittstellen nach oben und legte einen grauen Zementstrich frei. Eine Tür führte in ein Wohnzimmer, eine andere in die Küche. Daneben gab es eine kleine Toilette mit winzigem Fenster und einem bis knapp unter die Decke hochgesetzten Wasserkasten, der mit einer Kette zur Spülung der deckellosen Toilettenschüssel in Gang gesetzt wurde. Es roch nach feuchtem Gips und fauligen Kartoffeln. Paul zog an der Kette. Gurgelgeräusche kündigten den erstaunlich kräftigen Wasserfall in der Schüssel an, eine zunächst bräunliche Brühe, die im Lauf des Spülvorganges an Klarheit gewann. Eine Armee von Silberfischen und grünlich schimmernder Käfer flüchtete in die reichlich vorhandenen Ritzen des schachbrettartig gefliesten Bodens, während wir auf das Einströmen des Wassers im Spülkasten horchten.

»Ich muss sicher sein, dass der Mechanismus da oben wieder einrastet, sonst haben wir ein Problem«, sagte Paul.

Eine graue Eisentür am Ende des Flures verschloss den Kellerabgang. Die Möblierung des Wohnzimmers war kärglich und trist. Ein Sofa mit Armlehnen aus Holz und hoher Rückenlehne stand an der Wand, den beiden Fenstern gegenüber. Der dunkelgrüne Samtbezug der Polster war abgeschabt und teilweise aufgeschlitzt. Zwischen den Fenstern hing ein Kreuz mit einem realistisch geschnitzten und in satten Fleischfarben gefassten Corpus, aus dessen Seitenwunde ein beeindruckend roter Blutfluss quoll.

»Sollte nicht eher Wasser aus der Wunde Christi fließen?« Paul erinnerte sich vage an seinen Religionsunterricht.

»Wasser ist eben schwerer zu malen«, sagte ich, »Blut dagegen ist einfach rot. Aber es heißt, soviel ich weiß, dass Blut vermischt mit Wasser aus seiner Seite floss, und das zu malen ist wirklich nicht leicht.«

Ein rechteckiger Esstisch mit vier Stühlen stand in der Zimmerecke. In einem schwarzen Büffet der dreißiger Jahre waren hinter kleinen Glastüren Sammeltassen und einige Nippes Figuren aus Porzellan ausgestellt. Zwei Tänzerinnen hoben frivol ihren Rüschenrock und zeigten ordentlich Bein. Die große Gipsmadonna auf einem runden Blumentisch dagegen faltete andächtig ihre Hände und blickte aus blauen Augen sanft zur Zimmerdecke. Auf ihrem weißen Schleier lag eine dicke Schicht Staub. Staub lag auch auf Tisch und Stühlen, auf Sofa und Fußboden, einem Holzbretterboden, wie ich ihn in Bauernhäusern gesehen hatte. Die einst gelbgrundige Tapete mit weißen Rosenblüten war tabakfarben nachgedunkelt und ließ auf einen starken Raucher schließen. Vorhänge gab es in diesem Zimmer keine.

Die Küche war so groß wie das Wohnzimmer. Auch hier zeugte ein Kreuz über einer Eckbank von der christlichen Gesinnung der Bewohner. Hinter den Armen des Gekreuzigten steckten in einem Kokon aus Spinnweben konservierte Palmkätzchen Büschel, die auf diese Weise noch viele Jahre durchhalten würden. Ein Elektroherd stand neben einem grauen Spülstein, ein karamellfarbenes Küchenbuffet ließ einen Türflügel hängen und gewährte Einblick in die Geschirrausstattung der Hausfrau. Eine große Suppenschüssel stand neben einem Stapel tiefer Teller mit verblasstem Goldrand. Am großen Tisch vor der Eckbank hatte Miriams Mutter vermutlich ihre Kochvorbereitungen getroffen, Gemüse geschnitten, Teig gerührt und Marmeladengläser gefüllt. In einem offenen Regal reihten sich Kochtöpfe aneinander, drei Bratpfannen waren der Größe nach ineinander gestapelt. Es roch nach altem Fett, vermischt mit Staub, einer über viele Jahre angewachsenen, robusten Schicht, die Herd, Möbel und Küchengeräte flächendeckend überzog. Miriam schien sich hier mit Reinemachen nicht aufgehalten zu haben.

Paul fotografierte in Wohnzimmer und Küche und entdeckte eine schmale Tür zur Speisekammer. Zwei leere Holzregale verrieten nichts über die Essgewohnheiten der Familie.

Auch Miriam hatte hier keine Spuren einer Vorratshaltung hinterlassen.

»Ich frage mich gerade, ob Miriam diese Küche überhaupt benutzt hat. Was meinst du, Paul.« Der machte eine Nahaufnahme der eingesponnenen Palmkätzchen. »Es sieht nicht danach aus«, sagte er, »aber wo kochte sie dann?« Er stieg von der Eckbank, die ihm einen Panoramablick über die Küche verschafft hatte.

»Ist dir klar, dass die alten Untermatters an diesem Tisch ihr todbringendes Pilzgericht verzehrt haben?« Soeben war es mir eingefallen.

»Ach, und ich turne auf ihrer Eckbank herum«, sagte Paul und schoss ein Foto des Küchenbuffets.

»Wurden sie nicht in diesem Bett gefunden?«, überlegte Paul, jetzt sensibilisiert für das häusliche Drama, das sich in diesem kleinen Haus abgespielt hatte. Wir standen vor einem entkernten Ehebett, ohne Bettrost, ohne Matratzen und Auflagen. Über der Kopfseite des Bettgestells hing ein breitformatiges Jesusbild. Es war kein hinter Glas geschützter Kunstdruck im süßlichen Stil jener Gebetsbildchen, wie sie in Gesangbüchern gesteckt und mich als Kind begeistert hatten. Nein, dieses Bild war handgemalt, mit Ölfarbe und nicht einmal schlecht. Ein Goldrahmen verlieh ihm eine sakrale Aura. Jesus saß in einem fast überirdisch leuchtenden, weißen Gewand auf einem Felsbrocken. Beide Arme streckte er einer großen Schar Kinder entgegen, die über die Breite des Bildes verteilt auf ihn zueilten, und ihm ihre Händchen entgegenhielten. Ein kleines Mädchen hatte sich mit erhobenen Armen zwischen seine Beine geworfen und sah sehnsüchtig zu ihm auf.

Jesus, der Kinderfreund las ich auf einer weißen Banderole im blauen Himmel. Von zwei schwebenden Engeln wurde sie dem Betrachter entgegengehalten.

Neben den Betten standen Nachtkästchen, ihre Schubladen waren leer. Der große Kleiderschrank dem Bett gegenüber war es ebenfalls. Wo waren Untermatters Kleider? Hatte Miriam diese im Garten verbrannt?

Ein zweites Zimmer im Oberstock war vollkommen leer. Eine kleine, an die Wand gekritzelte Katze verriet Miriams Handschrift. Als kleines Mädchen musste sie das Tier gezeichnet haben, nicht in der Art, wie Kinder in diesem Alter zeichnen, sondern bereits mit dem Darstellungsvermögen einer außergewöhnlichen Beobachterin. Paul fotografierte die Skizze, sah sich um, ob er noch weitere fände, doch die Katze blieb das einzige Indiz dafür, dass hier ein Kind gelebt hatte.

»Ob der Stiefvater das Zimmer geräumt hatte, als er aus dem Gefängnis zurückgekommen war?«

»Denkbar ist es«, sagte Paul. »Vielleicht hat es aber auch Miriam getan, nach ihrem Einzug. Vielleicht zertrümmerte sie alles, was sie vorfand, mit einer Axt, die sich, was mich nicht wundern würde, im Keller problemlos finden ließ.«

Er fotografierte den kahlen Raum von der Türschwelle aus, um ihn als Ganzes ins Bild zu bekommen. »Und«, sagte er, »bist du bereit für das Giebelzimmer?« Das war ich.

Wir erreichten es über eine enge Holzstiege am Ende des Ganges, die zum Dachboden des Hauses führte. Diesem war durch einen Wandeinbau aus Holz ein Raum mit einer schmalen Tür abgetrotzt worden. Vor der Holzwand lagerte zugesägtes Brennholz, sorgfältig aufgeschichtet bis unter das schräg abfallende Dach. Paul öffnete die Tür zur Giebelkammer und trat ein. Ich zögerte, holte tief Luft und betrat das Zimmer, dessen kleines Fenster als einziges auch tagsüber beleuchtet gewesen war. Im hinteren Teil des Raumes unter der Dachschräge stand ein Bett, Kopfkissen und Decke waren penibel glattgestrichen. Ein schmaler langer Tisch stand vor dem Fenster, davor ein einfacher Holzstuhl. Was gab es noch? Auf einem Hocker einen Elektrokocher mit zwei Platten, ein Waschbecken an der Wand, kein Spiegel darüber, eine breite alte Kommode mit vier tiefen Schubfächern für Bekleidung.

Den Inhalt der Kommode wollte ich mir vorerst nicht besehen, ich hätte die Begutachtung von Miriams Wäsche als Übergriff auf ihre Persönlichkeit empfunden. Gleichzeitig diente die Kommode als Geschirrablage. Zwei Teller, eine Tasse und eine Müslischale standen zwischen zwei Kochtöpfen und einer kleinen Pfanne. In einem Regal über dem Waschbecken riskierte Miriams Zahnbürste, zerzaust und müde in einem Plastikbecher hängend, einen Blick auf drei noch ungeöffnete Tüten mit Haferflocken.

»Eine Notversorgung für schlechte Zeiten«, sagte Paul, »ich halte sie auch in Vorrat.« In einer Plastikschale lagen ein Löffel, ein Messer und eine Gabel. Einen Kühlschrank gab es nicht. Ein kleiner Werkstattofen erklärte das aufgeschichtete Holz vor der Tür. Diese Zelle, ähnlich denen der Schwestern in Mariental, war Miriams Reich gewesen. An dem Tisch ist sie gesessen, hat gezeichnet und aus dem Fenster geschaut. Ihr Blick in die Welt verengte sich auf einen Garten mit abgesägten Bäumen, auf ein paar Leute, die zum Einkaufen gingen, auf wenige Autos, die einen Umweg fuhren, um im Berufsverkehr die Hauptstraße mit der Ampel zu meiden.

Mein Blick über den Tisch traf auf mehrere Gläser mit schwarzer Tinte, auf einen Becher, in dem ein Strauß Pinsel steckte, in allen Stärken von fein bis dick, und auf eine Anzahl hochwertiger Zeichenblocks. Ihr Füller lag neben einer verschlossenen Mappe, direkt vor ihrem Stuhl. Ich rührte es nicht an, dieses für sie unentbehrlich gewordene Schreibgerät, mit dem sie die meisten ihrer Zeichnungen geschaffen hatte. Ich würde den Füller eines Tages zu mir nehmen, das nahm ich mir vor, doch jetzt war meine Hemmung zu groß, um es sofort zu tun.

»Sie muss sich ihr Arbeitsmaterial in der Stadt besorgt haben, im Supermarkt hätte sie es nicht bekommen«, sagte Paul. »Das wertvolle Papier stammt jedenfalls aus einem Spezialgeschäft für Künstlerbedarf, die Pinsel ebenso.« Er strich mit der Hand über die weichen Borsten, hielt dann ein Tintenglas gegen das Fenster. »Diese Tinte bekommst du nicht einmal in einem guten Schreibwarengeschäft. Sie wusste Bescheid, wo sie diese Dinge finden würde.«

»Michael hat sie gelehrt, nur beste Ware zu benutzen, und sie für Miriam besorgt. Auf diesem Niveau ist sie geblieben, darunter war sie nie mehr geraten, zum Glück für ihr Werk, zum Glück für uns.«

Auf dem Boden lagerten Stapel von Zeichnungen. Jeder Stapel war mit einem Stein beschwert. War einmal ein Windstoß durch ihre Kammer gefahren und hatte die Blätter aufgewirbelt, deshalb die Steine? Paul und ich sahen uns an. Hier kam noch einmal Arbeit auf uns zu, mit der wir nicht gerechnet hatten. Wir nahmen die Steine weg. Sie drückten die Zeichnungen in der Mitte ein, für meine Galeristenaugen ein schmerzhafter Anblick. Wir knieten zwischen den Papiertürmen und besahen uns einzelne Blätter.

»Sie hat hier in diesem Zimmer ihre Kindheit heraufbeschworen«, sagte Paul. Er hielt ein größeres Blatt in der Hand und blickte auf ein kleines Mädchen, das nackt in einem Badezuber saß. Das Kind planschte nicht fröhlich im Wasser, wie Kinder es gerne tun. Es hielt den Kopf gesenkt, als erwarte es eine Strafe. Paul nahm das nächste Bild zur Hand. Gleiches Motiv, doch das Kind duckte sich tiefer wie unter einem Schlag. Seinen Kopf hatte es zwischen die Schultern gezogen. Blatt um Blatt zeigte ein Mädchen im Zuber, das immer tiefer in ihm versank und auf dem letzten Bild nicht mehr zu sehen war.

»Was ist das für eine seltsame Bildergeschichte«, rätselte Paul. »Was erzählt sie denn nur?« Er hielt inne. »Vielleicht erzählt Miriam hier eine ganz schreckliche Geschichte, eine Schlüsselgeschichte, die den Beginn ihres Leidensweges beschreibt. Das Kind ist nackt, es wartet anscheinend auf Unsagbares, das es nach und nach verschwinden lässt. Miriam ertrinkt und taucht nie wieder auf.«

»Ich glaube, du hast recht. Schau dir diese Zeichnung an.«
Schockiert reichte ich Paul das Papier. Er wollte nicht sehen,
was er sah. Zwei eindeutig männliche Gestalten ohne Gesicht,
die eine kurz und dick, die andere lang und schmal, packten
ein nacktes Mädchen an Füßen und Händen und zerrten an
ihm, als wollten sie es in die Länge ziehen. Oder wollten sie es
in zwei Hälften reißen? Das Mädchen war kein Kleinkind, ich
schätzte es auf etwa acht Jahre. Paul legte das verstörende Bild
zurück auf seinen Stapel.

»Ich fasse es nicht«, sagte er, »es ist eine Katastrophe.«

»Vielleicht ist das, was zu sehen ist, so nicht passiert. Vielleicht drückte Miriam mit dieser Darstellung einer Folter nur
symbolhaft ihr damaliges Lebensgefühl aus?«

Ich wollte ihn trösten, konnte es aber nicht.

»Was immer Miriam hier zeichnete, ist so oder anders passiert und ist auf alle Fälle ein deutlicher Hinweis darauf, dass zwei
Peiniger sich an ihr vergangen haben. Der Kartoffelbauer und Untermatter haben das Kind geschändet, wann immer der Gast mit
seiner Lieferung im Hause war, und die Mutter hat weggesehen.«

»Paul, ich glaube, dass Miriam die Steine aus einem ganz
anderen Grund als eines Windstoßes wegen auf ihre Leidens-
geschichte gelegt hat«.

Er nahm andere Blätter zur Hand. Ein Mädchen fiel in einen Abgrund und niemand hielt es auf.

Es hing an einer Steilwand und wollte sie erklimmen, doch
zwei Schatten stießen das Kind mit langen Stangen von oben
in die Tiefe.

Ihre Peiniger hat Miriam als Schattenwesen gezeichnet,
ohne Gesicht, mit sehr langen Armen und großen Händen. Dem
Mädchen hat sie die Haare geschoren. Wollte sie ein Junge sein?
Hat sie geglaubt, als Junge wäre sie verschont geblieben?

»Schau mal hier.« Ich reichte Paul schockierende Bilder.
Ein dickes, sackartiges Gebilde lag auf dem Kind und schien es
zu erdrücken. Wie leblos lag das Mädchen unter ihm.

Der Riesensack lag auf seinem Rücken, seinem Bauch und zwischen seinen Beinen, versperrte ihm den Weg, als es fliehen will.

Ein anderer Schatten war schmal und lang, wand sich wie eine Schlange zwischen den Beinen des Mädchens hindurch, wickelte sich um seine Brust und biss es in den Hals. Paul fiel die Zeichnung aus der Hand. Er war kreidebleich geworden.

»Ich kann nicht.« Er stand auf. »Ich kann das nicht.«

Eine Zeit lang stand er, dann setzte er sich auf Miriams Arbeitsstuhl, schaute zum Fenster.

»Es ist Miriams Geheimnis, das hier zum Vorschein kommt. Um es abzubilden, musste sie an den Ort zurückkehren, an dem sie diese Gräuel erlitten hatte. Wir müssen ihr Geheimnis weiter hüten, dürfen es auf keinen Fall an die Öffentlichkeit zerren. Sie würde es niemals wollen.«

Ich gab Paul recht. Miriam war zurückgekehrt, um sich von einer schweren Last zu befreien. In Mariental wäre es ihr nicht möglich gewesen. Ihre Angst, dabei entdeckt zu werden, hat ihr verboten, es dort zu tun. Was, wenn Martha solche Zeichnungen gesehen hätte? Die Bilder auf dem Boden dieser Kammer waren nicht für die Augen anderer bestimmt. Hier lag die grausame Geschichte ihrer Kindheit, von der sich die Erwachsene noch im Alter zu lösen versucht hatte.

»Komm und sieh dir das an.« Paul hatte die Mappe geöffnet, die vor ihm auf dem Tisch lag, und blätterte in Zeichnungen, die die Tier- und Pflanzenwelt ihres Gartens thematisierte. Käfer, Spinnen, Vögel, Mäuse und Igel krochen, lauerten, flogen, huschten und trippelten im Dschungel einer wildwüchsigen Pflanzenwelt umher. Das Haus war nicht mehr zu sehen. An seiner Stelle erhob sich ein Hügel, auf dem unzählige Sonnenblumen ihre geöffneten Blütenteller zum Himmel hoben.

»Diese Zeichnungen lassen hoffen, sagte er, »aber wer ist denn das?«

Ich stand neben ihm, er schob mir ein Blatt unter die Augen. Ich beugte mich darüber. Miriam hatte den Garten aus ihrer Giebelfensterperspektive gezeichnet. Sie sah, was Paul und ich jetzt ebenso sahen, eine grüne Wildnis, abgesägte Bäume und einen eingewachsenen Zaun. Doch Miriam sah noch mehr. Auf dem Bild steht eine Frau am Zaun. Sie hält einen Arm in die Höhe und winkt. Ich benötigte keine Lupe um diese Frau zu erkennen. Die Frau war ich. Tränen stiegen mir in die Augen. Paul stand auf, entzog mir das Blatt, um es gegen die aufsteigende Flut zu schützen. Mir war, als hätte ich einen heftigen Schlag erhalten.

»Sie hat mich gesehen, sie hat mich gesehen«, schluchzte ich und fiel auf den Stuhl, den Paul mir unterschob.

»Sie sah dich mehrmals, schau her.«

Fünf weitere Zeichnungen erzählten von einer Frau, die im Vorbeigehen winkt oder am Gartenzaun steht und winkend nach oben blickt. Einmal bückt sie sich, um das Namensschild an der Gartentür zu lesen. Miriams scharfen Augen war nichts entgangen. Mein Haarreif schiebt das Haar aus der Stirn, meine große Einkaufstasche baumelt über meiner Schulter, T-Shirt und Jeansweste waren gut zu erkennen. Die Streifen meines Ringelshirts hatte sie als grafisches Element genutzt, die Punkte auf der Tasche ebenso.

Warum weinte ich nur so heftig?

Miriam war mir plötzlich so nahe, ich fühlte mich von ihr erkannt. Vielleicht hatte sie hinter ihrem Fenster auf mich gewartet, Tag für Tag, war glücklich gewesen, als sie mich sah? Irgendwann war ich nicht mehr gekommen, und Miriam war gestorben, nicht deshalb, sondern weil sie krank gewesen war. Ich bereute, sie vernachlässigt zu haben, mit wichtigerem beschäftigt gewesen zu sein. Ich weinte immer noch. Paul wartete geduldig, bis ich mich wieder fasste.

»Hast du Marthas Päckchen dabei, das du hier öffnen solltest?«, versuchte er mich auf andere Gedanken zu bringen.

»Das Päckchen, ja natürlich. Gut, dass du mich daran erinnerst.« Ich holte das flache, in Packpapier eingeschlagene Geschenk aus meiner Tasche und löste die Schnur, die Martha überseetauglich verknotet hatte. Eine zweite Schutzhülle war leichter zu öffnen. Sie hatte das gepolsterte Kuvert nicht zugeklebt. Ich griff hinein und hielt einen Pass in der Hand. Es war Miriams Pass.

»Paul, es ist Miriams Pass.« Ich erschrak. Auch Paul hielt den Atem an. Ich drückte den Pass an die Brust und zögerte, konnte nicht glauben, dass ich im nächsten Augenblick ein Foto von ihr sehen würde. Ich bekam Angst. Wollte ich überhaupt wissen, wie sie in Wirklichkeit ausgesehen hatte? Hing ich nicht zu sehr an meiner eigenen Vorstellung, die ich mir die ganze Zeit von ihr gemacht hatte? Diese Vorstellung ermöglichte Spielraum, erregte meine Fantasie. Ich sah meine Heldin als junges Mädchen, als ältere Frau, je nach Stimmung oder Tageszeit. Am Morgen war sie jung und schön, am Abend müde und erschöpft. Doch schön war sie immer, in all meinen Bildern, die ich von ihr in mir trug. Sollte ich den Zauber des Unbekannten brechen gegen ein Bild, das mich vielleicht enttäuschte?

»Trau dich einfach«, sagte Paul. »Sie hat dich schließlich auch gekannt.«

Ich tat es. Aus einem kleinen Fotoformat sah Miriam mich an. Ihr Gesicht war oval geformt. Eine hohe Stirn wölbte sich über weit auseinander liegenden Augen, die eindringlich in die Kamera blickten. Zwei tiefe Kerben zwischen den Brauen mussten sich schon in jungen Jahren eingegraben haben, ein erstaunlicher Kontrast zu ihrer noch faltenlosen Haut. Eine schmale, etwas lange Nase hob das Madonnenhafte ihrer Gesichtsform wohltuend auf. Ein schmallippiger Mund verriet weder Freude noch Schmerz. Der strenge Mittelscheitel teilte über der Stirn sehr feines, glattes, helles Haar, das straff hinter die Ohren gezogen war. Der Pass war 1999 ausgestellt worden, Miriam war demnach auf diesem Foto 49 Jahre alt. War sie schön? Diese Überlegung war für mich auf einmal ohne Belang. Es war Miriam, und ich stellte keine weiteren Fragen zu ihrem Äußeren. Ich sah Miriam. Sie war weder schön noch hässlich, weder auffallend noch unscheinbar, sie war es selbst, und das war wunderbar. Keine meiner Vorstellungen interessierte mich noch, keine übertraf das Original. Es machte mich glücklich, sie anzuschauen.

Paul besah sich den Pass, betrachtete lange das Foto.

»Diese Augen«, sagte er, »was haben diese Augen gesehen. Sie arbeiteten wie eine Kamera, waren Miriams Blackbox und speicherten im Dauereinsatz Bild um Bild in ihrem Gedächtnis, hinter dieser hohen Stirn. Dass sie kaum gesprochen hat, lag vielleicht auch an ihrem einseitigen Wahrnehmungsvermögen. Sie hat mit optischen Reizen so unendlich viel zu tun gehabt, dass sie die akustischen vernachlässigen musste.«

»Das könnte sein«, sagte ich, »und das Kindheitstrauma tat noch ein Übriges. Ich glaube, das Grauen hatte Miriam endgültig die Sprache verschlagen.«

Wir entschieden, die Mappe schon mal mitzunehmen, die Schreckensblätter dagegen im Haus zu lassen und sie an einem anderen Tag zu holen, an diesem auch einen Abstieg in den Keller zu wagen. Jetzt war ich dazu nicht mehr fähig. Ich war erschöpft und wollte aufbrechen. Paul plante, mit der S-Bahn in die Stadt zu fahren und noch am Layout unseres Buches zu arbeiten.

Wir verschlossen Miriams Haus, schlossen ein, was uns in diesem bewegt und erschreckt hatte. Ich hoffte, die gerufenen Geister würden uns nicht über die Gartengrenze hinaus verfolgen wie aggressive Hunde. Wir suchten unseren Trampelpfad durch die Wiese, spurten ihn erneut bis zum Gartentor.

Paul begleitete mich nach Hause. Wir redeten wenig. So einsilbig hatte ich ihn noch nie erlebt. Er trug die Mappe und gab sie mir wortlos vor meiner Haustür. Ich stellte sie für einen Augenblick vor die Wand.

»Wir sehen uns morgen«, sagte ich, wollte ihn umarmen, gab ihm aber nur die Hand. Er hielt sie fest, legte seine andere darüber.

»Es gibt so vieles zu sagen, wir sollten darüber sprechen, Felizitas, glaube ich.« Er gab meine Hand frei und wandte sich ab.

»Das werden wir«, rief ich ihm nach.

Er kam zurück. »Was denkst du, Feli, kann ich dich heute Nacht unbesorgt allein lassen nach diesen Eindrücken heute?« Strähnen hingen vor seinen Augen, er strich sie nicht aus der Stirn.

»Klar kannst du das!« Ich sah zu Boden. Sendepause. Sie zog sich hin.

»Bist du sicher?«

Ich schüttelte den Kopf. »Nein, gar nicht, ich bin gar nicht sicher.«

»Wie meinst du das?«

»Wie ich es sage, ich bin mir nicht sicher, ob du mich alleine lassen kannst.«

»Nicht sicher?« Er tat, als interessiere ihn etwas auf der Straße, schaute nach links, schaute nach rechts.

»Nein, überhaupt nicht«, wiederholte ich ratlos.

Jetzt sah er mich an, schob dabei die Haare aus der Stirn.

»Ist gut, Feli, ich befürchtete schon, mit uns beiden würde es nie etwas werden.«

Er folgte mir ins Haus und schloss hinter sich die Tür.

7

Innerhalb eines halben Jahres hatte sich Miriams Ruf bis in die letzten Ecken und Winkel eines aufhorchenden Kunstmarktes ausgebreitet. Das Interesse an der Neuentdeckung war enorm. Wir mussten Entscheidungen treffen. Ein bekanntes Museum in Tokio bekam die erste Ausstellung zugesprochen. Amsterdam, Wien, Hamburg und Stockholm würden folgen, neue Anfragen erreichten uns im Wochentakt. Chicago und New York kamen auf die Liste für das übernächste Jahr. Die Presse überschlug sich vor Begeisterung. In der Galerie gaben sich Journalisten und Kritiker die Klinke in die Hand.

Staunen vor Schwarz-Weiß betitelte eine namhafte Tageszeitung einen ganzseitigen Artikel in ihrem Feuilleton. Eine andere begab sich auf die Suche nach dem Phantom des genialen Strichs. Die Künstlerin sei unsichtbar, ihr Werk dagegen eine Offenbarung.

Farblos grandios, urteilte ein gefürchteter Kritiker.

Van Dammen belieferte mehrere wichtige Zeitungen in Belgien, Holland und Deutschland mit seiner Einschätzung. Der unverstellte ruhige Blick in die condition humaine sei ein Ereignis ersten Ranges. In einer Welt der Bilderflut, der billigen Reize und überbordenden Farbspektakel, schaffe das Werk dieser Künstlerin einen Sog, dem sich der Betrachter gerne überlasse. Bild für Bild tauche man ab in ein Universum, das man zwar zu kennen meint, doch in diesen Zeichnungen zum ersten Mal zu sehen glaubt. Ihr künstlerischer Anspruch und die schier grenzenlose Bandbreite ihres Könnens katapultiere die bislang unbekannte Zeichnerin in eine Reihe mit den bekanntesten Meistern unseres Kulturkreises, die gegen diese Platzname nichts einzuwenden hätten. Eine Annäherung an japanische Strichführung sei zudem in vielen Darstellungen eine großartige Überraschung.

Rundfunk und Fernsehen berichteten in verschiedenen Kultursendungen. Paul und ich schilderten darin wechselweise das Abenteuer des Suchens und Findens unserer bereits verstorbenen Künstlerin und ihres zum Leben erwachten Werkes. In untrennbarer Einheit mit diesem hatte Miriam in kürzester Zeit alle Voraussetzungen zu einer beginnenden Legendenbildung erfüllt. Wir verhinderten diese nicht.

Miriams Passfoto hielt ich unter Verschluss. Das Geheimnis um die Unsichtbare sollte ein Geheimnis bleiben. Martha hatte mir mit dem Foto ein unschätzbares Geschenk gemacht, das ich mit Paul teilte, aber nicht mit den weltweit suchenden Sammlern und Käufern. Diese könnte ich an den Chef meines Supermarktes verweisen, der ihnen die Künstlerin mit freundlichen Worten schildern und dabei von dem Interesse an ihrer Person geschäftlich profitieren würde.

Ja, würde er sagen, hier, genau auf diesem Stuhl in meinem Büro saß sie und bat mich um eine wöchentliche Lebensmittellieferung. Freundlich sei sie gewesen, aber sehr ruhig und sichtbar kränklich.

Nein, der Kunsthandel musste sich vorerst mit ihrem Werk begnügen. Eine Portraitzeichnung, die Paul und mich vollkommen überrascht hat, war zwischen den Schreckensbildern aufgetaucht, als unterstes Blatt eines jener Stapel, die Miriam mit Steinen beschwert hatte. War es ihr nach einer schmerzvollen Aufarbeitung gelungen, sich selbst anzuschauen? Mit wenigen Strichen hatte Miriam die Gesichtszüge einer Frau skizziert, die mit fragendem Blick auf eine Antwort zu warten scheint. Die Zeichnung stellten wir nach einem Vergleich mit dem Passfoto, als Selbstbildnis der Künstlerin ihrem Werk zur Seite. Seine Erschafferin würde, da fotografisch nicht dokumentiert, weiterhin im Dunkeln bleiben, denn andere Fotos als das in ihrem Pass gab es nicht. Und das war gut so.

Paul stellte nach einigen Wochen das Buch mit Miriams Zeichnungen vor. Seine großzügige, exzellente Layoutgestaltung profitierte zusätzlich von den ausgewählten Arbeiten, diese wiederum von Pauls Augenmaß. Jeder Zeichnung gönnte er Raum, für jede verschwendete er Platz. Da klebte kein Motiv am anderen, oder versuchte ein Bilderbogen mit Miniformaten der Quantität den Vorzug zu geben. Zugunsten der Einzelnen konnte nur eine begrenzte Anzahl ihrer Zeichnungen abgebildet werden. Doch diese standen für alle anderen und weckten den Wunsch, das restliche Werk kennenzulernen.

Eine Auflage von tausend Büchern war nach der Vorstellung in der Galerie rasch vergriffen. Der Kunstverlag, der das Risiko einer Veröffentlichung eingegangen war, legte in den folgenden Wochen neu auf.

Die erste Ausstellung in Tokio, von Franz und Christof aufbereitet, vom Veranstalter finanziert, organisiert und transportiert, brachte Miriams Werk weltweite Beachtung. In Japan standen die Menschen Schlange, um ihre Bilder zu sehen. Paul und ich flogen nach Tokio. Im Rahmen eines festlichen Abends halfen wir dem Veranstalter, die Ausstellung zu eröffnen.

Paul entschloss sich, Miriams Haus zu kaufen. Die Marientaler Schwestern überließen ihm das Grundstück zu einem fairen Preis. Das Haus bekam er als Geschenk dazu. Abbruchreif sei es und verursache ihm noch genügend Kosten, begründeten sie ihre Großzügigkeit. Paul überließ Garten und Haus vorerst der fröhlich keimenden Natur und machte sich Gedanken, was mit dem Anwesen langfristig geschehen solle.

Er träumte von einem Mutter-Kind-Haus mit Spielplatz und gemütlichen Sitzecken im Garten für Mütter und Frauen, die vor gewalttätigen Männern hier Zuflucht fänden, im Miriam-Weier-Haus, gestiftet aus dem Vermögen, das sich durch Einzelverkäufe ihrer Bilder ständig vergrößern könnte.

Auf zwei Jahre begrenzten wir die Sperre für den Verkauf von Miriams Bildern. Das Gesamtwerk musste erst einmal erfasst und katalogisiert werden. Das war Pauls Arbeit. Ausgenommen waren die Leihgaben an Museen und Kunsthallen, die ihren Zeichnungen Aufmerksamkeit verschafften. Bildfolgen oder Themengruppen wollten wir grundsätzlich erhalten und nicht auseinanderreißen. Das Werk sollte möglichst im Ganzen bewahrt und nicht veräußert werden, mit Ausnahme einiger Einzelmotive. Als das erste Blatt in einem Hamburger Auktionshaus zum Verkauf angeboten wurde, erzielte es eine sehr hohe Summe. Pauls Traum rückte in die Nähe einer hoffnungsvollen Realität.

Ein Internist aus Berlin schrieb mir eines Tages folgende Mail:

Ich habe Grund zu der Annahme, dass die Künstlerin Miriam Weier vor vielen Jahren unser Kindermädchen war. Sie schenkte meinem Bruder und mir einige Portraitzeichnungen, die sie von uns gemacht hatte. Wir besitzen diese Zeichnungen heute noch, ließen sie Jahre später rahmen und freuen uns daran. Das Buch der Kinder bestellte ich bald nach dessen Erscheinen und verschenkte es schon viele Male an Freunde und interessierte Kollegen. An mein Kindermädchen erinnere ich mich gern. Mein Bruder und ich liebten es, im Gegensatz zu meinen Eltern, die der jungen Frau nach kurzer Zeit wieder kündigten. Die Bedenken meiner Eltern gegenüber der originellen Frau konnten wir nicht verstehen. Ich bedaure es sehr, dass sie das Erscheinen dieser wunderbaren Künstlerin nicht mehr erleben können, sie sind beide leider schon verstorben.

Paul und ich trafen den Arzt, als Miriams Bilder in Berlin gezeigt wurden. Wir verbrachten einen angenehmen Abend in

seiner Familie, sahen drei gerahmte Portraits eines Jungen mit
Lockenhaar und erfuhren, dass dieser Junge jeden Abend im
Bett auf seine Nanny gewartet hat, bis sie von ihren Streifzügen
durch die Stadt zurückgekommen sei. Er hatte Angst um sie
und habe erst schlafen können, wenn sie ihren Kopf durch seine
Zimmertür gesteckt hatte. Bin wieder da, sagte sie dann.

»Abends hatte sie Freizeit und konnte tun, was sie wollte.
Meine Eltern waren froh, wenn sie ihnen nach einem anstrengenden Arbeitstag in der Praxis nicht auch noch auf die Nerven ging.«

Hedwig hatte den Aufenthalt in einem Rehabilitationszent-
rum gut genutzt. Sie kehrte nicht nur springlebendig heim,
sondern hatte dort einen neuen Partner kennengelernt und
diesen auch gleich mitgebracht. Ein freundlicher, älterer Herr
mit Führerschein und anderen Vorzügen, von denen Hedwig
nur andeutungsweise schwärmte, lebte von nun an in direkter
Nachbarschaft. Ich schätzte die Anwesenheit des neuen Nachbarn Eberhard, denn dieser befreite mich von der Sorge um
Hedwigs Wohlergehen. In meinem mittlerweile straff orga-
nisierten Alltag hätte ich damit womöglich ein Problem gehabt. Ich bat sie und ihren Freund, mich auf den Friedhof zu
begleiten. Ich hatte einen neuen Grabstein für Miriam bestellt
und wollte bei seiner Aufstellung nicht allein sein. Die beiden
begleiteten mich gern. Der neue Stein war etwas größer als
der alte, die aufgesetzten Buchstaben ebenso. MIRIAM VIO-
LA WEIER stand in klassischer Antiquaschrift über ihrem Ge-
burts- und Sterbedatum.

Ein über ihrem Namen eingelassener Bergkristall sollte sowohl Miriams Kühnheit als auch ihre Zerbrechlichkeit zum
Ausdruck bringen. Ich legte einen Strauß Lilien auf das kleine
Grabfeld, Hedwig und Eberhard stellten eine Schale Vergiss-
meinnicht dazu. Anschließend lud ich beide zu Kaffee und Kuchen ein, Kaffee bei mir zuhause, Kuchen vom Bäcker.

Und Mark? Überraschend stand er eines Tages in der Galerie und besah sich Miriams Zeichnungen. Ich begleitete ihn durch die Ausstellungsräume, sein altes Arbeitsumfeld. Er hatte körperlich kräftig zugelegt. Kam es von regelmäßig üppigen Mahlzeiten aus Antonias Töpfen und Pfannen oder eher vom schnellen Griff in die Tiefkühltruhe im Supermarkt? Ich vermutete letzteres.

»Wie geht es Antonia«, fragte ich ihn, obwohl ich es nicht wirklich wissen wollte.

»Sie ist noch in New York, ihr Job wurde verlängert, sie kommt als Model momentan sehr gut an. Nächste Woche fliege ich rüber und bleibe einige Zeit, mal sehen.«

Mal sehen klang nicht besonders gut, aber ich wollte mir um Mark keine Sorgen machen. Er bemerkte meinen Blick auf seinen Hosenbund und lächelte verlegen. »Liebe geht durch den Magen, was soll ich machen.« Überrascht zeigte er sich von meinem Erfolg. »Dass er mit Schwarzweiß- Zeichnungen möglich wäre, hätte ich nicht geglaubt, diese Platte wird doch gar nicht mehr aufgelegt.«

»Vielleicht gerade deshalb«, sagte ich und dachte an seinen Misserfolg mit Feldsteins schlamm- und schlickfarbigen Großformaten.

Mit professionellem Interesse trat er jetzt dicht vor eine Zeichnung, erkannte darauf ein Obdachlosenquartier unter einer Brücke. »Gut sind die Arbeiten zweifellos, das sehe ich schon, außergewöhnlich und eigenwillig, irgendwie auch sehr intelligent.«

»Das ist das wichtigste, Mark, und ein Espresso vielleicht auch, die Kaffeemaschine ist noch intakt.« Wir tranken einen doppelten, dann ging er wieder.

Paul und ich waren seit unserem ersten Besuch in Miriams Haus ein Paar. Längst hatte er seine Wohnung aufgegeben und war bei mir eingezogen. Die Größe des Hauses ermöglichte uns die räumliche Freiheit, die wir für unsere Arbeit und eine unkomplizierte, beglückende Beziehung benötigten, Rückzugsmöglichkeiten inbegriffen.

Der Altersunterschied zwischen uns war für Paul kein Problem, und solange es für ihn keines war, war es auch keines für mich. Wir schauten nicht in die Zukunft. Wir lebten im Jetzt, und das war groß und uns genug. Weitersehen würden wir später. Auf Paul, das wusste ich, konnte ich mich verlassen.

Ich konnte es zehn Jahre lang. Dann trat eine andere Frau in sein Leben.

An der Stelle von Miriams altem Haus steht heute ein neues. Frauen und kleine Kinder genießen Spielplatz und Garten, so wie Paul es sich erträumt hatte. Dort lernte er Alma kennen, eine junge Mutter mit ihrer kleinen Tochter. Alma bereitete im Miriam-Weier-Haus ihre Scheidung von einem alkoholkranken Partner vor. Lange wehrte sich Paul gegen seine Gefühle für diese Frau und ihr dreijähriges Mädchen. Mir war nicht klar, wem er mehr zugetan war, der Mutter oder ihrem Kind. Eine Trennung von mir wagte er sich nicht vorzustellen, bis ich ihn drängte, an seine noch vor ihm liegende Zukunft zu denken.

Miriams Füller blieb mein treuester Begleiter. Er lag auf meinem Schreibtisch und verließ mich nie. Vielleicht schreibe ich damit eines Tages die Geschichte von Miriam, Paul und Felizitas, wenn mir der Schmerz über seinen Weggang dabei nicht mehr im Wege steht.

Epilog

Das Kind saß schon seit Mittag im Keller. Es saß dort zur Strafe, wie so oft. Schwarzwurzeln sind gesund, hatte die Mutter gesagt und ihm eine Portion des breiartig zerkochten Gemüses vorgesetzt. Das Mädchen hatte sich geschüttelt, den ersten Bissen wieder ausgewürgt und in den Teller gespuckt. Was fällt dir ein, hatte der Vater geschrien, das Kind am Handgelenk gepackt und hochgerissen. Der Gang in den Keller war ihm vertraut, es ersehnte ihn geradezu, denn wenigstens dort hatte es Ruhe vor diesem Mann. Vor dem Keller fürchtete es sich nicht, eher vor seinem eigenen Zimmer, vor seinem Bett und dem Vater, weil er zu anderen Zeiten dort ganz andere Dinge mit ihm tat als es nur einzusperren.

Das Kind kannte den Keller gut, den alten Schrank, den Schlitten in der Ecke, die große Holzkiste, in der ein Vorrat Kartoffeln lagerte, der niemals schrumpfte, da er Woche für Woche aufgefüllt wurde. Es kannte das Holzregal, in dem Gläser mit Eingekochtem standen, Marmeladen, Kompotte, Essiggurken und andere Gemüsesorten, die die kleine Familie vor dem Hungertod bewahren würden, wie die Mutter ständig und überzeugend in Aussicht stellte. Das Kind wusste von der Mutter, wie lebenswichtig solche Vorräte waren, wie geldsparend, wie gesund, wie beruhigend.

Hast du ordentlich was im Keller, können Kriege, kann der Winter, Not und anderes kommen, und glaube mir, ich

weiß wovon ich rede, sagte sie zu dem Mädchen, wenn es
ihr helfen musste, die Selbsterzeugnisse die Kellertreppe hinunter zu tragen. Der Keller war das Reich der Mutter, ein
Ausstellungsraum ihres Fleißes und ihrer Tüchtigkeit, eine
Versorgungszelle, die das Überleben sicherte, der Anblick der
gefüllten Regale eine Demonstration ihrer Umsicht und eine
Quelle des Wohlbehagens. Ungern stellte sie ihn für erzieh-
liche Maßnahmen an dem Kind zur Verfügung, doch wenn
Einsperren dringend notwendig war, befand sich das Mädchen
wenigstens im Einflussbereich des mütterlichen, vorbildlichen
Wirkens und konnte sich während der Haft ein gutes Beispiel
an ihr nehmen.

Jetzt kniete das Mädchen auf dem Boden, vor einer alten
Truhenbank und zeichnete. Es zeichnete einen Hund, der die
Zähne fletschte. Auf einem anderen Blatt Papier verschlang
ein Krokodil einen kleinen Pinguin, vor den Augen älterer,
größerer Pinguine, die etwas abseits standen und zusahen. Es
zeichnete mit Hingabe ohne aufzuschauen.

Auch das Mädchen hatte sich in diesem Keller einen kleinen Überlebensvorrat angelegt, keine Lebensmittel, sondern
Stifte und Papier. Umsichtig steckte es sich bei jedem Keller-
gang mit der Mutter lose Papiere unter den Pullover und schob
sie in die Truhe, ohne dass die Mutter es bemerkt hätte. Das
Mädchen tat es heimlich, denn zeichnen war in den Augen der
Mutter Zeitverschwendung und eine unnütze Betätigung, die
zu nichts führte, und deshalb nicht gern gesehen war.

Zum Glück war die Mutter stets beschäftigt mit der Kon-
trolle der Gläser. Sie schob die frisch eingekochte Ware hinter die älteren Vorräte, prüfte die eigenhändig geschriebenen
Etikette auf das Einmachdatum, wischte mit einem feuchten
Lappen über die Deckel und vergewisserte sich, dass diese luft-
dicht schlossen. Einkochen war eine Leidenschaft der Mutter.
Der große Garten lieferte dafür das Material. Beeren reiften
zuhauf. Birnen, Äpfel, Pflaumen und Holunder bescherten der

Mutter berauschende Einmachtage. Selbst gezogenes Gemüse, Karotten, Lauch, Gurken, Sellerie und Kohl, dazu Stangen-
bohnen im Überfluss wurden von ihr mit Andacht geerntet
und krönten das lustvolle Tun in Garten und Küche. Nur Kartoffeln wurden bei einem Bauern gekauft, der diese wöchent-
lich lieferte, zu einem sehr günstigen Preis.

Bei diesem befriedigenden Treiben fehlte es der Mutter an
Zeit, sich mit der Tochter zu beschäftigen. Außerdem war sie
etwas schwerhörig. Die Erziehung des Kindes hatte daher der
Vater übernommen, nach seiner Vorstellung und seinen Be-
dürfnissen. Wenn er von der Arbeit kam, widmete er sich mit
unerbittlichem Eifer dem Mädchen. Obwohl sie die Strenge
ihres Mannes dem Kind gegenüber manchmal etwas übertrie-
ben fand, schätzte die Mutter die Entlastung sehr, denn sie hatte schrecklich viel zu tun und sorgte vor allem für das leibliche
Wohl von Mann und Tochter, auch der Kartoffelbauer war
regelmäßig zu bewirten.

Dass das Mädchen nicht mehr sprach, fiel ihr nicht weiter
auf, denn sie hörte eben schlecht, hatte zum Ausgleich dafür
selbst sehr viel zu sagen, zu belehren, zu mahnen und zu kriti-
sieren. Eher bemerkte sie, dass es sehr schnell wuchs und dabei
immer dünner wurde.

Mager und aufgeschossen sei es eben, erklärte sie der
Schulärztin, die sie einbestellt hatte. Eine Veranlagung sei das,
und das Kind käme ganz nach seinem leiblichen Vater, der sei
auch so groß und schlank gewesen. Ihr jetziger Mann sei das
übrigens auch.

Das Kind sei nicht schlank, sagte die Ärztin, es sei unterernährt. Sie wollte von der Mutter wissen, wie es dazu kommen
konnte.

Sie sorge gut für ihre Familie, wehrte sich die Mutter erregt
und wollte den Untersuchungsraum verlassen, doch die Ärztin
interessierte sich noch für anderes. Wie sie sich die Narben am
Rücken des Mädchens und am Unterleib erkläre. Es handele

sich dabei nicht nur um alte Narben, nein, einige Verletzungen seien frisch und entzündet und sprächen eine eindeutige Sprache. Das konnte sich die Mutter keineswegs erklären, auch nicht, dass das Jugendamt das Mädchen anderentags aus der Familie nahm und ihr zweiter Mann am selben Tag verhaftet wurde.